TRICIA SEAMAN mit Diane Nichols

Dann sorge ich für dich

Wie meine Freundin starb und Gott mir einen Sohn schenkte

TRICIA SEAMAN
mit Diane Nichols

Dann sorge ich für dich

Wie meine Freundin starb und Gott mir einen Sohn schenkte

Aus dem amerikanischen Englisch
von Carmen Shamsianpur

SCM
Hänssler

SCM

Stiftung Christliche Medien

SCM Hänssler ist ein Imprint der SCM Verlagsgruppe, die zur Stiftung Christliche Medien gehört, einer gemeinnützigen Stiftung, die sich für die Förderung und Verbreitung christlicher Bücher, Zeitschriften, Filme und Musik einsetzt.

SCM Hänssler in der SCM Verlagsgruppe GmbH
Max-Eyth-Straße 41 · 71088 Holzgerlingen
Internet: www.scm-haenssler.de; E-Mail: info@scm-haenssler.de

Übersetzung: Carmen Shamsianpur
Umschlaggestaltung: SCM Verlagsgruppe GmbH, Holzgerlingen
Titelbild und Bildteil: © Familie Seaman
Satz: typoscript GmbH, Walddorfhäslach
Druck und Bindung: GGP Media GmbH, Pößneck
Gedruckt in Deutschland
ISBN 978-3-7751-5835-0
Bestell-Nr. 395.835

Dieses Buch widme ich in liebevollem Andenken
meiner Großmutter, Anna Dimm.
Danke, Großmama, dass Du mich Freundlichkeit,
Güte und Mitgefühl gelehrt hast.
Deine Liebe hat mein Leben auf eine so großartige Weise beeinflusst, dass sie in meinen Kindern und Kindeskindern
fortleben wird. Du warst ein wunderbarer Mensch, eben
ein Original! Ich werde Dich eines Tages wiedersehen.
Bis dahin … Ich hab Dich sehr lieb.

Inhalt

Freitag, 18. Oktober 2013, 02.02 Uhr

Lieber Wesley,

ich liege hier im Krankenhaus, denke an Dich, vermisse Dich und wünschte, Du wärst hier und ich könnte Dich umarmen. Ich hoffe, dass ich noch miterleben darf, wie Du zu einem wunderbaren Mann heranwächst. Ich bin sicher, das kannst und wirst Du. Ich bin stolz auf Dich und dankbar, dass Du so ein großer und starker Junge warst und die Situationen annehmen konntest, die Du in den letzten drei Jahren durchleben musstest. Ich weiß nicht, wie es jetzt weitergeht. Doch ich weiß, dass ich alles daransetzen werde, so lange wie möglich zu leben, um bei Dir sein zu können. Falls ich Dich verlassen muss, werde ich jemanden finden, bei dem Du glücklich sein wirst. Vielleicht wird es noch eine weitere große Veränderung in Deinem Leben geben. Doch ich weiß, dass Du es schaffen wirst!

Ich liebe Dich.

Mama

Einleitung

Es war Freitagnachmittag und Muttertag. Der Schulbus hielt mit quietschenden Bremsen vor unserem Haus. Ich hatte gerade ein Blech Schokoladenkekse gebacken und war dabei, sie zum Abkühlen auf einen Teller zu legen. Die Tür fiel laut ins Schloss und ich hörte das vertraute Geräusch eines Schulranzens, der auf den Boden geworfen wurde. Dann näherten sich leise Schritte hinter meinem Rücken.

»Die ist für dich.« Wesley hielt mir eine wunderschöne lila Petunie in einem Tontopf hin, der in sattem Blau glasiert war – meiner Lieblingsfarbe.

Ich hielt inne, etwas verwundert, und legte dann meinen Pfannenwender aus der Hand.

»Ist das ein Muttertagsgeschenk für mich?«

Er nickte und grinste. »Ja.«

Die Kombination aus lila Blumen und blauem Topf war alles andere als Zufall.

»Danke«, sagte ich, zutiefst gerührt. »Das passt perfekt, weil Blau meine Lieblingsfarbe ist und Lila war die deiner Mama. Ist das ein Geschenk für uns beide?«

Er grinste von einem Ohr zum anderen. »Ja. Deshalb habe ich genau diese Blumen gewählt und den blauen Topf.«

Ich empfand eine Mischung aus Liebe, Überraschung und Dankbarkeit. Bis zu jenem Augenblick hatte ich mich mit ganz vorsichtigen, kleinen Schritten vorwärtsbewegt; Wesley bei den Hausaufgaben geholfen, ihn ins Bett gebracht, sein Lunchpaket gepackt und ihm nachgeschaut, wenn er mit meinen anderen Kindern zur Schule ging. Ich hatte ihm Geschichten vorgelesen und sichergestellt, dass er sich die Zähne putzt – eben alles, was ich sonst auch mit meinen Kindern tat. Dennoch hatte ich mich gefragt, ob er mir jemals signalisieren würde, dass er sich sicher genug fühlte, mich nicht nur als seine Betreuungsperson oder einen Ersatz zu akzeptieren, sondern als die zweite Mutter, die Gott für ihn ausgewählt hatte, nachdem die einzige Mutter, die er je gekannt hatte, ihn verlassen musste, weil sie starb. Würde er je sein Herz für mich öffnen, so verletzt wie er war? Als ich mit weichen Knien und der eingetopften Petunie in den Händen dastand, wusste ich, dass Wesley mir genau das gerade geschenkt hatte.

»Sie gefällt mir«, sagte ich und meinte es ernster, als er sich denken konnte. »Und ich bin mir sicher, deiner Mama gefällt sie auch.« Ich schluckte meine Tränen hinunter, umarmte ihn fest und gab ihm einen Kuss auf die Stirn. Er roch nach Shampoo und frischer Landluft.

»Wo sollen wir sie hinstellen?« Sein Blick schweifte durch den Raum.

»Wie wäre es auf der Fensterbank über dem Spülbecken?« Ich drehte mich um und stellte die Petunie dort in einen goldenen Flecken Sonnenlicht. »So kann jeder sie sehen.«

Meine anderen Kinder stürmten in die Küche und zusammen mit Wesley aßen sie warme Kekse und tranken Milch. Während sie lachten und quatschten, spaßten und kicherten, lehnte ich mich gegen die Ablage und sog jede Sekunde auf, um sie als schöne Erinnerung zu bewahren. Das ist eine der Lektionen, die ich auf dieser unerwarteten Reise gelernt habe.

Es sind die unscheinbaren Momente und Zeiten mit der Familie, an die man sein Herz hängen sollte. Wenn man sich zu sehr in Schnelllebigkeit und belanglosen Dingen verheddert, kann man diese Momente allzu leicht verpassen. Ich dachte daran, dass ich Wesleys Mutter, meiner guten Freundin Trish, versprochen hatte, ihre außergewöhnliche Geschichte zu erzählen.

Wie hoch war die Wahrscheinlichkeit gewesen, dass ich aufgrund einer kurzen Begegnung in einem Krankenzimmer so viel lernen würde? Wer hätte gedacht, dass eine fremde Person in mein Leben treten und ich als Mutter, Krankenschwester, Ehefrau und Persönlichkeit nie wieder dieselbe sein würde? Wie hoch stehen die Chancen, dass ein einziges »Hallo« Trish und mich als Freundinnen zusammenschweißen und meine Familie für immer verändern würde? Zufall? – Ich glaube nicht. Und hier beginnt die Geschichte.

1. Zimmer 173

Die Vorhänge waren zugezogen, um die störenden Strahlen der Nachmittagssonne nicht in das Zimmer zu lassen, in dem meine Patientin schlief. Ihr dunkles, glattes Haar war zerzaust und lag ausgebreitet auf dem gestärkten weißen Kissenbezug. Ihr Kopf war etwas zur Seite gesackt und die Brille von ihrer Nase gerutscht. Sie besaß zarte Gesichtszüge, hatte schmale Lippen und ein kleines, spitzes Kinn. Ihre spindeldürren Arme lagen ausgestreckt neben dem Körper. Infusionsnadeln steckten in beiden Armbeugen. Die zuständige Krankenschwester klärte mich über den Zustand der Patientin auf, bevor ich die nächste Schicht übernahm.

Die Frau war gerade aus dem OP gekommen, in dem die Ärzte eine Bauchspiegelung vorgenommen und Gewebe aus ihrer Magenwand entnommen hatten, weil ihre Schmerzen nicht nachließen. Nach der Operation maß man ihr Puls und Blutdruck. Ihr Zustand war stabil. Sachte berührte ich sie an der Wange, um sie aufzuwecken. Es war eine sehr bereichernde Aufgabe meiner zwanzigjährigen Laufbahn als Krankenschwester, unter den ersten ermunternden Stimmen zu sein, die ein Patient hörte, wenn sich der Nebel lichtete und der Patient aus der Narkose erwachte. Ich füllte ihre Wasserkanne und strich die Decke glatt. Dann überflog ich ihre Krankenakte. Sie würde bald zu sich kommen. Ich konnte nur warten.

»Tricia Somers«, las ich leise, als ich ihren Namen auf dem Schild sah. Es traf mich, weil ich Tricia Seaman heiße – wir hatten denselben Vornamen, gleich geschrieben, und wir hatten dieselben Initialen, T. S.

»Wenn das mal kein Zufall ist.«

Ich las weiter in ihrer Krankenakte, wobei mir eines sofort auffiel: Sie war alleinerziehende Mutter eines achtjährigen Sohnes und lebte in Harrisburg, Pennsylvania. Ich fühlte von Herzen mit ihr, weil ich selbst einen zehnjährigen Sohn und drei Töchter im Teenageralter habe. Ich bin gesegnet mit Dan, dem besten Ehemann und Vater für meine Kinder, den man sich nur wünschen kann. Diese junge Frau musste ihr Kind allein großziehen.

In der Akte war ebenfalls vermerkt, dass sie keine Familienangehörigen in der Region hatte.

Noch verstörender für mich war, dass an ihrem Krankenbett niemand darauf wartete, dass sie aufwachte. Außerdem stand in der Akte, dass bei ihr erst vor wenigen Monaten eine sehr seltene Art von Leberkrebs diagnostiziert worden war. Nun lag sie wieder in einem Bett im Community General Hospital, einem Krankenhaus von PinnacleHealth. Man wollte herausfinden, warum sie weiterhin starke Magenschmerzen hatte, obwohl den ersten Ergebnissen zufolge der Tumor von der Leber entfernt worden war.

»Das arme Mädchen«, flüsterte ich, während ich sie so betrachtete.

Sie murmelte etwas, das nicht zu verstehen war, und rollte ihren Kopf nach rechts.

Die Narkose ließ nach. Ich ging hinüber zu der Tafel, die neben ihrem Bett an der Wand angebracht war, und schrieb in großen, gewundenen Buchstaben meinen Namen darauf, sodass sie ihn leicht lesen konnte. Als ich mich wieder umdrehte, kämpfte sie gerade damit, ihre Augen offen zu halten. Sie sah mich an, musterte mich von Kopf bis Fuß und blinzelte dabei müde, weil ihre Sicht immer noch verschwommen war.

»Hallo«, sagte ich. »Wie geht es Ihnen? Ich heiße Tricia und bin heute Ihre Krankenschwester. Es wird ganz leicht für mich sein, mir Ihren Namen zu merken, weil Sie genauso heißen wie ich und auch so geschrieben werden.«

Sie löste ihre Zunge vom Gaumen und formte umständlich einige Worte: »Oh, das ist doch praktisch, nicht wahr?«, sagte sie und blickte verschlafen auf die Tafel.

Ich ging zu den Geräten rechts und links von ihrem Bett und überprüfte die Einstellungen.

Ihr Beistelltisch war voller Zeichnungen und Bastelarbeiten eines Kindes. Wieder erfasste diese Schwere mein Herz. So viele Fragen gingen mir durch den Kopf. Wer kümmerte sich denn um ihr Kind, wo sie doch laut ihrer Krankenakte keine Angehörigen in der Nähe hatte? Wahrscheinlich waren ihre einzigen Kontakte engere Freunde. Kein Vater für den Jungen. Keine Eltern, die sie versorgen konnten. Es kam nur selten vor, dass ich einen Patienten in der Onkologie hatte, dem niemand Luftballons mit der Aufschrift »Gute Besserung« vorbeibrachte. Normalerweise waren die Patienten von Familie, Freunden und viel Liebe umgeben. Zumindest einer war immer da, um sie zu unterstützen und ihre Hand zu halten. Diese Frau hingegen war wie eine Insel in einem Meer von Problemen. Ich konnte nur innerlich beten, dass ihre Gewebeprobe unauffällig sein würde.

Ich kam näher und betrachtete die Zeichnungen etwas eingehender. Ich konnte mir kaum vorstellen, wie schwer es für sie sein musste, von ihrem Sohn getrennt zu sein. Als ob sie meine Gedanken lesen könne, öffnete sie die Augen. Ich bin mir sicher, dass sie darum kämpfte, so schnell wie möglich zu ihrem Sohn zurückzukehren.

»Sie können mich Trish nennen«, sagte sie und nahm den Faden genau da wieder auf, wo unser Gespräch geendet hatte. »Alle nennen mich so.« Ihre Augen suchten mühsam den Weg durch die Brillengläser. Sie räusperte sich und schluckte.

»Sie können mich Trish nennen«, sagte sie und nahm den Faden genau da wieder auf, wo unser Gespräch geendet hatte. »Alle nennen mich so.«

»Trish also. Das ist gut. Wie geht es Ihnen denn?«

»Ich bin noch am Aufwachen.«

»Ist denn der Eingriff gut verlaufen?«

Sie wollte nicken. Doch dann überlegte sie es sich anders. Zu viel, zu früh.

»Gut, denke ich. Die Ärzte haben alles gesehen, was nötig war.«

»Haben Sie Schmerzen?« Ich rückte ihr Kissen zurecht, sodass sie ein bisschen höher lag.

Sie schloss ihre Augen wieder, blieb aber wach.

»Ich bin einfach so müde. Sehr, sehr müde.«

»Ja, Sie haben einen harten Tag hinter sich. Bestimmt brauchen Sie einfach ein bisschen Ruhe.«

Langsam öffnete sie ihre schweren Lider und sah mir ins Gesicht. Ich lächelte sie an, wohl wissend, dass mein Lächeln in dem Durcheinander ihrer Gefühle vermutlich keinen Eindruck hinterlassen würde.

»Ich hoffe nur, dass die Ärzte herausfinden können, was los ist«, sagte sie. »Ich brauche Antworten auf meine Fragen.«

Wieder schaute ich auf die Zeichnungen. Es war nicht meine Aufgabe, mehr zu tun, als den Zustand der Patienten zu beobachten und die notwendige Versorgung zu gewährleisten.

Ich betreue viele Patienten. Doch irgendetwas traf mein Herz in dem Moment, als ich Trish kennenlernte. Vielleicht geschah das, weil mein Sohn Noah in einem ähnlichen Alter war wie ihr Sohn und auch so gern Bilder für mich malte. Ich wollte mehr erfahren. Etwas in mir wollte unbedingt ihre Geschichte hören. Ich überprüfte ihre Infusion und fragte beiläufig: »Also, wenn es Ihnen nichts ausmacht, darüber zu sprechen: Wie sind Sie hier gelandet? Welchen Weg haben Sie hinter sich?«

Ich war mir nicht sicher, ob ich eine Grenze überschritten hatte. Plötzlich stand eine Mauer des Schweigens zwischen uns. Doch dann öffnete Trish ihre Augen vollständig. Es war, als ob sich der Nebel gelichtet hätte und sie mich jetzt zum ersten Mal richtig sehen würde.

Sie rückte ihre Brille nach oben, sah die Infusionsnadeln in ihrer Armbeuge und zuckte zusammen. Ich konnte den Ausdruck auf ihrem Gesicht nicht deuten, sah jedoch die Verzweiflung in ihren Augen. Sie wollte darüber sprechen, so viel war sicher.

Trish erzählte mir, dass sie einen Berner Sennenhund namens Molly besaß, auf den jetzt eine Mitarbeiterin des Krankenhauses aufpasste. Trish war jeden Tag mit Molly Gassi gegangen und hatte sich gesund ernährt, um bei Kräften zu bleiben. Zunächst ging es ihr gut. Als sie dann immer mehr an Gewicht verlor, schrieb sie das der vielen Bewegung zu. Im Herbst bekam sie dann quälende Bauchschmerzen. Anfangs versuchte sie, diese zu ignorieren, doch sie wurden mit der Zeit immer schlimmer. Ihr Hausarzt machte einige Bluttests, fand jedoch nichts Ungewöhnliches. Die Schmerzen nahmen weiterhin zu. Irgendwann konnte sie nur noch mit Mühe aufrecht sitzen.

Trish erklärte mir: »Ich habe im Kundendienst gearbeitet, den ganzen Tag mit Kunden telefoniert, Probleme besprochen und so weiter und so fort. Der Schmerz wurde so stark, dass ich am Schreibtisch die eine Hand auf die Tastatur legen und die andere auf meinen Bauch pressen musste. Lange Zeit versuchte ich, meinen Job zu behalten, um Miete und Rechnungen zu bezahlen. Doch am Ende blieb mir keine Wahl mehr und ich musste meine Arbeit kündigen.« Außerdem erzählte mir Trish, dass sie im Oktober 2013 in die Notaufnahme gekommen war. Die Ärzte hatten sich für eine Computertomografie entschieden, die einen Tumor auf ihrer Leber zeigte. Anschließend führten die Ärzte eine Biopsie durch.

Die Ergebnisse der Gewebeentnahme zeigten, dass Trish eine seltene Art von Krebs hatte.

Die Ärzte glaubten zunächst, sie hätten den Krebs im Griff und er habe nicht gestreut und somit weiteres Gewebe angegriffen. Man glaubte nicht einmal, dass der Krebs der Grund für all ihre Schmerzen war. Nach Meinung der Ärzte würde der betroffene Bereich ihrer Leber gar nicht derartige Symptome hervorrufen.

»Aber ich wusste, dass etwas nicht stimmte«, teilte mir Trish mit und schüttelte dabei den Kopf. »Schließlich konnte ich nicht arbeiten. Ich konnte nicht aufrecht sitzen. Ich konnte nicht einmal mehr richtig stehen. Es war nicht auszuhalten. Aber ich hoffe inständig, dass sich jetzt endlich zeigen wird, woran es liegt.«

»Wer passt auf Ihren Sohn auf?«, fragte ich Trish. Ich stand neben dem Tisch und bewunderte eine der Buntstiftzeichnungen ihres Sohnes mit einem Herzen und dem Wort »MAMA« darauf. Trish antwortete: »Ich habe eine Nachbarin, die auf ihn aufpasst, und noch ein paar gute Freundinnen, mit denen ich zusammengearbeitet habe. Sie wechseln sich ab, weil man von niemandem erwarten kann, sich allein um ihn zu kümmern. Er ist sehr lebhaft, wissen Sie.« Ich wollte eine Bemerkung machen, wie sehr sie ihn vermissen müsse, aber ehe ich die Worte gefunden hatte, holte sie schon ihr Handy hervor und suchte nach Bildern von ihm.

»Er heißt Wesley«, sagte sie lächelnd. Mir fiel auf, wie viel besser sie aussah, wenn sie von ihm sprach. »Er ist acht Jahre alt und in der zweiten Klasse. Schauen Sie, das ist er. Da sind wir gerade am Herumblödeln. Ich liebe sein Lachen. Ist das Foto nicht schön? Als ich das letzte Mal im Krankenhaus war, habe ich ihm Nachrichten auf Zettel geschrieben. Ich musste einfach mit ihm sprechen, aber er war nicht da. Deshalb habe ich meine Gefühle einfach aufgeschrieben. Das beruhigt mich, selbst wenn er diese Nachrichten nie lesen wird.«

Die Fotos von Trishs Sohn ließen mich dahinschmelzen. Er war offensichtlich ein kleiner Charmeur. Ich genoss die Tatsache, dass Trish sich mir mitteilte. Es war, als würde sie mir die Tür zu ihrem Herzen öffnen, mich hineinbitten und dort verweilen lassen. Und ich wollte dort verweilen. Noch nie zuvor hatte ich so etwas empfunden. Natürlich fühlte ich mit allen meinen Patienten. Ich sprach gern mit ihnen, versuchte sie zum Lachen zu bringen, lernte ihre Familien kennen … Doch das war etwas anderes. Was genau es war, wusste ich nicht.

Es war, als würde sie mir die Tür zu ihrem Herzen öffnen, mich hineinbitten und dort verweilen lassen. Und ich wollte dort verweilen. Noch nie zuvor hatte ich so etwas empfunden.

Es übertraf alles, was ich je erlebt hatte. Eigentlich war mein Gefühl gar nicht so außergewöhnlich. Letztendlich war es einfach menschlich, Sympathie zu empfinden.

Trish schien weitgehend mittellos zu sein und kämpfte allein gegen ihre Krankheit an.

Es musste beängstigend sein, in diesem Bett zu liegen, allein und ohne zu wissen, was passieren würde. Trish hatte bereits eine

Krebsdiagnose hinter sich und solche Schmerzen, dass sie sich über ihren kritischen Zustand im Klaren sein musste. Warum nur fühlte ich mich ihr so verbunden? Warum wollte ich dieses Gefühl identifizieren und benennen können?

Trish war nun ganz wach und schien reden zu wollen. Und ich hatte alle Zeit der Welt, ihr zuzuhören. Sie erzählte mir ein bisschen aus ihrer Vergangenheit und ihrem Privatleben. Wesleys Vater war auf und davon, ihre Eltern starben beide an Krebs, sie und ihr Bruder sprachen nicht viel miteinander. Es war kein leichtes erstes Gespräch, besonders für jemanden, der gerade eine Operation hinter sich hatte, aber Trish entwichen die Worte wie Luft aus einem Ballon. Sie schien sie endlich herauslassen zu müssen. Jedes Wort kam mit solch einer Dringlichkeit. Dann fragte sie mich nach meiner Familie und ich erzählte ihr kurz von Dan und den Kindern. Beinahe fühlte ich mich schuldig, das zu haben, wonach sie sich höchstwahrscheinlich verzweifelt sehnte. Ich erzählte ihr auch, dass sich meine Eltern ein paar Jahre zuvor hatten scheiden lassen und dass meine Mutter nur ein paar Blocks von uns entfernt in dem Haus wohnte, in dem ich aufgewachsen war.

Fast eine Stunde verging und ich musste weiter zu meinen anderen Patienten. Doch Trish ging mir nicht mehr aus dem Kopf. Ich musste immerzu an sie denken. Ihre Worte klangen in mir nach. Die Bilder von Wesley verfolgten mich lange Zeit und legten sich über die lachenden Gesichter meiner eigenen Kinder.

2. Die Bitte

Nach jenem Abend richtete ich es so ein, dass ich immer, wenn ich Dienst hatte, bei Trish vorbeischauen konnte. Ich war nicht mehr die diensthabende Krankenschwester, sondern wollte ihr eine Freundin sein und dafür sorgen, dass sie alles hatte, was sie brauchte. Manchmal traf ich ihre Arbeitskollegen oder Nachbarn an, die sie besuchten. Es tat gut, sie mit Menschen zu sehen, die sich um sie sorgten. Sie schienen sogar zu wissen, wer ich war, als hätte Trish ihnen von mir erzählt. An anderen Tagen war sie allein. Doch wenn sie Besuch von Wesley gehabt hatte, strahlte sie übers ganze Gesicht. Die Tage vergingen und Trish schien sich besser zu fühlen. Die Schmerzen hatten nachgelassen.

Nachdem Trish drei Wochen im Krankenhaus verbracht hatte, sah ich ihre Zimmernummer auf der Anzeige aufleuchten. Diese gab bekannt, dass sie an jenem Tag entlassen werden würde. Ich wusste nichts über ihren Zustand oder die Testergebnisse. Ich hatte für sie und Wesley gebetet und wollte unbedingt nach ihr sehen, aber mein Dienstplan war voll und im Krankenhaus herrschte besonders reger Betrieb. Es war später Nachmittag, als ich Zimmer Nummer 173 erreichte. Ich klopfte an und steckte meinen Kopf zur Tür hinein. Im Zimmer saß Trish mit einer Sozialarbeiterin. Es schien, als wäre das bewölkte Aprilwetter jener Tage in den Raum gekrochen und habe ihn in graue Farbe getaucht. Eine Schwere lag in der Luft. Irgendetwas stimmte nicht. Normalerweise ertönte Trishs freudige Stimme, wenn sie mich sah. Sogar wenn sie Schmerzen hatte, begrüßte sie mich mit einem: »Hallo, wie geht's dir?« oder »Du siehst gut aus heute!« Nun saß sie mit versteinerter Miene auf einem Stuhl neben dem Krankenbett. Die Sozialarbeiterin saß auf der Bettkante und erklärte etwas über Dienstleistungen und den Transport zu Behandlungen.

»Entschuldige die Störung«, stammelte ich. »Ich wusste nicht, dass jemand bei dir ist. Ich hatte nur gesehen, dass du entlassen wirst, und wollte auf Wiedersehen sagen.«

Sie winkte mich herein. »Nein, ich bin froh, dass du da bist. Komm rein. Die Testergebnisse sind gekommen.« Schritt für Schritt bewegte ich mich vorwärts, in meinem Kopf eine irre Mischung aus Hoffnung und Angst.

»Was ist herausgekommen? Was haben die Ärzte dir gesagt?«, fragte ich.

»Es sieht nicht gut aus. Der Krebs hat gestreut. Die Ärzte haben gesagt, ich befinde mich im Endstadium.« Die Sozialarbeiterin saß zwischen ihren Formularen und starrte zunächst mich und danach ihre Dokumente an.

»O Trish«, ich rang nach Luft, während sie sich aus ihrem Stuhl erhob. Ich ging zu ihr und umarmte sie. Sie hielt kurz inne. Dann machte sie einen Schritt zurück und ihr Blick durchbohrte mich. Es gab keine Tränen. Keine Panik. Sie war sehr gefasst. Doch ein Funke in ihren Augen verriet mir unmissverständlich, dass sich hier gleich noch etwas anderes Bahn brechen würde.

»Ich bin froh, dass du hergekommen bist, weil ich dich etwas fragen muss.«

Noch immer hielt ich ihre Hand. Sie war kühl im Vergleich zu meinen verschwitzten Handflächen.

»In Ordnung, worum geht's?« Trish atmete tief durch und sah mir direkt in die Augen.

»Wenn ich sterbe, werden du und dein Mann meinen Sohn aufziehen?«

Beinahe hätten meine Knie nachgegeben. Ich wusste nicht, was ich sagen sollte. Trish war im Grunde genommen eine Fremde. Doch ich fühlte auch ein Drängen in meinem Herzen, Ja zu sagen. Aber das war doch verrückt, oder? Trish wartete auf meine Antwort.

Trish atmete tief durch und sah mir direkt in die Augen. »Wenn ich sterbe, werden du und dein Mann meinen Sohn aufziehen?«

»Meine Güte«, stammelte ich schließlich. »Das geht alles sehr schnell. Du hast gerade ein paar furchtbare Nachrichten erhalten. Ich denke, es wäre ratsam, sich etwas Zeit zu nehmen und in Ruhe darüber nachzudenken. Du solltest deinen Anwalt fragen, welche Möglichkeiten es gibt. Triff im Moment noch keine Entscheidungen. Ich fühle mich geehrt, aber …«

Vergebens versuchte ich, die richtigen Worte für diese Situation zu finden. Wir waren Fremde. Sie kannte mich kaum. Es war gerade einmal drei Wochen her, dass wir uns zum ersten Mal begegnet waren. Und selbst in dieser Zeit hatten wir uns nur wenige Male unterhalten. Sie wusste nicht, wo ich zu Hause war, und kannte meine Familie nicht. Sie hatte keine Ahnung von unserer finanziellen Situation. Sie wusste nicht einmal, ob ich eine miserable Köchin war oder sich meine Kinder womöglich wie kleine Biester benahmen.

Sie konnte nicht davon ausgehen, dass ich eine stabile Ehe führte, und hatte keinen blassen Schimmer, wie Dan als Vater war. Wie kann man sein Kind jemandem anvertrauen, den man kaum kennt, und es von Fremden erziehen lassen? Während Panik in mir aufstieg, verzog Trish keine Miene. Sie schien mit ihrer unkonventionellen Bitte vollkommen im Reinen zu sein. Die Sozialarbeiterin saß mit einem erstaunten Gesichtsausdruck auf der Bettkante, sehr still, die Kinnlade leicht heruntergeklappt, und wartete gespannt darauf, welche Antwort ich Trish wohl geben würde. Ich wollte sie nach ihrer professionellen Meinung fragen, fand jedoch keine Worte. Die Luft wurde immer dicker. Ich musste hier raus. Ich brauchte Raum zum Atmen. Ich umarmte Trish zum Abschied und sagte ihr, dass ich für sie beten würde.

Eine gewisse Erleichterung machte sich in mir breit, als ich das Zimmer verließ und sich die Tür hinter mir schloss. Wir hatten nie unsere Telefonnummern ausgetauscht. Trish hatte demzufolge keine Möglichkeit, nach ihrer Entlassung mit mir Kontakt aufzunehmen.

Außerdem war es gegen die Regeln des Krankenhauses, in den Patientenakten nach Daten zu suchen. Als ich Trish verließ, glaubte ich ernsthaft, ich würde sie nie wiedersehen. Kaum hatte ich ihr Zimmer verlassen, ließ ich mich gegen die Wand im Krankenhausgang fallen und genoss das Gefühl, etwas Kühles, Stabiles zum Anlehnen zu haben. Ich atmete tief durch, um mein rasendes Herz zu beruhigen und Ordnung in mein Gedankenchaos zu bringen. Was war geschehen? Als ich endlich wieder Halt unter den Füßen hatte und den Gang entlangging, um die nächsten drei Stunden meiner Schicht hinter mich zu bringen, merkte ich, dass mir Trishs Worte folgten wie ein Schatten, den ich nicht abschütteln konnte. *Wenn ich sterbe, werden du und dein Mann meinen Sohn aufziehen?* Und mit der Frage stieg ein Bild in mir auf: ein achtjähriger Junge mit einem süßen Lächeln, der noch nicht ahnte, dass die einzige Person, die ihn auf dieser Welt lieben und beschützen konnte, nicht mehr lange bei ihm sein würde.

3. Babyfieber

Der Gesichtsausdruck meines Mannes war undurchdringlich. Mit Mühe hielt ich mich auf meinem Stuhl, als wir uns an der Kücheninsel mit gedämpfter Stimme unterhielten.

»Dan, ich finde, das ist unglaublich, oder nicht? Sie kennt uns nicht einmal. Wie kann sie wollen, dass wir ihren kleinen Jungen aufziehen?«

Die Kinder waren ein Stockwerk über uns auf dem Weg ins Bett. Aus dem Nebenzimmer drang ein Werbespot in unsere vorübergehende Sprachlosigkeit. Jemand musste den Fernseher angelassen haben. Dan lehnte sich auf seinem Stuhl neben mir zurück und grübelte vor sich hin. Er war ruhig wie immer. Ich biss mir auf die Unterlippe, um mich vom Weiterreden abzuhalten. Jetzt war er an der Reihe.

»Ich denke, wir sollten einen Schritt nach dem anderen machen«, sagte er. Er verschränkte die Arme vor der Brust und dachte nach. »Nach dem, was du mir über sie erzählt hast, dass sie keine Familie und andere Möglichkeiten hat, könnten wir erst einmal in Erfahrung bringen, was sie im Augenblick braucht. Ich meine zum Beispiel Einkäufe oder Medikamente.«

»Natürlich«, antwortete ich. Das klang vernünftig. Ein guter nächster Schritt.

»Das ist sicher etwas, das wir tun können.«

Dan sagte: »Offensichtlich hat sie jetzt ganz schön was durchgemacht. Gib ihr einfach etwas Zeit, die schlimme Nachricht von heute zu verarbeiten. Wir beten für sie und ihren Sohn und sehen, wohin die Reise führt.«

»Wohin zum Beispiel? Wohin könnte sie führen?« Nervös drehte ich an meinem Ehering.

Immer schon habe ich in Dans Augen nach Antworten gesucht. Sie waren normalerweise haselnussbraun, aber wenn er Blau trug, erinnerten sie an einen klaren Sommerhimmel.

Trug er Grün, verwandelten sie sich in Jadesteine. Seine Augen gehörten zu den ersten Dingen, die mich an ihm faszinierten. Als er sich nun in seinen Gedanken verlor, sah ich weit mehr als Farbe darin. Sie waren getrübte Teiche voller Mitleid auf der Suche nach einer Lösung. Ich spiegelte mich darin.

»Ich denke, wir müssen Gott in dieser Sache vertrauen und sehen, was er vorhat.«

»Ich weiß es wirklich nicht, Tricia«, gab er zu. »Ich denke, wir müssen Gott in dieser Sache vertrauen und sehen, was er vorhat.«

»Du sprichst gerade über die Adoption, nehme ich an?« Er hielt inne und nickte.

»Es könnte Gottes Weg sein, uns auf diese Weise einen kleinen Jungen zu geben, als Ersatz für den Jungen, der uns aus dem Pflegeheim vermittelt werden sollte. Vielleicht ist beim letzten Mal die Wahl deshalb nicht auf uns gefallen, weil es ein anderes Kind gibt, das uns dringender braucht.«

Ich starrte auf die gesprenkelte Arbeitsplatte vor mir und hielt meine ungefilterten Emotionen in Schach. So viele alte Bilder und Erinnerungen wallten in mir auf. Dan und ich waren uns vor vielen Jahren begegnet. Wir besuchten damals dieselbe Gemeinde. Anfangs war ich nicht in ihn verliebt. Eigentlich habe ich sogar mehr mit Dans Zwillingsbruder David gesprochen als mit Dan, einfach, weil David kontaktfreudiger zu sein schien. Als Dan aufs College ging, verloren wir uns für einige Jahre aus den Augen. Ich beendete meine Zeit an der Highschool, ging aufs College und strebte einen Abschluss in der Krankenpflege an. Im Sommer vor meinem Abschluss half ich in der Bibelschule unserer Gemeinde aus. Eines Abends betrat ich die Küche, in der die Frauen damit beschäftigt waren, Snacks vorzubereiten. Viele von ihnen kannten mich fast mein ganzes Leben lang, bereits seit der Zeit, als ich noch Zöpfe und Zahnspange trug. Sie fragten, wie es mir ging, wie es auf dem College lief und natürlich, ob es einen Mann in meinem Leben gab. Ich seufzte.

»Alle guten christlichen Männer sind schon vergeben«, erwiderte ich. »Ich werde wahrscheinlich im Kloster landen.«

Die Frauen umarmten mich und versicherten mir, dass die Liebe oft dann kommt, wenn man sie am wenigsten erwartet. Ich nahm es mir nicht sehr zu Herzen. Ich dachte, ich würde später sowieso mit meinem Pflegeberuf verheiratet sein und damit basta.

Am nächsten Abend in der Gemeinde huschte ich gerade die Treppe hinauf, als Dan sie hinunterkam. Wir blieben beide abrupt stehen. Als wir unsere Fassung wiedererlangt hatten, tauschten wir Nettigkeiten aus, wobei ich versuchte, ihn nicht anzustarren. Mir gefiel, wie seine Augen funkelten, und seinem Lächeln konnte ich kaum widerstehen. Aus Dan Seaman, dem schüchternen Jungen, war nun ein Mann geworden – und ein sehr gut aussehender noch dazu! Er trug eine kurze Hose und dazu ein lässiges weißes Hemd, hatte blondes Haar, war rasiert, sonnengebräunt und sein Parfum roch nach Moschus. Mit einem Mal hatte ich das Gefühl, rot anzulaufen. Mir wurde bewusst, dass unser letztes Gespräch drei Jahre zurücklag. Hoffentlich fiel ihm auf, dass auch ich etwas reifer geworden war.

Unsere zufällige Begegnung im Treppenhaus entwickelte sich zu einer wunderbaren Beziehung. Es war so leicht, mit ihm zu sprechen. Er war einfühlsam, locker und authentisch. Mir gefiel, wie sich sein Gesicht aufhellte, wenn er über Familie und seinen Glauben an Gott sprach. Noch nie hatte ich mich bei jemandem so wohlgefühlt.

Entsprechend leicht fiel es mir, Ja zu sagen, als er mir am Weihnachtsabend 1993 unter einer gedeckten Brücke bei leichtem Schneefall einen Heiratsantrag machte. Wir heirateten im darauffolgenden November. Dan war so aufgeregt, dass er sich beim Rasieren in den Hals schnitt, was einen Blutfleck auf seinem weißen Hemdkragen hinterließ, und später fuhr er beim Zurückstoßen gegen die Mülleimer hinter der Gemeinde. Unsere Hochzeit im Kreis von Familie und guten Freunden hätten wir uns nicht schöner ausmalen können.

Nach unseren Flitterwochen auf den Bahamas bezogen wir eine gemütliche Wohnung in Middletown bei Harrisburg. Ich schloss mein Studium mit dem Bachelor an der Millersville-Universität ab und Dan begann seinen Berufsweg bei Highmark Blue Shield, einer Krankenversicherungsgesellschaft. Während ich meine restlichen Kurse absolvierte, arbeitete ich gleichzeitig in Teilzeit im Lancaster-Krankenhaus. Dan und ich genossen es, ein kleines Reich unser Zuhause nennen zu dürfen, in dessen Nähe sich lauter Restaurants und Geschäfte befanden. Schnell merkte ich, dass Dan auch ein Händchen für Dekoration hatte. Und das war nur eine seiner vielen Stärken, für die ich ihn liebte.

Im Oktober 1995 wurde unsere Ehe zum ersten Mal auf eine harte Probe gestellt. Meine Großmutter Anna verstarb ganz plötzlich. Sie war erst Anfang sechzig. Ich war am Boden zerstört. Wir hatten uns sehr nahegestanden. Die Vorstellung, sie nie wiederzusehen, zerriss mir das Herz. Ich stützte mich auf Dan wie nie zuvor und er war mein Fels in der Brandung, genau so, wie ich es mir vorgestellt hatte. Der Verlust traf mich dennoch hart und in mir kam der Wunsch auf, Middletown zu verlassen und wieder aufs Land zu ziehen. Ich wollte nicht länger von Gebäuden, Verkehr und Geschäftigkeit umgeben sein. In meiner Trauer sehnte ich mich nach Einfachheit, der Nähe meiner Familie und nach unendlich weiter Landschaft.

Dan und ich machten uns auf den Weg. Alles war perfekt, bis auf eines: Wir waren jetzt so weit, selbst eine Familie gründen zu können.

Schon bald bekamen wir einen kleinen Vorgeschmack darauf, wie es sich anfühlte, Eltern zu sein. Ein Wochenende lang passten wir auf meine drei Jahre alte Cousine auf.

Wir gingen ins Kinderrestaurant und Spielzeug einkaufen. Während ich einen Riesenspaß hatte, fühlte sich Dan überfordert. Er ließ sich auf unser Sofa fallen und fuhr sich mit der Hand durchs Haar.

»Ich glaube nicht, dass ich schon bereit für Kinder bin«, sagte er. »Ich weiß einfach nicht, ob ich das kann. Es ist so anstrengend.«

Mir blieb vor Erstaunen der Mund offen stehen, weil ich genau das Gegenteil empfand.

Ich wollte mehr als je zuvor Mutter sein. »Machst du Witze? Es hat solchen Spaß gemacht. Was war denn daran anstrengend?«

Er betrachtete mich mit Vorsicht. »Ich weiß wirklich nicht, ob ich gut im Erziehen von Kindern wäre. Ich habe nie etwas mit Kindern zu tun gehabt oder auch nur eine Windel gewechselt. Außerdem weiß ich nicht, ob ich bereit bin, dich mit jemandem zu teilen.«

Dan konnte seine Vorbehalte schnell überwinden und zu unserem Glück wurde ich auch bald schwanger. Unsere süße kleine

Anna wurde am 23. Oktober 1996 geboren. Obwohl Dan am Anfang Angst hatte, sie zu zerbrechen, gewöhnte er sich schnell daran, Papa zu sein, und genoss jeden Moment. Zwei Jahre später, am 27. Oktober, kam Jenna zur Welt, paradoxerweise genau an dem Datum, an dem meine Großmutter gestorben war. Ich hatte immer das Gefühl, dass Gott mir dadurch sagen wollte, ich solle jetzt fröhlich sein.

Er verwandelte einen Tag der Trauer in ein Fest neuen Lebens. Jenna sieht meiner Großmutter sehr ähnlich, was für mich etwas ganz Besonderes ist. Anna hatten wir nach ihr benannt, aber Jenna ähnelt ihr. Es war, als wäre meine Großmutter bei uns. Wir waren so glücklich mit unseren bildhübschen Mädchen, dass wir beschlossen, es noch einmal zu versuchen.

Baby Emma kam am 29. August 2001 zur Welt. Als Dan sie zum ersten Mal sah, sagte er:

»Es ist, als habe Gott Anna und Jenna zusammen in eine Tasche gepackt, gut durchgeschüttelt und eine Kombination aus beiden erschaffen.« Bis heute sieht sie aus wie eine Mischung aus ihren zwei Schwestern. Zwei Jahre später waren wir begeistert, als wir erfuhren, dass ich wieder schwanger war. Ich gebar unseren ersten Jungen, Noah, am 20. Februar 2004. Nachdem ich entbunden hatte, ging Dan mit großem Erstaunen und in heller Aufregung ins Wartezimmer, um der Familie zu verkünden: »Es ist an der Zeit, ein paar Spielzeugautos zu kaufen. Es ist ein Junge!«

Da wir finanziell gerade so über die Runden kamen und auf mein Einkommen angewiesen waren, arbeitete ich hauptsächlich an den Wochenenden, sodass sich Dan um die Kinder kümmern konnte. Während der Woche war ich zu Hause und Dan ging zur Arbeit. Es gab viel zu bewerkstelligen, aber wir hätten nicht glücklicher sein können. Mit einem Neugeborenen, einer Einjährigen, einer Dreijährigen und einer Fünfjährigen war unser Minivan voller Kindersitze und Spielzeug. Ich weiß noch, wie ich die Kinder einlud, Trinkfläschchen, Wegzehrung und Windeln einpackte, dann über beide Ohren grinsend Dan ansah und ausrief: »Wow, wir haben alle Hände voll zu tun, oder?«

Aus Dan wurde nach seinen anfänglichen Ängsten ein großartiger Vater. Er war einer, der seinen Kindern Brotscheiben in Form der Arche Noah schnitt und Tier-Kekse darauf verteilte, damit sie Spaß beim Essen hatten. Das tat er jedes Wochenende, wenn er an der Reihe war. Wenn ich am Montag wieder übernahm, klagten die Kinder und sagten, dass mein Essen langweilig sei und nicht spannend wie Papas Arche Noah. Stets beharrte ich:

»Ich mache es nicht wie Papa. Ich schmiere euch normale Brote.« Als offensichtlich wurde, dass er »Mister Spaß« war, erinnerte ich ihn an die alten Tage, an denen er gedacht hatte, er könne kein guter Vater sein, und jetzt war er ein Vollprofi. Wir lachten, umarmten uns und fühlten uns über alle Maßen gesegnet. So sah unser Leben aus, bis sich eine dunkle Wolke über uns zusammenbraute, die mir mein Glück stahl.

Im Anschluss an Noahs Geburt hatte ich mir die Eileiter durchtrennen lassen. Es war nichts, worüber Dan und ich ausführlich sprechen mussten oder wozu Dan mich gedrängt hatte.

Er überließ mir die Entscheidung. Nach unserem vierten Kind erschien sie einfach sinnvoll.

Wozu sollte ich für den Eingriff noch einmal wiederkommen, wenn man die OP auch gleich an Ort und Stelle durchführen konnte? Außerdem hatten mich die Ärzte davor gewarnt, noch einmal schwanger zu werden, weil sich nach den Kaiserschnitten bei Anna, Emma und Noah viel Narbengewebe gebildet hatte, was eine weitere Geburt kompliziert gemacht hätte. Rückblickend wurde mir jedoch klar, dass ich gleich nach der Entbindung emotional nicht dazu in der Lage gewesen war, eine vernünftige Entscheidung zu treffen. Mit der Zeit begann ich, mir darüber den Kopf zu zermartern. Es fühlte sich an, als sei ein Teil von mir gestorben.

»Oh, was hab ich nur getan?«, weinte ich in den Armen meines Mannes. »Das war keine gute Entscheidung. Was, wenn wir mehr Kinder wollen?«

Wir zogen in Erwägung, den Eingriff rückgängig machen zu lassen, aber das war mit Risiken verbunden und sehr kostspielig. Darüber hinaus gab es keine Garantie dafür, dass ich nach all den Kosten und der Operation wieder schwanger werden würde. Ich durchlebte eine lange Phase der Trauer, bis sich an einem Sonntag in der Gemeinde ein Gespräch mit ein paar Freunden ergab. Sie hatten ein Kind adoptiert und kannten viele andere Paare, die ebenfalls Kinder adoptiert oder in Pflege genommen hatten. Dan und ich sprachen darüber und fühlten uns ermutigt. Es gab eine Möglichkeit, falls wir uns doch noch einmal entschließen sollten, unsere Familie zu erweitern.

Weil wir mit unseren beiden Jobs und den Kindern gut ausgelastet waren, vergingen die Jahre wie im Flug. Noah war acht, als Dan und ich bereit waren, aktiv auf eine Adoption zuzugehen. Da einige unserer Freunde die Prozedur schon hinter sich hatten, war uns bewusst, dass es nicht leicht werden würde. Aber wir wollten unbedingt noch einen kleinen Jungen, da Noah gegenüber seinen Schwestern in der Minderheit war. Meine Arme sehnten sich danach, wieder einen Säugling zu halten. Ich vermisste die samtig weiche Haut, die kleinen schrumpeligen Finger, das flaumige Haar, den Geruch von Babypuder und die Seifenblasen. Ich wollte ein Baby zum Halten und Knuddeln. Ein zuckersüßes Bündel, dem ich Schlaflieder vorsummen konnte. Nach einigem Hin und Her mit einer anderen Vermittlungsstelle kontaktierten wir im Frühjahr 2013 eine Stiftung namens Bair Foundation Child & Family Ministries. Schnell bekamen wir einen guten Draht zu den Mitarbeitern. Wir besuchten Schulungsseminare, füllten eine Unmenge an Formularen aus und ließen Hausinspektionen über uns ergehen. Mich beschäftigte, dass sich die Seminarleiter bei den Schulungen sehr auf die Themen Trauer und Verlust konzentrierten. Das öffnete mir die Augen, weil ich am Anfang des Adoptionsprozesses nur an dem Ergebnis interessiert war: Wir würden ein Kind bekommen! Ein Baby! Dan und ich würden wieder Eltern sein. Doch letztendlich wurde mir bewusst, dass diese Kinder erst etwas verlieren mussten, um bei neuen Eltern aufgenommen zu werden. Für mich bedeutete dieser Gedanke etwas Grundlegendes. Ich hatte nur daran gedacht, ein süßes kleines Bündel zu bekommen, nicht aber daran, dass es einen Grund dafür gab, dass dieses Kind zu haben war. In Wahrheit hatten diese Kinder entweder einen Elternteil verloren oder ein ernst zu nehmendes Trauma erlebt und dabei schwere seelische Verletzungen erlitten.

Als wir uns mit dem Thema beschäftigten, änderte sich unsere Mission. Von da an ging es nicht mehr darum, was wir wollten, sondern was Gott wollte. Es ging darum, dass wir von diesem Moment an bereit waren, einem Kind zu dienen und eine Lücke zu füllen beziehungsweise Bedürfnisse zu stillen. Wir reichten keine Bestellung für einen perfekten kleinen Jungen ein. Wir öffneten unsere Familie für denjenigen, den Gott uns aufs Herz legen würde. Wir wollten Gott vertrauen. Als die Vermittlungsstelle uns anerkannte und Kinder vorschlagen wollte, waren wir hellauf begeistert. In unserer Aufregung dachten wir, dass sofort Steckbriefe von Babys, die zur Adoption freigegeben worden waren, ins Haus flattern wür-

Von da an ging es nicht mehr darum, was wir wollten, sondern was Gott wollte.

den. Naiv wie ich war, dachte ich, dass der Stempel »ANERKANNT« auf unserem Antrag sofort zu einem Dauerklingeln unseres Telefons führen würde. Schnell sollten wir merken, dass dem nicht so war. Vielmehr würden wir uns in Geduld üben müssen.

4. Wohin die Reise geht

Das Warten war zermürbend. Ich nahm mir Zeiten mit Gott, in denen ich betete, dass heute der Tag sein möge, an dem wir einen Vorschlag erhalten würden. Schließlich wusste Gott, dass in unseren Herzen Platz für ein weiteres Kind war, und offensichtlich gab es viele Kinder, die eine liebevolle Familie brauchten. Das sah doch vielversprechend aus.

Und dennoch verging eine Woche nach der anderen. Keine Anrufe. Keine E-Mails. Nicht ein Wort. Ich begann, mich zu fragen, was daran so schwierig war, ein Baby zu finden, das man lieben konnte.

Nach zwei langen Monaten kurz nach Silvester 2014 bekamen wir unseren ersten Vorschlag von der Bair Foundation. Es handelte sich um einen hinreißenden, achtzehn Monate alten Jungen. Aus seinen Papieren ging hervor, dass er unter Einschränkungen zur Adoption freigegeben worden war, was bedeutete, dass die richtige Familie für ihn gefunden werden musste. Neben seiner Geschichte, seinem Hintergrund und persönlichen Informationen hatten sie auch ein Foto mitgeschickt, das mich ganz in seinen Bann zog. Es war von der Seite aufgenommen worden. Laut den Regeln der Vermittlungsstelle durfte man das Kind nur im Profil sehen, damit seine Identität gewahrt blieb. Was ich sah, reichte aus, um mein Herz dahinschmelzen zu lassen. Der Junge saß auf einem Dreirad, die Hände am Lenkrad.

Sein Haar war hellbraun, fast blond. Nach Durchsicht aller Dokumente stand es uns frei, uns zu bewerben. Wenn das geschehen war, gab es unter Umständen noch viele andere Familien, die die Vermittlungsstelle in Betracht zog. Die zuständige Person würde sie alle begutachten und anhand vieler Faktoren eine Entscheidung treffen. Einschließlich unserer Kinder antworteten wir mit einem begeisterten Ja, dass wir berücksichtigt werden wollten.

Ich weiß noch, wie ich mich damit arrangierte, dass der Vorschlag nicht dem Baby entsprach, auf das ich mich eingestellt hatte. Dieser kleine Junge war anderthalb Jahre alt. Doch wenn ich sein Foto auf meinem Desktop öffnete, musste ich meine Freudentränen zurückhalten. Immer wieder vergrößerte ich das Bild bei dem Versuch, jedes Detail zu sehen, bis es unscharf wurde und ich es wieder verkleinern musste. Ich betrachtete eingehend sein T-Shirt, die kleine Jeanshose, die geschnürten Turnschuhe, seine winzige Ohrmuschel. Ich sah mir an, wie seine kleinen Händchen den Fahrradlenker umfassten. Alles an ihm war einfach hinreißend. Ich war total verliebt. Aufgeregt wuselte ich herum, damit alles bereit sein würde, wenn dieser perfekte kleine Junge Teil unserer Familie wurde. Ich kaufte blaue Bettlaken, Spielzeug und einen braun gescheckten Hundewelpen aus Stoff. Ich war bereit. Mehr als bereit. Ich war wieder Mutter geworden und wartete darauf, dass mein Sohn nach Hause kam.

Als die Wochen ins Land zogen und wir nichts hörten, bat ich unsere Sachbearbeiterin Sarah mehrmals, zu schauen, ob sie nicht etwas herausfinden könne. In jeder E-Mail schrieb sie mir, sie habe nachgefragt, aber keine Antwort erhalten. Als ich schließlich zum hundertsten Mal mein E-Mail-Postfach, in der Hoffnung auf eine Nachricht, öffnete, sah ich eine E-Mail von Sarah und darin die Worte, die ich nicht wahrhaben wollte: »Ehrlich gesagt glaube ich, dass sie ihn woanders untergebracht haben, denn sonst hätten wir schon etwas gehört. Geben Sie nicht auf! Es wird eine andere Möglichkeit geben.«

Zum ersten Mal in meinem Leben war ich sauer auf Gott. Mir ging es überhaupt nicht gut. Gott war immer mein Fels. Meine Hoffnung. Mein einziger Zufluchtsort, wenn sonst gar nichts mehr half. Doch wozu sollte es gut sein, dass ich ein Kind ins Herz schloss, das Liebe brauchte? Wozu diente es, dass wir unser Haus für ein Kind öffneten, das selbst kein Zuhause hatte, und am Ende wurde nichts daraus? Was sollte das für einen Sinn ergeben? Überhaupt keinen. Eigentlich war es schrecklich unfair. Ich konnte nicht verstehen, was Gott für einen Grund oder Plan haben sollte, dass diese Adoption nicht zustande kam. Ich weiß nur, dass mir Sarahs Nachricht wie ein Messer durchs Herz schnitt und ich das Gefühl hatte, langsam zu verbluten. Der Schmerz war so groß, dass ich beinahe aufgegeben hätte. Die Warterei und das Risiko, noch einmal nicht angenommen zu werden, wogen zu schwer. Glücklicherweise ermutigten gute Freunde Dan und mich, es weiterhin zu versuchen. Sie sagten, es sei nicht ungewöhnlich, dass so etwas passiere, und Gott habe ein Kind für uns.

Zum ersten Mal in meinem Leben war ich sauer auf Gott. Mir ging es überhaupt nicht gut. Gott war immer mein Fels. Meine Hoffnung. Mein einziger Zufluchtsort, wenn sonst gar nichts mehr half.

Ich weiß noch, wie ich den Stoffwelpen, den ich für das Baby gekauft hatte, gegen mein sehnsüchtiges Herz presste und dem Himmel meine Qual entgegenschrie.

»Gott, ich verstehe dich nicht«, betete ich laut. »Wo ist denn nun mein Baby? Ich muss an das glauben, was ich tief innen drin immer noch spüre. Du kennst unsere tiefsten Sehnsüchte.

Du weißt auch, was der kleine Junge braucht, den du für uns ausgesucht hast, damit er ein glückliches Zuhause findet. Bitte, ich flehe dich an, führe uns zusammen! Es tut so weh.

Wo ist mein Baby?« Im selben Augenblick spürte ich, wie mich plötzlich eine Ruhe überkam. Mein schneller Atem beruhigte sich. Meine Wut verrauchte, so schnell, wie sie gekommen war. Dann spürte ich Gottes Gegenwart und hörte deutlich seine leise Stimme: *Vertrau mir. Warte auf meinen Zeitpunkt. Dein Sohn wird bald zu Hause sein.*

Nachdem wir Trishs Anliegen besprochen hatten, saß ich an unserer Kücheninsel, den Kopf an Dans Schulter gelehnt. Das verzweifelte Gebet, das ich an jenem Tag zum Himmel geschickt hatte, kam jetzt wie ein Echo zu mir zurück. Könnte es sein, dass Gott nicht seine Ohren vor uns verschlossen, sondern längst den perfekten Sohn für uns auserkoren hatte? Kein Baby. Kein Kleinkind. Nicht einmal der Vorschlag, für den wir so gebetet hatten. Sondern ein achtjähriger Junge, der niemanden außer seiner Mutter hatte, um auf ihn aufzupassen. Eine Mutter, die gerade erfahren hatte, dass ihr Sohn in naher Zukunft nur noch eine Mutter im Himmel haben würde.

»Also, was denkst du?«, fragte mein Mann.

Ich erwiderte: »Die Sache mit Gottes Hilfe Schritt für Schritt anzugehen, scheint mir recht vernünftig zu sein. Aber was sagen wir Tricia? Was, wenn sie fragt und wir ihr nicht die Antwort geben können, die sie braucht? Ich möchte es ihr nicht noch schwerer machen, als es ohnehin schon ist.«

»Sag ihr die Wahrheit«, meinte Dan. »Dass wir da sind, wenn sie Hilfe braucht, und dass sich alles Weitere ergeben wird.«

Für mich ergab das keinen Sinn. Trishs Uhr tickte und wir sollten ihr sagen, dass wir einfach mal schauen würden, wie sich die Dinge entwickelten, was die Zukunft ihres Sohnes betrifft? Das wäre, als würden wir einem Ertrinkenden sagen, dass wir ihm eventuell einen Rettungsring zuwerfen würden. Dass es gerade keine Antworten gebe und wir erst einmal abwarten müssten, während der Strom den Ertrinkenden mit sich reißt. Wie könnte ich Trish bei dieser Herangehensweise in die Augen sehen?

Ich bin kein besonders geduldiger Mensch und das machte vieles nicht gerade leichter. Während wir auf Neuigkeiten und Anweisungen von der Vermittlungsstelle warteten, hatte ich vor lauter Anspannung oft das Gefühl, dass es mich schier zerreißt. Als uns der einzige Vorschlag, den wir erhalten hatten, durch die Lappen ging, wollte ich von Gott den Grund dafür erfahren, aber ich hörte seine Stimme nicht. Ich stellte Ansprüche. Wie ein Kind, das einen Tobsuchtsanfall bekommt, wollte ich, dass Gott mir alles erklärt. Und zwar sofort.

Als ich endlich aufhörte, eine Antwort erzwingen zu wollen, und mir bewusst wurde, gegen wen ich da eigentlich kämpfte, wurde mir auch klar, wo ich Gottes unmittelbare Antworten finden konnte. Ich machte es mir mit meiner Bibel auf dem Sofa gemütlich und überflog die Seiten. Gott war nicht abwesend. Er war so wunderbar nah. Über meinen anstrengenden Versuchen, die Situation zu kontrollieren, hatte ich diese Tatsache ganz vergessen. Als ich so in der Bibel blätterte, sprach mich in meinem Schmerz eine Stelle besonders an. Ich las immer wieder Sprüche 3,5: »Vertraue von ganzem Herzen auf den Herrn und verlass dich nicht auf deinen Verstand.« Dieser Vers gilt, damals wie heute. Gottes Wort ergibt Sinn und es war mein einziger Trost. Ich wusste, dass ich daran festhalten musste, wenn ich die Situation durchstehen wollte. Es war sehr herausfordernd, Gott blind zu vertrauen. Ich hielt inne, während die offenen Fragen, die Sorgen und Ängste noch an mir nagten.

»Ich denke, du hast recht«, sagte ich schließlich zu Dan. »Wir werden Trish und ihrem Sohn unsere Hilfe anbieten und sehen, was sie brauchen. Wir vertrauen Gott, dass er alles Weitere führen wird. Damit kann ich mich anfreunden.«

Ich drückte Dan einen Kuss auf die Wange und genoss seine Umarmung. Ich sprach nicht aus, dass ich das Gefühl hatte, Gott würde uns einen vollkommen anderen Weg führen, wobei sein Plan mit unserem überhaupt nicht übereinstimmte. Ja, mir war klar, dass wir auf Gott vertrauen mussten und nicht versuchen durften, unsere Zukunft selbst in die Hand zu nehmen. Doch ehrlich gesagt war das sehr beängstigend. Nichts davon hatte ich kommen sehen.

Die Planänderung von einem Baby, das uns die Vermittlungsstelle zuteilen würde, zu einem Grundschüler, der buchstäblich aus dem Nichts aufgetaucht war, traf mich völlig unvorbereitet. Ich war im Krankenhaus für kurze Zeit Trishs Krankenschwester gewesen. Warum war sie sich so sicher, dass wir die beste Wahl sind? Gab es denn sonst niemanden, der für die Erziehung ihres Sohnes infrage kam? Trish und ich waren einander fremd.

Die ganze Situation erschien mir sehr emotional und kompliziert und doch spürte ich eine seltsame Verbundenheit mit etwas, das ich weder verstand noch zu definieren vermochte. Trotz meiner Unsicherheit spürte ich, dass Gott auf seine Weise und zu seiner Zeit am Werk war. Ich schloss meine Augen und rief mir die verzweifelten Gebete in Erinnerung, die ich monatelang an Gott gerichtet hatte; nämlich, uns das richtige Kind zu schenken und diese ständige Sehnsucht nach einem Kind zu stillen; unsere Familie mit einem kleinen Jungen zu vervollständigen, der uns genauso brauchte wie wir ihn. Meine Vorstellung von Babydecken und Schlafliedern wich der Bereitschaft, mein Herz in Gottes Hände zu legen. Zum ersten Mal, seit ich an jenem Tag aus dem Krankenhaus gekommen war, lächelte ich.

5. Hinter dem Hügel

Jetzt, da ich einen Plan hatte, wusste ich nicht, wie ich ihn ausführen sollte. Ich hatte keine Kontaktdaten von Trish, aber ich konnte es kaum erwarten, wenigstens ihre Stimme zu hören. Ihre Entlassung war gerade einmal zwei Tage her und schon kreisten meine Gedanken nur noch um sie. Hatte sie genug zu essen im Haus? Wie organisierte sie die Betreuung für Wesley? Hatte sie Schmerzen? Schaute überhaupt jemand nach ihr? Dann fiel es mir wieder ein. Ich erinnerte mich an einen Vierbeiner, einen schwanzwedelnden, großen Berner Sennenhund namens Molly. Die Hundesitterin, von der Trish mir erzählt hatte, Robbin Babb, hatte sicher ihre Kontaktdaten und sie kam gelegentlich zum PinnacleHealth-Krankenhaus.

Robbin war Physiotherapeutin. Ich kannte sie zwar nicht sehr gut, aber wir waren uns schon begegnet. Wir hatten über Patienten gesprochen, jedoch nie auf einer persönlichen Ebene.

Als ich sie ausfindig gemacht hatte, fuhr ich mir mit der Hand durch meine kurzen, braunen Haare und versuchte, so gelassen wie möglich zu erscheinen, während ich innerlich sehr angespannt war.

»Hi Robbin«, sagte ich mit einer Stimme, die eine Oktave höher klang als gewöhnlich. »Ich habe gehört, dass du den Hund von Trish Somers ausführst.«

Sie schaute etwas verdutzt drein. Wahrscheinlich wusste keiner der Mitarbeiter von dem Hundesitting, und wenn, wunderte sich Robbin sicherlich, warum ich gerade dieses Thema anschnitt. Vor Erstaunen zogen sich ihre dunklen Augenbrauen zusammen.

»Ja, das mache ich tatsächlich«, erwiderte sie. »Woher weißt du das?«

»Das ist eine längere Geschichte. Hast du ein paar Minuten Zeit?«

Wir brauchten ein ungestörtes Fleckchen, ohne die ganze Hektik auf dem Gang, und so folgte sie mir in einen nahe gelegenen Meditationsraum. Dort angekommen, musste ich erst einmal meine Gedanken sortieren. Ich setzte ein höfliches Lächeln auf und fragte mich unwillkürlich, wie um alles in der Welt Robbin Molly ausführen konnte. Sie war ein winziges Persönchen, so schmächtig wie mein kleiner Finger. Sie hatte tiefbraune Augen und trug ihr glattes, braunes Haar zu einem Pferdeschwanz zusammengebunden. Ich stellte mir Robbin vor, wie sie mit diesem 50 Kilogramm schweren Riesenhund durch das Viertel lief, wie er an der Leine vor ihr her raste und einer Lokomotive gleich das arme Mädchen mit sich riss.

»Also, woher weißt du, dass ich mich um Molly kümmere?«, fragte Robbin und sah mich eindringlich an.

»Trish hat es mir erzählt. Ich war für sie zuständig, als sie aus dem OP kam. Wir sprachen unter anderem auch über den Hund.«

> »Trish bat mich um etwas, gleich nachdem sie erfahren hatte, dass sie nicht mehr lange zu leben hat«, sagte ich, wobei ich es selbst immer noch nicht fassen konnte. »Sie fragte, ob mein Mann und ich ihren Sohn großziehen würden, wenn sie stirbt. Genau so hat sie es gesagt.«

Robbin blinzelte, nach wie vor etwas erstaunt. »Ich bin mir nicht sicher, ob ich dir folgen kann.«

Ich erzählte ihr, wie ich an jenem ersten Abend Trish versorgt hatte, wie wir uns unterhalten hatten und dass ich in den darauffolgenden Wochen immer wieder in ihr Zimmer gekommen war, um nach ihr zu sehen. Als wir an den Punkt gelangten, an dem ich erklären musste, was am Tag ihrer Entlassung zwischen uns passiert war, verkrampfte sich mein Magen.

»Trish bat mich um etwas, gleich nachdem sie erfahren hatte, dass sie nicht mehr lange zu leben hat«, sagte ich, wobei ich es selbst immer noch nicht fassen konnte.

»Sie fragte, ob mein Mann und ich ihren Sohn großziehen würden, wenn sie stirbt.

Genau so hat sie es gesagt.«

Die Pupillen in Robbins tiefbraunen Augen weiteten sich. »Was? Oh, wow. Das ist eine große Bitte; vor allem, wenn man sich kaum kennt!«

»Ja.« Ich nickte mit einem nervösen Lächeln. »Seit jenem Tag konnte ich an nichts anderes mehr denken. Ich kann es nicht erklären, aber die Situation versetzt mich nicht in Panik.

Mein Mann und ich haben darüber gesprochen und wir empfinden beide, dass Gott etwas tun möchte. Das Problem ist nur, dass ich ihre Kontaktdaten nicht habe. Würdest du sie mir geben?«

Robbin rieb sich die Arme. »Ich habe Gänsehaut! Das ist wirklich krass. Ich habe sowohl ihre Handynummer als auch ihre E-Mail-Adresse und ich weiß, wo sie wohnt.«

Robbin fuhr fort und erklärte mir, dass sie Trish zum ersten Mal im Herbst getroffen hatte, als diese wegen ihrer anfänglichen Symptome im Krankenhaus war. Trish war Robbins Patientin. Robbin machte einige physiotherapeutische Übungen mit Trish, die ihr helfen sollten, wieder zu Kräften zu kommen. Im Gespräch erzählte Trish Robbin von Molly, der Hündin, die so groß war wie ein Bär und ziemlich viel Fürsorge brauchte. Trishs Nachbarin schien nicht besonders erpicht darauf zu sein, für die Zeit des Krankenhausaufenthaltes die Hundesitterin zu spielen. Laut Trish konnte Molly sehr launisch sein. Der Hund hatte die Angewohnheit, sich auf sein großes Hinterteil zu setzen und sich nicht mehr von der Stelle zu bewegen.

Es war eine Herausforderung, mit einem Tier zu diskutieren, das man nicht hochheben, schubsen oder ziehen konnte.

»Mein Mann und ich hatten einige Zeit davor unseren Hund verloren und ich vermisste unseren vierbeinigen Freund sehr«, erklärte Robbin. »Molly hat mein Herz im Sturm erobert. Am Ende gab ich Trish meine Handynummer und sagte ihr, dass sie sich ruhig bei mir melden könne, wenn sie mal einen Hundesitter brauche. Genau das hat sie dann vor ein paar Wochen getan, als sie für die Biopsie ins Krankenhaus aufgenommen wurde. Trish sagte mir, dass sich die Dinge zu ihrem Nachteil entwickelten. Deshalb half ich aus und brachte Molly bei uns unter, wo sie seitdem auch geblieben ist.«

Robbin und ich saßen einen Augenblick schweigend da. Es war offensichtlich, dass auch sie sich um Trish sorgte. Wir hatten ein gemeinsames Herzensanliegen und allein dieses Wissen ließ mich neue Hoffnung schöpfen, die ich so dringend brauchte.

»Was sollen wir tun?«, fragte ich.

»Ich denke, wir sollten sie besuchen. Ich wollte sowieso mit ihr in Kontakt bleiben und sehen, wie es ihr und Wesley geht. Lass uns zusammen hinfahren und etwas Zeit mit ihnen verbringen. Vielleicht können wir einen Einkauf für Trish erledigen. Vermutlich fällt es ihr schwer, sich auf den Beinen zu halten. Danach sehen wir, wie es weitergeht.«

Wir schlossen uns zusammen. Robbin war mit von der Partie. Von nun an hatte ich eine Helferin auf meinem Weg.

Wir verabredeten uns für ein paar Tage später. Direkt nach Robbins Arbeit wollten wir uns am Supermarkt treffen, um ein paar Dinge zu besorgen, die Trish und Wesley vielleicht brauchen könnten. Ich traf zuerst dort ein. Da es gerade Mitte April war, fand ich mich bald zwischen den Regalen mit den Ostersachen wieder und packte ein Körbchen für Wesley. Trish war sicherlich gerade nicht in der Verfassung, solche Dinge selbst zu tun, und es musste schlimm für Wesley sein, kein Osterkörbchen zu bekommen. Ich wählte ein gelbes Körbchen in Form eines Kükens aus und füllte es mit allerlei Süßigkeiten, Straßenmalkreide und einer Flasche Seifenblasenwasser. Dann stieß Robbin dazu und wir kauften ein paar Lebensmittel und Küchenutensilien. Ich hatte Trish angerufen und sie sagte mir, dass sie außer Eis am Stiel nichts essen könne. Deshalb deckten wir uns auch damit ein. Außerdem hatte Trish uns um ein Malset zum Anmalen von Ostereiern gebeten. Sie schien sich sehr zu freuen, dass wir Kontakt zu ihr aufgenommen hatten, und ich freute mich mit ihr. Sogar so sehr, dass ich ihr gleich eine Karte schrieb und sie wissen ließ, wie sehr mir meine Reaktion am Tag ihrer Entlassung leidtat. Ich entschuldigte mich und erklärte ihr, dass ich anfangs sehr überrascht gewesen war, aber dass mein Mann und ich nun mehr als bereit wären, für sie da zu sein und ihr so gut wie möglich zu helfen. Ich hoffte, sie damit aufheitern zu können; jetzt, da sie wieder zu Hause und allein war. Was aus ihrer Bitte bezüglich Wesley werden würde, stand noch nicht fest. Aber sie sollte wissen, dass sich jemand um sie sorgte und sie nicht länger auf sich allein gestellt war.

»Mir zittern die Hände, Robbin«, sagte ich, als wir an der Kasse standen. »Ich bin so aufgeregt, Trish wiederzusehen und Wesley kennenzulernen.«

»Es wird gut werden, Tricia«, versicherte sie mir. »Ich denke, dass es für alles einen Grund gibt. Du wirst sehen. Am Ende wird sich alles von selbst ergeben.«

Ich fuhr hinter Robbin her zu Trishs Adresse. Wir bogen in einen Wohnkomplex ein, der aus vier Häusern mit je drei Wohneinheiten und einem kleinen, asphaltierten Parkplatz bestand.

Der Wohnkomplex stand auf einem heruntergekommenen Grundstück und ich bekam vor lauter Unbehagen eine Gänsehaut. Ich nahm alle meine Sachen aus dem Auto und vergewisserte mich zweimal, dass ich es abgeschlossen hatte.

»Wo ist Trishs Wohnung?«, fragte ich Robbin.

Sie machte eine Handbewegung nach unten. »Da. Pass auf, wo du hintrittst.«

Es gab einen schmalen Steinpfad, gesäumt von einem wackeligen Geländer, der den Hügel hinunterführte. Wie um alles in der Welt hatte Trish in ihrem Zustand diesen halsbrecherischen Abstieg bewältigt? Auf dem Weg bergab konnte ich direkt vor uns einen Müllcontainer sehen. Links befand sich Trishs Eingangstür mit einer kleinen Betonveranda davor. Mir stockte der Atem, als Robbin zweimal klopfte. Es war das erste Mal, dass Trish und ich uns sehen würden, seit sie mich darum gebeten hatte, Wesley großzuziehen. Ob sie inzwischen ihre Meinung geändert haben würde, nachdem sie Zeit zum Nachdenken gehabt hatte? Ob sie es wohl bereute, überhaupt gefragt zu haben? Ob sie sich dazu entschlossen hatte, ihren Sohn doch lieber einer Arbeitskollegin oder Freundin anzuvertrauen? Das würde natürlich Sinn ergeben. Ich ließ meinen Gedanken freien Lauf und mir wurde klar: Wenn sie ihre Meinung nicht geändert hatte und alles noch beim Alten war, könnte ich heute zum ersten Mal meinen Sohn treffen. Was würde ich sagen? So hatte ich mir das nicht vorgestellt!

Ob sie inzwischen ihre Meinung geändert haben würde, nachdem sie Zeit zum Nachdenken gehabt hatte? Ob sie es wohl bereute, überhaupt gefragt zu haben?

Ich träumte immer noch von blauen Babylaken! Und was würde Wesley denken? Mit Sicherheit hatte er keinen blassen Schimmer von der Idee seiner Mutter und der Bedeutung dieses Besuchs. Robbin kannte er natürlich, weil sie auf den Hund aufpasste. Aber ich war für ihn nur irgendeine Frau, die eben auch noch mitgekommen war. Und dann öffnete sich die Tür.

»Hallo«, begrüßte uns Trish. Sie schien begeistert zu sein, uns zu sehen. »Wesley, wir haben Besuch und da ist jemand, den du kennenlernen solltest.«

Sie trug ein übergroßes Schlafanzugoberteil, Leggins und struppige, pinke Hausschuhe.

Ihr Haar war zurückgebunden. Einige lose Strähnen lugten hervor, als hätte sie gerade geschlafen. Die Chemo, die sie begonnen hatte, forderte augenscheinlich ihren Tribut.

Denn Trish bewegte sich vorsichtig und sah blass um die Nase aus. Dennoch schien sie in ihrer vertrauten Umgebung viel glücklicher und entspannter zu sein.

Ich blickte über Trishs Schulter zu Wesley hinüber, der auf einem Küchenstuhl saß, Kopfhörer auf den Ohren, und in sein Nintendo-Spiel vertieft war. Als er sie ablegte und aufstand, war er größer, als ich ihn mir vorgestellt hatte. Und er legte die kurze Strecke bis zur Haustür nicht gehend zurück. Nein, er hüpfte geradezu. Wesley grinste und zeigte dabei seine kleinen, viereckigen Zähne. Seine Augen leuchteten. Er trug Jeans und ein T-Shirt, das ein paar Größen zu klein für ihn war. Sein kastanienbraunes Haar stand ihm an einigen Stellen in unbändigen Stoppeln vom Kopf ab. Er schien Sprungfedern unter den Füßen zu haben, wie er so hinter seiner Mutter hersprang, mich ansah und winkte. Mein Mund fühlte sich trocken an, als ich lächelte und ihm kurz zurückwinkte.

»Robbin kennst du ja schon, und das ist Tricia. Sie hat sich um Mama gekümmert, als sie das letzte Mal im Krankenhaus war«, erklärte Trish Wesley.

Ich starrte ihn etwas zu lange an, räusperte mich dann und versuchte, meine verkrampften Glieder zu lockern. Als ich mich wieder bewegen und einigermaßen normal verhalten konnte, beugte ich mich vor und berührte ihn an der Schulter.

»Hallo Wesley«, sagte ich mit möglichst fester Stimme. »Ich habe schon viel von dir gehört. Dieses Osterkörbchen ist für dich. Ich hoffe, es gefällt dir. Mein Sohn ist in deinem Alter und er liebt diese Geleebonbons und die kleinen Marshmallow-Hühner.«

»Wow, danke!«, rief er aus und wühlte sich durch die Süßigkeiten, wie Achtjährige das so machen. Er packte die kleinen Schokohasen aus und schob sich ein Stück Schokolade nach dem anderen in den Mund, bis beide Wangen voll waren, wie bei einem Hamster.

Ich war mir sofort sicher, dass ich es hier mit einem besonderen Jungen zu tun hatte.

Zwar kannte ich ihn erst seit ein paar Sekunden, trotzdem hatte ich mich schon in ihn verliebt.

Er durchsuchte das Körbchen nach einem Bonbon in der richtigen Farbe, begutachtete mehrere Bonbons, bis er ein rotes fand und es verschlang. Ich beobachtete ihn, wie er kaute, wie er etwas vor sich hin summte, wie er mit den Beinen wackelte. Er war immer noch in Bewegung, jede Sekunde; sogar, wenn er einfach nur dasaß.

»Dann kommt mal rein«, sagte Trish und trat zur Seite.

Viel Tageslicht drang nicht durch das kleine Fenster, sodass eine Lampe brennen musste, obwohl es ein sonniger Nachmittag war. Wir bahnten uns einen Weg in die Küche, um die Einkäufe abzustellen, aber wegen des Durcheinanders mussten wir aufpassen, wo wir hintraten.

»Das ist so lieb von euch«, sagte Trish und räumte die Tüten aus.

»Kann ich dir mit dem Abwasch helfen?«, fragte Robbin und deutete auf den Stapel von Tellern und Tassen in der Spüle. »Ich weiß, dass du Ruhe brauchst, und würde gern helfen.«

»Nicht nötig«, antwortete Trish, während sie eine Flasche Apfelsaft in den Kühlschrank stellte. »Wir kriegen das hin.«

Doch während Trish noch sprach, öffnete Robbin bereits die Spülmaschine. Darin war überhaupt kein Platz für Geschirr. Stattdessen wurde sie als Stauraum genutzt. Sie war voll mit verschiedenen Behältern, Prospekten, Notizblöcken und anderem Papierkram. Ich drehte mich um und blickte auf einen Brotkorb voller Schulsachen. Daneben stand ein kleines Tischchen mit Behältern, angefüllt mit Stiften und Malsachen. Ich fragte mich, ob Wesley dort gesessen hatte, als er die schönen Bilder für das Krankenzimmer seiner Mutter malte.

Wir drei Frauen setzten uns aufs Sofa, während Wesley zwischen dem Wohnzimmer und seinem eigenen Zimmer hin und her flitzte. Ich hatte den Eindruck, dass die Süßigkeiten, die ich ihm mitgebracht hatte, seinen ohnehin schon hohen Energiespiegel noch erhöhten. Hoffentlich machte es Trish nichts aus. Wenn doch, ließ sie sich nichts anmerken.

Wesley schien daran gewöhnt zu sein, die Dinge auf seine eigene Art und Weise zu tun, und Trishs Krankheit hatte vermutlich dazu geführt, dass er oft auf sich allein gestellt war.

Ich lehnte mich gegen das Polster und sah ein verstaubtes Schränkchen mit Videokassetten in der Ecke stehen. Darauf standen einige »Gute Besserung«-Karten und in der Mitte die, die ich geschickt hatte.

Trish sah, wo ich hinschaute, und lächelte sanft. »Es hat mir unendlich viel bedeutet, deine Karte zu bekommen«, sagte sie. »Ich bin froh, dass du und Dan mich nicht für verrückt erklärt habt, weil ich dir an jenem Tag meine Frage wegen Wesley stellte.«

Ich war nicht darauf vorbereitet gewesen, so schnell zum Thema zu kommen. Ehrlich gesagt hatte ich zunächst ein bisschen Smalltalk erwartet. Mein Puls hämmerte in meinen Ohren, als ich beobachtete, wie ihr Lächeln plötzlich unsicher wurde. Ich fragte mich, wo diese Unterhaltung hinführen würde, und lächelte nervös zurück.

6. Was blieb

Da war sie also. Die Situation, die ich in meinem Kopf immer wieder durchgespielt hatte. Wahrscheinlich würde Trish gleich über sich selbst lachen und mich bitten, das Ganze zu vergessen. Gleich würde sie mir sagen, sie habe das alles nicht so gemeint. Sie sei einfach nur in Panik geraten, weil sie nicht fassen konnte, was die Ärzte ihr gesagt hatten. Sie würde mir raten, alles zu vergessen und so weiterzuleben wie bisher.

Ich schielte zu Wesley hinüber, der immer noch herumsprang und gerade in ein Marshmallow-Küken biss. Schließlich ließ er sich mit seinen Kopfhörern auf einen Stuhl fallen und spielte mit seinem Gameboy. Ich würde nur über dieses Thema sprechen, wenn er sich außer Hörweite befand.

»Du bist eine Mutter, die ihren Sohn über alles liebt.«

»Wir haben dich nie für verrückt gehalten«, versicherte ich ihr. »Mein Mann und ich haben uns ausführlich unterhalten und sind uns einig, dass du eine Mutter bist, die ihren Sohn über alles liebt.«

Trish schaute zu Wesley. Ich sah ihre grenzenlose Liebe für ihn in ihren Augen.

»Ja, das tue ich. Sehr. Er ist alles für mich.«

»Darf ich fragen, wer Wesleys Vater ist?«, fuhr ich fort. »Im Krankenhaus hast du gesagt, dass er nicht mehr da ist. Aber ich bin mir nicht sicher, was du damit meintest.«

Trish erzählte uns ihre Geschichte. Sie war in Pasadena, Maryland, zur Welt gekommen und hatte einen großen Bruder namens

Ollie, der mit einer reizenden Dame namens Erin verheiratet war. Trish hatte ein gutes Verhältnis zu ihren Eltern, Oliver und Sylvia, und lebte zu Hause, bis sie Anfang dreißig war. Sie arbeitete in verschiedenen Jobs und verbrachte ihre Zeit mit ihren Arbeitskollegen und Freunden, besonders mit ihrer besten Freundin, Maria.

Die beiden waren ein tolles Team. Tagsüber arbeiteten und nachts feierten sie. Und am nächsten Morgen begann das Ganze von vorn. Das machte Trish Spaß und doch sehnte sie sich danach, ihre eigenen vier Wände zu haben. Bei ihrem mageren Gehalt brauchte sie viel Geduld und Zeit, bis sie sich etwas angespart hatte. Als sie 32 Jahre alt wurde, hatte sie das Geld zusammen, um sich ein Reihenhaus zu kaufen. Sie war stolz, ausziehen zu können und unabhängig zu sein. Dieser neue Lebensabschnitt hielt jedoch nicht lange an. Bald schon erfuhr sie, dass ihre Mutter an Krebs erkrankt war. Trish organisierte ihre Arbeitszeiten neu und stellte sicher, dass sie immer verfügbar war, um ihre Mutter zu Arztterminen zu begleiten und ihren besorgten Vater zu unterstützen.

Als gerade alles besser zu werden schien und sich der Zustand ihrer Mutter stabilisiert hatte, bekam auch ihr Vater eine Krebsdiagnose – eine Katastrophe. Trish fühlte sich, als würde sie ins Bodenlose fallen. Weil sie sich um ihre Mutter sorgte und gleichzeitig bei der Pflege ihres Vaters helfen wollte, verbrachte sie kaum noch Zeit bei sich zu Hause. Es erschien sinnvoll, ihr Reihenhaus zu verkaufen und wieder zu ihren Eltern zu ziehen, wo sie gebraucht wurde.

Der Krebs ihres Vaters war bösartig und bald schon erlag er seiner Krankheit. Als Trish diesen Verlust gerade halbwegs verkraftet hatte, bekam ihre Mutter einen Rückfall und der Krebs erreichte schnell ein unheilbares Stadium. Kurz darauf starb sie, als ob ein Leben ohne ihren Ehemann nicht infrage käme. Trishs Bruder Ollie war bei der Pflege der Eltern eine zuverlässige Hilfe gewesen. Trish wusste, dass sie ihn jederzeit um Unterstützung bitten konnte. Als sowohl der Vater als auch die Mutter das Endstadium erreicht hatten und ins Krankenhaus mussten, fuhr Ollie ständig hin und her, um bis zu ihrem letzten Atemzug bei ihnen zu sein. Trish blieb zu Hause. Sie konnte es nicht ertragen, ihre Eltern an Maschinen hängen zu sehen und zuzuschauen, wie sie dahinsiechten. Der Tod lag in der Luft. Trish gab zu, sich wegen ihrer fehlenden Besuche immer noch zu schämen, aber sie hoffte, dass ihre Eltern gewusst hatten, wie sehr sie sie liebte, obwohl sie in ihren letzten Tagen nicht bei ihnen gewesen war.

Einsam und verlassen lebte Trish weiterhin im Haus ihrer Eltern und hüllte sich in ihre Erinnerungen wie in eine warme Decke. Sie war allein. Ihr Bruder nahm sein Leben wieder auf. Nun war es an ihr, sich ebenfalls eines aufzubauen.

»Ich glaube, in dieser Zeit wollte ich einfach nur jemanden finden, den ich lieben konnte«, erklärte Trish. »Dann traf ich Ben* über eine Partnerbörse im Internet. Er war keine gute Wahl. Wenn mein Vater noch gelebt hätte, kannst du dir sicher sein, dass er keinen Fuß in unser Haus gesetzt hätte.«

Nachdem sie ein paarmal zusammen ausgegangen waren, zog Ben bei Trish ein. Er war groß, ließ seinen Charme spielen, brachte sie zum Lachen und war jemand zum Anlehnen.

Schon nach kurzer Zeit gab sich Trish, ihre Beziehung betreffend, keinen Illusionen mehr hin. Es gab mehr Streit als Streicheleinheiten. Ben wechselte ständig seine Arbeitsstelle und hatte bald den größten Teil von Trishs Erbe verschleudert. Er trank viel und hatte ein hitziges Gemüt. Trishs Freunde und ihr Bruder drängten sie, Schluss zu machen, doch sie wollte nicht auf

---

* Name geändert.

sie hören. Sie kannte Ben am besten. Jede Beziehung hatte ihre Schwierigkeiten und sie war entschlossen, ihre Probleme mit Ben in den Griff zu bekommen. Weil die Trinkgelage und Gewaltausbrüche mit der Zeit zunahmen, musste Trish schließlich einen Schlussstrich ziehen und zugeben, dass alle recht gehabt hatten. Ben war Gift für sie.

Trish warf ihn aus der Wohnung und wollte ihn nie wiedersehen.

Kurz nachdem sie Schluss gemacht hatte, merkte Trish jedoch, dass ihre Periode ausblieb.

Sie war schwanger. Das war nicht Teil des Plans! Trish wusste nicht, wie sie damit umgehen sollte. Gern hätte sie es für sich behalten und Ben die Neuigkeiten verheimlicht, aber etwas in ihr drängte sie, die Wahrheit zu sagen. So turbulent ihre Beziehung auch gewesen sein mag: Es war auch sein Kind. Sie kam zu dem Schluss, dass sie dieses Geheimnis nicht für sich behalten durfte. Anfangs glaubte sie noch, das ungeborene Leben wäre das Wunder, das ihre zerbrochene Beziehung brauchte. Ben zog wieder ein, brachte sie zu ihren Terminen mit der Hebamme und behielt sogar seinen damaligen Job. Trishs Freunde und ihr Bruder waren alles andere als erfreut, aber Trish hatte neue Hoffnung geschöpft. Mit dem Baby und Ben würde sie endlich die Familie haben, die sie sich immer gewünscht hatte. Nun hatte sie zwei Menschen, die sie lieben konnte.

Am 29. November 2005, nach einem langen und harten Kampf, der in einen Notkaiserschnitt mündete, wurde Wesley geboren; eine Sternstunde in Trishs Erinnerung.

Das Kind glich all den Schmerz und die Angst wieder aus. Hauptsache war, dass dieses neue Lebewesen gesund und munter war. Mit Ben an ihrer Seite strahlte sie, als der Arzt die Nabelschnur durchtrennte und ihr das schreiende Baby in die Arme legte. Wesleys kleine Hände waren zu Fäusten geballt, dunkelbraunes Haar krönte sein Haupt. Erst nach Trishs Tod würde ich erfahren, dass sie ein kleines Heft mit Nachrichten an Wesley gefüllt hatte.

Sie schrieb diese Nachrichten in dem Wissen, dass er eines Tages bereit sein würde, sie zu lesen. Von allen Einträgen waren die über ihre Schwangerschaft und die Geburt ihres Sohnes am leidenschaftlichsten und detailliertesten formuliert. Auf der Seite, auf der sie Wesley ihre Freude über ihn nach seiner Geburt schildert, schreibt sie mit krakeliger Schrift:

> Ich habe mich verliebt! Du warst das Perfekteste, das ich je gesehen habe!

Ben und Trish brachten ihr Neugeborenes nach Hause. Eltern zu sein verbesserte jedoch nicht ihre Beziehung und ihr Verhältnis verschlechterte sich zusehends. Wenn das Baby nachts schrie, regte sich Ben auf, weil er früh zur Arbeit musste. Dann schnauzte er Trish an, sie solle für Ruhe sorgen. Um eine Auseinandersetzung zu vermeiden, die leicht in einen handfesten Streit münden konnte, nahm Trish Wesley auf den Arm und schlief mit ihm in einem anderen Raum. Dort konnte sie ihn knuddeln, stillen und ihm Schlaflieder vorsingen, damit er sich beruhigte. Auch jetzt noch, obwohl Wesley bereits in die zweite Klasse ging, schliefen sie zusammen in einem Bett, gab Trish zu. Sie hatten nie gelernt, dem Dunkel der Nacht allein entgegenzutreten. Die beiden waren unzertrennlich. Sie fühlten sich sicher, wenn sie zusammen waren. Solange sie einander hatten, war die Welt in Ordnung.

Die beiden waren unzertrennlich. Sie fühlten sich sicher, wenn sie zusammen waren. Solange sie einander hatten, war die Welt in Ordnung.

Als Wesley etwa ein Jahr alt war, heirateten Ben und Trish. Sie liebte Hochzeiten und wollte ihre Hochzeit in ganz großem Stil aufziehen, mit dem perfekten Outfit, einem schönen, langen, weißen Kleid, in dem sie sich wie eine Prinzessin fühlte. Die Musik, die Blumen und die kleine Versammlung von Gästen lenkte sie ab, von dem unterschwelligen Misstrauen ihrer Freunde Ben gegenüber und von ihrer eigenen Unzufriedenheit in der Beziehung.

Trish glaubte tatsächlich, wenn sie einfach so weiterlebte wie bisher, würde vielleicht auf wundersame Weise das Leben dabei herauskommen, das sie sich so sehr wünschte.

Obwohl sich Trish ein glückliches »bis ans Ende« gewünscht hatte, sah sie schließlich doch ein, dass die Beziehung mit Ben zu nichts führte und beendet werden musste. Trish und Ben ließen sich scheiden, als Wesley vier Jahre alt war. Bis dahin hatte Trish Bens Zornausbrüche geduldig ertragen und leere Entschuldigungen akzeptiert. Nun aber sah die Sache anders aus. Trish hatte jetzt einen Grund, nicht klein beizugeben. Sie musste eine Grenze ziehen.

Der Sohn, den sie über alles liebte, hatte einen Anspruch auf bessere Kindheitserinnerungen. Wie sollte er denn lernen, was wahre Liebe bedeutet, wenn er immer nur hörte, wie gestritten und geschrien wurde; wie Glas zersplitterte, weil leere Bierflaschen durch den Raum flogen? Als der Papierkram erledigt und Trish Ben endlich los war, galt ihre ganze Aufmerksamkeit dem einzigen Segen, den er ihr hinterlassen hatte. Um jeden Preis würde sie dem kleinen Jungen, dem ihr Herz gehörte, die Zukunft geben, die er verdiente.

Zu einem Neustart entschlossen, verkaufte sie das elterliche Haus und zog nach Pennsylvania. Dort florierte der Arbeitsmarkt. Zusätzlich wollte Trish ihre monatlichen Ausgaben verringern.

Deshalb zogen sie und Wesley in eine kleinere Wohnung. Die meisten Wohnungsangebote scheiterten an Molly, dem Hund, sodass Trish in Harrisburg in der winzigen Bude gelandet war, in der ich an diesem Tag saß. Sie hatte immer vorgehabt, zu renovieren oder eine bessere Bleibe zu suchen. Doch dann wurde sie krank und der Rest war mir bekannt. Diese Wohnung diente ihr nun als Zuhause.

Ich konnte sehen, dass Trish beim Erzählen müde geworden war. Wir waren schon beinahe zwei Stunden da. Robbin und ich sagten ihr, es sei an der Zeit zu gehen, weil wir sie nicht beim Abendessen stören wollten. Ich sah mich um und fragte mich, wo sie sich zum Essen hinsetzen wollten. Nirgends war ein Esstisch zu sehen.

»Ihr stört bei gar nichts«, sagte Trish. »Wenn wir Hunger bekommen, holen wir uns einfach etwas aus dem Kühlschrank und stellen es in die Mikrowelle.«

Es irritierte mich ein wenig, dass Trish solch eine Vorstellung von einem Abendessen hatte. Tatsächlich traf mich die Situation viel tiefer, als ich erwartet hätte. Noch immer kannte ich diese Frau kaum und vor allem kannte ich ihren kleinen Jungen nicht. Doch ich hatte das starke Gefühl, dass Gott mir zuflüsterte, etwas zu tun. Was genau, wusste ich noch nicht. Sollte ich Wesleys Mama werden, worum Trish mich gebeten hatte? Oder sollte ich sie nur, als gute Freundin, in ihren letzten Wochen ermutigen? Vielleicht war ich nur die Frau, die sich im Krankenhaus um Mama gekümmert hatte. Die Frau mit dem Osterkörbchen voller Süßigkeiten. Jemand, der eine Karte geschickt hatte. Mir schwirrten die Gedanken im Kopf herum und ich hatte mehr Fragen als Antworten. Ich erinnerte mich an Dans Worte, dass wir Gott die ganze Sache überlassen sollten, und ich war damit einverstanden gewesen. Doch in jenem Moment wünschte ich mir eine Direktver-

Ich hatte das starke Gefühl, dass Gott mir zuflüsterte, etwas zu tun.

bindung zum Himmel per Kurzwahltaste! Welche Rolle spielte ich im Leben dieser Familie?

Robbin und ich umarmten Trish und verabschiedeten uns von Wesley. Wir liefen wieder den Hügel hinauf. Bei meinem Auto angekommen, umarmte ich Robbin und dankte ihr, dass sie mitgekommen war. Dann trat ich meine Heimreise an. Als der Wohnkomplex aus meinem Rückspiegel verschwand und nach einer Stunde die hügelige, grüne Landschaft von McAlisterville auftauchte, wünschte ich mir, ich könnte dieses Stück Paradies mit Trish und ihrem Sohn teilen. Nachdem wir jenen Abend miteinander verbracht hatten, war ich für immer verändert. Es gab kein Entrinnen. Ich würde in meine Einfahrt einbiegen, meine Lieben zu Hause begrüßen, ein Abendessen mit Hühnchen zubereiten und dann im Schaukelstuhl auf der Veranda sitzen und den Sonnenuntergang beobachten, aber ich würde nicht ganz bei der Sache sein. Nicht so wie vorher. Denn ob ich es wollte oder nicht, beim Verlassen dieser winzigen Wohnung war ein Teil von mir dort zurückgeblieben.

7. Der Osterbesuch

Ostern stand vor der Tür. Für Dan und mich war das immer ein besonderes Ereignis.

Früh machten wir die Kinder fertig und trafen den Rest meiner Familie beim Morgengottesdienst in der Gemeinde. Von dort fuhren wir zu meiner Mutter, bei der wir uns als ganze Familie ein Essen mit allem Drum und Dran gönnten. Der Tag endete mit einem Ostereiersuchen in ihrem Garten. Die Ostertage waren meine Lieblingsfeiertage. Doch in jenem Jahr konnte ich mich nicht in die entsprechende Stimmung versetzen, ohne an Trish und Wesley zu denken.

Wäre es für sie ein Geschenk oder eine Last, wenn wir sie an unserer traditionellen Feier teilhaben ließen? Etwas in mir flüsterte, dass es ihnen gefallen würde. Aber vielleicht hatten sie schon Pläne. Vielleicht würden Trishs Freunde aus Baltimore, die sie im Krankenhaus besucht hatten, zu ihr kommen. Trish hatte von Maria erzählt, die für sie wie eine Schwester war, und von den anderen Frauen, die ihr sehr ans Herz gewachsen waren. Würde sie Ostern nicht lieber mit ihnen verbringen? Oder vielleicht hatten sie und Wesley eine kleine Familienfeier geplant. Ich hatte keine Ahnung, was sie an ihren Feiertagen zu tun pflegten, aber ich hoffte, dass sie unsere Einladung zumindest in Erwägung ziehen würden. Ich fragte Robbin, was sie von der Idee hielt, und sie fand sie prima. Nicht nur, dass es für Trish und Wesley eine tolle Abwechselung sein würde, mal rauszukommen und ein richtiges Osteressen zu erleben … Es wäre auch das erste Mal, dass meine Familie die beiden treffen würde.

Wir könnten sehen, wie sich Wesley mit meiner Familie arrangierte, für den Fall, dass er am Ende zu uns zog.

Seit ich Dan von unserem Besuch in Trishs Wohnung erzählt hatte, wussten wir beide, dass sich die Dinge weit über das hinaus entwickelt hatten, was wir anfangs für Alltagshilfe hielten. Nachdem ich gesehen hatte, in welcher heruntergekommenen Wohnung Tricia und Wesley hausten, konnte ich mich kaum noch auf etwas anderes konzentrieren. In mir gab es eine emotionale Verbindung zu den beiden, die ich nicht erklären konnte. Ich spürte, dass Gott unsere Familien zu einer einzigen zusammenfügen würde. Es war nur so eine Vorahnung. Dan ging es genauso. Wir beschlossen, dass die Zeit für ein Familientreffen gekommen war. Wir konnten uns nicht länger auf das Ziel zubewegen, eventuell Wesley in unsere Familie aufzunehmen, ohne zu wissen, wie unsere Kinder darauf reagieren würden. Deshalb versammelten wir sie um den Esstisch. Ich faltete meine Hände in meinem Schoß und war sehr erleichtert, als Dan die Initiative ergriff und das Thema anschnitt.

»Mama hat jemanden im Krankenhaus kennengelernt … eine Patientin. Sie braucht Hilfe und wir spüren, dass Gott uns als Familie gebrauchen will. Wenn er das tut, seid ihr alle ebenfalls gefragt.«

»Eure Mutter und ich haben etwas mit euch zu besprechen«, eröffnete er den Kindern.

»Mama hat jemanden im Krankenhaus kennengelernt … eine Patientin. Sie braucht Hilfe und wir spüren, dass Gott uns als Familie gebrauchen will. Wenn er das tut, seid ihr alle ebenfalls gefragt.«

Emma machte große Augen, so wie alle anderen auch. »Was denn für Hilfe?«, fragte sie.

Das war der Moment, in dem Dan zu mir herüberschaute. Mein Stichwort: »Sie heißt Trish und hat Krebs im Endstadium«, erklärte ich. »Sie ist eine alleinerziehende Mutter mit einem achtjährigen Sohn und hat uns gefragt, ob wir ihn in unsere Familie aufnehmen könnten, wenn sie stirbt. Wir denken darüber nach.«

Ich wusste, dass wir großartige Kinder hatten, die Gott in ihrem Herzen trugen. Doch als ich sie zustimmend nicken sah, ohne jeden Zweifel, kamen mir die Tränen.

Noah nickte begeistert. »Ich hätte endlich einen Bruder in meinem Alter, mit dem ich wirklich spielen könnte.« Dan und ich lächelten.

»Du warst nicht so scharf aufs Windeln-Wechseln, stimmt's?«, neckte Dan ihn.

»Baseball macht viel mehr Spaß und stinkt auch nicht.« Noah zuckte mit den Achseln und kicherte.

»Das ist so traurig«, stimmte Anna ein. »Kaum vorstellbar, was seine Mutter gerade durchmacht. Ich bin dafür.«

»Wie lange hat sie noch?« Jennas Gesichtsausdruck war voller Mitleid.

Ich zögerte. Ich hatte es bis dahin nie laut ausgesprochen. Es war schwerer, als ich dachte. »Die Ärzte sagen, höchstens sechs Monate. Der Krebs ist bösartig, trotz ihrer Chemotherapie.«

Es entstand eine Stille, als die Kinder diese Information aufnahmen. Das war zu viel auf einmal. Noah meldete sich, als wäre er in der Schule. »Können wir sie treffen? Ich möchte spielen mit …« Dan lachte. »Wesley. Er heißt Wesley und wir haben beschlossen, ihn und seine Mutter zu Ostern zu uns einzuladen. Sie haben sonst keine Familie, also passt das ganz gut. So können wir alle einander kennenlernen.«

Allerdings gab es da noch eine Sache. Ich wusste, dass ich sehr deutlich werden musste: »Wesley weiß nicht, dass seine Mutter sterben wird oder dass sie uns gebeten hat, ihn aufzunehmen, wenn sie nicht mehr da ist«, erklärte ich. »Kein Wort zu ihm über all das. Er weiß nur, dass wir neue Freunde sind. Wir helfen ihnen und haben Spaß zusammen.«

Die Köpfe wippten auf und ab. »Keine Sorge, Mama«, erwiderte Emma und sprach damit für sie alle. »Wir werden aufpassen und uns nichts anmerken lassen. Wir werden einfach nett zu ihnen sein und Freundschaft schließen.«

Ich lehnte mich zurück und entspannte zum ersten Mal, seit wir uns zusammengesetzt hatten. »Wenn wir uns alle einig sind, denke ich, wäre es gut zu beten.«

> Unsere ganze Familie war mit im Boot. Und Gott hielt uns alle in seiner Hand.

Ohne weitere Umschweife begann Dan ein Gebet. Als er Gott darum bat, unseren Weg zu führen und uns seinen Willen zu offenbaren, konnte ich eine wunderbare Einheit spüren. Unsere ganze Familie war mit im Boot. Und Gott hielt uns alle in seiner Hand.

Der nächste Schritt bestand darin, meine Mutter, meinen Bruder, unseren Pastor und einige enge Freunde aus der Gemeinde anzurufen. Je mehr wir über Trish und Wesley sprachen, desto warmherziger und offener schienen die Leute zu sein. Ich war erstaunt. Das war nicht der Weg, den wir für unseren Familienzuwachs geplant hatten. Doch trotz aller Widrigkeiten schien Gott das Puzzle zusammenzufügen. Wir hatten in unseren Herzen schon für ein weiteres Kind Platz gemacht und wir wollten einen Bruder für Noah. Trish hatte niemanden für Wesley, wenn ihre Zeit auf der Erde abgelaufen war. Wir besaßen ein Zuhause, das sich nach einem kleinen Jungen sehnte, und Trish hatte einen kleinen Jungen, der ein Zuhause brauchte, damit sie ihren Frieden finden konnte. Das bedeutete, dass ich meinen Traum von einem Baby in unserem Haushalt an den Nagel hängen musste. Das Stofftier, die blauen Laken, die Formulare bei Bair, auf denen stand, dass wir ein Baby wollten – das alles stellte für uns ein Ziel in Reichweite dar. Doch Dan und ich hatten Gott unzählige Male gebeten, uns geduldig sein zu lassen, bis er den richtigen Sohn für uns ausgesucht hatte. Die Gewissheit, die ich in Bezug auf Wesley spürte, war nicht zu leugnen. Er würde kein Babybett, Windeln oder Schlaflieder brauchen. Er hatte ganz andere Bedürfnisse. Ich erinnerte mich an die Trauer-Schulungen, die wir bei der Stiftung durchlaufen mussten und die jetzt so passend erschienen. Man lehrte uns dort über Kinder, die ihre Eltern verloren hatten. Kleine Kinder, die Traumata, Kummer und Einsamkeit erlebt haben. Wir hatten gelernt, dass das Kind, das wir in unsere Familie aufnehmen würden, bei uns Zuflucht suchte, weil es viel verloren hatte.

Es gab absolut niemanden auf dieser Welt, der es lieben und sich um es kümmern konnte. Meine Augen wurden feucht, als ich an Wesley dachte, der nicht wusste, was ihm bevorstand. Er wusste, seine Mama war krank, doch wusste er sicher nicht, dass es ein Kampf war, den sie nicht gewinnen konnte. Bald wäre es an der Zeit, es ihm zu sagen. Er war ein intelligenter kleiner Junge und sehr aufmerksam. Sicher war ihm aufgefallen, dass seine Mutter immer mehr Haare verlor, viel schlief, nichts essen konnte und manchmal zu müde war, ihn auch nur anzulächeln. Die zwei Menschen, die zusammen in einem Bett geschlafen hatten, seit er ein Baby war, würden bald auseinandergerissen werden.

Die Seminare bei Bair waren dafür gedacht, potenzielle Pflege- oder Adoptiveltern auf ein verletztes Kind vorzubereiten, welches ihrer Familie hinzugefügt werden würde.

Auf einmal verstand ich. Gott hatte den Vorhang gelüftet. Plötzlich sah ich, dass Gott uns dieses Spezialprogramm nicht für das Baby hatte durchlaufen lassen, das ich in meinen Armen wiegen würde. Er hatte uns auf diesen ganz besonderen Achtjährigen vorbereitet, der bald die einzige Familie verlieren würde, die er je gekannt hatte. Das würde nicht leicht für ihn werden. Da war ich mir sicher. Für jeden wäre so eine Umstellung in vielerlei Hinsicht schwierig. Wesley müsste nicht nur über den Verlust seiner Mutter hinwegkommen, sondern er würde auch in eine neue Familie gesteckt werden. Er würde in einer neuen Umgebung und Schule klarkommen müssen. Er, der es gewohnt war, sich allein zu beschäftigen, würde plötzlich drei Schwestern, einen Bruder und neue Eltern um sich haben. Von jetzt auf gleich hätte dieses Kind eine fertige Familie und eine völlig neue Zukunft.

Außerdem musste ich auch meine Familie bedenken. Obwohl ich mich riesig freute, dass Dan und die Kinder der Sache offen gegenüberstanden, machte ich mir Sorgen. Nach allem, was ich bei unserem ersten Treffen beobachtet hatte, war Wesley ein hyperaktives Kind, während Noah ein sanftes Gemüt besaß. Würden sie miteinander auskommen? Wesley war darüber hinaus sehr unabhängig und in sich gekehrt, während wir als Familie ein eingespieltes Team und daran gewöhnt waren, viele Dinge gemeinsam zu tun. Außerdem hatten Dan und ich unseren Kindern Regeln gegeben und Grenzen gesetzt, während Trish Wesley einfach machen ließ, was er wollte. Ich wusste, dass sie körperlich zu schwach war, um ihn so zu erziehen, wie sie es sich vielleicht wünschte. Demzufolge musste er sich selbst durchschlagen, zusehen, wo er zwischendurch etwas zu essen fand, und wahrscheinlich auch zu Bett gehen, wann immer ihm danach war. Soweit wir die Situation einschätzen konnten, ergäbe das eine ungute Mischung. Doch bei allem »Was wäre, wenn …?« und inmitten des Durcheinanders von Ängsten und Sorgen hörte ich Gott flüstern: »Vertraue mir und sorge dich um nichts. Folge mir, wohin ich dich führe.«

> Ich hörte Gott flüstern: »Vertraue mir und sorge dich um nichts. Folge mir, wohin ich dich führe.«

An jenem Abend rief ich Trish an und fragte, ob sie und Wesley gern mit unserer Familie Ostern feiern würden. Ich war ganz aus dem Häuschen, als sie zusagte. Genau genommen sagte Trish, dass sie sich nichts Besseres vorstellen könne.

Wir verabredeten, dass Robbin Trish und Wesley die halbe Strecke von Harrisburg bis zu uns bringen würde, sodass Dan und ich nur eine halbe Stunde fahren müssten, wenn wir sie nach dem Gottesdienst abholten. Meine Mutter würde die Kinder mit zu sich nach Hause nehmen, wo auch die Feier stattfand. Dort würden wir sie und auch meinen Bruder Adam, meine Schwägerin Jessica und ihre Kinder Parker, Owen und Addison später treffen. Es würde leckeres Essen geben, viele Spielkameraden für Wesley und eine tolle Umgebung, in der Trish und ich zusammensitzen und die frische Landluft genießen konnten. Ich hoffte, dass wir am Ende des Tages bei uns zu Hause vorbeifahren würden und Trish und Wesley zeigen konnten, wo wir lebten. Ich war so aufgeregt, dass alles um mich herum unwichtig wurde.

Dan und ich trafen Robbin an der Tankstelle, an der wir uns verabredet hatten. Trish umarmte Dan zur Begrüßung und offensichtlich imponierte ihr, wie er ihr mit dem Gepäck half.

Als Dan erwähnte, dass er ein Lego-Fan war, fing Wesley an zu strahlen. Ich hielt mich ein wenig zurück, weil ich besorgt darüber war, wie sehr sich Trish seit unserem letzten Besuch verändert hatte. Sie hatte ihre Haare kurz schneiden lassen, da sie wegen der Chemo ausfielen. Das war zu erwarten. Nichtsdestotrotz nahm es mich mit, zu sehen, wie schlecht es ihr ging. Sie trug Caprihosen. Schnell fiel mir auf, dass ihre Beine angeschwollen waren. Sie bewegte sich langsamer und unsicherer. Wahrscheinlich lag das an den Medikamenten, die sie neben der Chemo bekam. Bei mir schrillten die Alarmglocken. Ich konnte nur beten, dass heute nichts schiefgehen würde.

8. Der Probelauf

Als wir bei meiner Mutter in die Einfahrt einbogen, rannte die Familie, ohne Ausnahme, voller Erwartung auf unseren Bus zu. Noah strahlte. Er war wie ein Kind vor dem Weihnachtsbaum! Dan und ich stiegen aus und halfen Trish auf die Beine. Dann warteten wir darauf, dass Wesley mit gewohnter Energie aus dem Wagen sprang. Stattdessen blieb er ruhig sitzen.

Die Kinder reckten ihre Hälse, um durch das Fenster zu sehen und einen Blick auf ihn zu erhaschen. Doch er wich zurück und weigerte sich herauszukommen. Ich machte eine kurze Bestandsaufnahme und stellte fest, dass das arme Kind von sieben Kindern auf einmal bestürmt wurde. Sie hatten den Wagen umzingelt und wollten gleich jetzt mit ihm spielen.

Sie konnten nicht wissen, dass Wesleys Welt aus seinem Legotisch und Gameboy bestand; keine Spur von Spielkameraden mit lauten Stimmen und Gelächter. Erst als er sah, dass meine Schwägerin echte Hasenbabys für die Kinder zum Spielen brachte, wagte er sich heraus. Er grinste breit, streichelte das weiche Fell der Hasen und betrachtete ihre kleinen, zuckenden Näschen.

Die Kinder spielten, während die Erwachsenen den Tisch deckten. Trish saß daneben und betonte pausenlos, wie schön es bei meiner Mutter sei und wie sehr sie den Trubel einer großen Familie genieße. Das war etwas, das sie immer gewollt, aber nie bekommen hatte. Meine Mutter beglückwünschte sie zu dem prächtigen Sohn, den sie großgezogen hatte. Solche Worte bedeuteten Trish eine Menge und ich konnte einen Schimmer von Stolz in ihren Augen sehen. Wesley war genau richtig, trotz allem, was in ihrem ereignisreichen Leben schieflief. Wir riefen die Kinder zu Tisch und langten nach einem Gebet kräftig zu.

Es gab mehr als genug und das Essen war köstlich. Meine Mutter servierte gebackenen Schinken, Kartoffelbrei, Mais, Soße und dazu einen knackigen grünen Salat. Trish füllte sich einen Teller und lobte meine Mutter über alle Maßen, wie gut das Essen roch und schmeckte. Doch nach ein paar Bissen konnte sie nicht mehr.

»Ich fürchte, meine Augen waren größer als mein Magen«, gestand sie entschuldigend. »Vielleicht kann ich später noch etwas essen.«

Wesley knabberte Chips, aß ein paar Scheiben Schinken und trank ein ganzes Glas Limonade in einem Zug leer. Ansonsten interessierte ihn nichts auf dem Tisch.

Im Laufe des Tages machte ich mir immer mehr Sorgen um Trishs Zustand. Nach dem Essen wollte ich sie ein bisschen raus aus dem Getümmel und an die frische Luft bringen. Ich holte ihr einen Stuhl und wir setzten uns in die Sonne. Dann vergewisserte ich mich, dass sie ein Glas Wasser hatte. Sie genoss die Wärme der Sonnenstrahlen und zog ihre Sandalen aus, um barfuß durchs Gras zu streifen. Sie hielt sogar die Hasenbabys und schmiegte sie an ihr Gesicht.

»Die sind herzallerliebst«, brachte sie hervor, wobei ihre Worte etwas undeutlich waren. »Schau mal, wie ihre Näschen auf und ab hüpfen.«

Hin und wieder ertönte ein Alarmsignal. Trish hatte mehrere Handys bei sich, die sie immer am Körper trug. Diese sollten sie daran erinnern, ihre Medikamente einzunehmen.

Immer, wenn ich das Signal hörte, rechnete ich nach, wie viel Zeit vergangen war.

In welchen Abständen nahm Trish die Tabletten? Ihre unsicheren Bewegungen, ihre langsame und lallende Sprechweise, ihre Appetitlosigkeit und ihre angeschwollenen Beine sprachen dafür, dass sie zu viele Tabletten nahm. Je mehr sie davon einnahm, desto schläfriger wurde sie. Je mehr Medikamente ihrem Körper zugeführt wurden, desto langsamer reagierte sie.

Trish schien müde und geschwächt zu sein und lächelte weniger. Die Chemo hatte bereits deutliche Spuren an ihr hinterlassen, obwohl sie erst vor kurzer Zeit damit begonnen hatte. Kurz nachdem sie das Krankenhaus verlassen hatte, fingen die Ärzte mit einer Behandlung an, die Trish so viel Zeit wie möglich verschaffen sollte. Doch diese geliehene Zeit hatte ihren Preis. Trishs Körper litt unter den Nebenwirkungen; sie verlor ihr glänzendes dunkles Haar und ihr Elektrolythaushalt brach zusammen. Sie verlor ihren Appetit und war körperlich am Kämpfen. Trotz allem dankte sie uns immer wieder und sagte, wie sehr sie den Tag genoss.

Einmal entschuldigte sich Trish und wollte auf die Toilette gehen. Ich sprang auf, um ihr zu helfen. Sie wirkte sehr schwach und unsicher. Als wir auf das Haus zusteuerten, blieb sie mit dem Fuß an einer der Steinplatten vor der Veranda hängen. Sie fiel hin und holte sich eine Schramme am Bein. Dan kam herausgestürzt und gemeinsam setzten wir sie in einen Gartenstuhl. Er blieb bei ihr, während ich ins Haus eilte und den Erste-Hilfe-Koffer holte, um ihre Wunde zu reinigen.

»Das ist mir so unangenehm«, sagte ich tupfend und jammernd. »Das hätte nicht passieren dürfen. Ich dachte, ich hätte dich sicher am Arm.«

»Du kannst nichts dafür«, erwiderte Trish, noch immer benommen mit geweiteten Pupillen.

»Tut es weh?«

»Nein, mir geht's gut.«

»Sicher?«

»Ganz sicher.«

Ich erhob mich und lächelte. »Möchtest du es dann noch mal mit der Toilette versuchen?«

Sie stützte sich auf mich und stand auf.

»Meine Blase und ich möchten, danke.«

»Es tut mir wirklich leid, dass ich hier so die Krankenschwester heraushängen lasse. Das muss meine Intuition sein.«

Sie ergriff meinen Arm und wir näherten uns mit langsamen Schritten dem Haus.

»Das macht mir nichts aus. Ehrlich gesagt ist es schön, so umsorgt zu werden.«

Im Laufe des Nachmittags begaben sich die Kinder auf eine ausgedehnte Ostereiersuche. Alles lief super, bis auf eine Ausnahme. Einmal kam Noah niedergeschlagen zu mir und ich befürchtete das Schlimmste. Vielleicht kamen Noah und Wesley nicht miteinander klar?

Doch es stellte sich heraus, dass Wesley lieber mit meinem Neffen Parker spielte und nicht mit Noah. Parker war acht Jahre alt, genau wie Wesley, und die beiden schienen schon wie die Kletten aneinanderzuhängen.

»Ich habe so viele Jahre auf einen Bruder gewartet. Heute kommt er und möchte nicht mit mir spielen«, weinte Noah. »Er will nur mit Parker spielen!« Ich konnte mir ein Lächeln nicht verkneifen. Dann zog ich ihn zu mir heran und nahm ihn in die Arme. Das war jetzt schwer zu erklären, wo sich Noah Wesley doch wie ein an ihn adressiertes UPS-Paket vorgestellt hatte; einen Bruder fürs gemeinsame Rennen, Lachen und Spielen, frei Haus geliefert.

Es gab dabei so ein paar Haken, die man einem kleinen Kind nur schwer begreiflich machen konnte.

Ich zerbrach mir den Kopf darüber, wie ich ihm diese eher ungewöhnliche Situation sinnvoll erklären konnte.

»Du musst daran denken, dass Wesley gar nicht weiß, dass du eines Tages sein Bruder sein wirst«, sagte ich mit leiser Stimme. »Er weiß, dass seine Mama krank ist und dass wir ihnen helfen, aber wir haben ihm noch nicht erklärt, dass wir eventuell seine Familie werden. Du musst noch etwas Geduld haben, okay?«

Er zog einen Schmollmund und sah zu den Kindern hinüber. Wesley sprang gerade um Parker herum. »Okay«, murrte er schließlich und wand sich aus meiner Umarmung.

»Ich will ja nur, dass er mich mag.«

Ich stupste ihn auf die Nase. »Er wird dich lieben. Gib ihm eine Chance.«

Mit Bedauern stellten wir fest, dass sich der Tag bereits seinem Ende näherte. Wir luden Trish und Wesley ein, sich noch unser Haus anzuschauen. Obwohl Trish erschöpft und wackelig auf den Beinen war, stimmte sie zu, als hätte sie neue Energie geschöpft.

Als wir aus dem Bus stiegen, stürmten Noah und Wesley in unseren Garten. Sie schienen endlich miteinander warm zu werden. Ich war sehr unsicher, als wir Trish und Wesley herumführten, und beobachtete Trishs Gesichtsausdruck und Wesleys Reaktion. Das Haus und der Garten sollten ihnen gefallen. Ich wusste, dass das albern war. Denn es gab nichts, das einem an unserem Haus in dieser wunderschönen Umgebung nicht gefallen konnte.

Dennoch versuchte ich, Haus und Garten mit Trishs Augen zu sehen. Das alles könnte Wesleys Zuhause werden, wenn Trish starb. Alles musste perfekt sein. Jeder Raum. Jedes Möbelstück.

Jedes Dekokissen, jeder Wandbehang, jede Duftkerze. Sogar das Klavier, auf dem Anna die schönsten Lieder spielte. All das musste die Inspektion mit Bravour bestehen. Unser Haus sollte für Trish und Wesley nicht nur ein nettes Ausflugsziel sein.

Vielmehr sollten sie die Liebe darin spüren. Sich zu Hause fühlen. Trish würde vielleicht erkennen, dass hier ein guter Ort für Wesleys Zukunft war. Hier würde er sich wohlfühlen.

Vielmehr sollten sie die Liebe darin spüren. Sich zu Hause fühlen. Trish würde vielleicht erkennen, dass hier ein guter Ort für Wesleys Zukunft war.

»Ist es so in Ordnung?«, fragte ich Trish, während sie sich auf mich stützte und wir vorsichtig von der Küche ins Wohnzimmer gingen. »Ist das Haus so in Ordnung? Hast du draußen den ganzen Platz zum Spielen für die Kinder gesehen? Gefällt es dir?«

Trish sah mir mit einem Ausdruck purer Zufriedenheit in die Augen. »Oh, es ist perfekt«, stieß sie aus. »Es ist so schön hier. Genau wie ich es mir vorgestellt habe.«

»Gut. Ich bin froh, dass es dir gefällt und dass du dich hier wohlfühlst.«

Dann lächelte sie und dieses Funkeln, das ich Wochen zuvor im Krankenhaus in ihren Augen gesehen hatte, kehrte zurück. »Es fühlt sich richtig an. Wenn ich könnte, würde ich hier leben!«

Nach einem herrlichen Tag beschlossen Noah und Emma, mich auf dem Weg zurück zur Tankstelle zu begleiten. Dort würde Robbin Trish und Wesley wieder abholen. Als wir ankamen und nacheinander die Sachen aus dem Auto räumten, rannte Wesley zu einer Reihe von Sträuchern hinüber, würgte, übergab sich und hielt sich den Bauch. Trish ging sofort zu ihm, rieb ihm den Rücken und wartete, bis er fertig war. Sie brachte ihn zurück zu Robbins Auto und er stieg ein. Dann kam sie zu mir. Vor Sorge stand ich wie versteinert da.

»Du meine Güte«, sagte ich. »Was denkst du, ist mit ihm los?«

»Ich hab keine Ahnung. Normalerweise wird er nicht so krank. Ich kann mich nicht erinnern, wann er sich das letzte Mal übergeben hat.«

Wir verabschiedeten uns und Robbins Auto rollte vom Parkplatz. Ich sprach ein Gebet, als ich die Rücklichter auf der Straße verschwinden sah. Meine Intuition als Krankenschwester sagte mir, dass sich Wesley keinen Virus eingefangen oder zu viel gegessen hatte. Ich fragte mich, ob er tief innen drin wusste, was vor sich ging. Wusste er, dass das heute nicht nur ein spaßiger Osterfeiertag war? Bereiteten ihm die dunklen Wolken am Horizont Bauchschmerzen?

Ahnte er vielleicht, dass das ganze Trara – die Spielkameraden, die Tour durchs Haus – einem Zweck dienten? Im Grunde meines Herzens spürte ich, dass dieser kleine Junge viel mehr mitbekam, als wir ihm zutrauten.

9. Die Geduldsprobe

Nach unserem ersten Probelauf als Familie wussten Dan und ich, dass es an der Zeit war, Dinge zu Papier zu bringen. Das erste Treffen verlief unglaublich gut. Wesley war so süß und hatte sich schnell mit den Kindern angefreundet, die ihrerseits total vernarrt in ihn waren. Doch Trish baute zunehmend ab und das bedeutete, dass wir eine neue Ebene erreichten.

Wir hatten uns aneinander gewöhnt. Die Situation war sehr emotional und persönlich.

Die Frage, ob wir Wesley aufnehmen würden oder nicht, stellte sich mir schon gar nicht mehr. Als Nächstes mussten wir uns darum bemühen, die Vormundschaft für Wesley zu erhalten, für den Fall, dass sich Trishs Zustand weiterhin verschlechterte. Wir waren als Pflegefamilie anerkannt, doch es gab keine Garantie dafür, dass alles nach Plan verlaufen würde.

Alle Kollegen im Krankenhaus wussten, dass die Sozialarbeiterin gerufen und die Bair Foundation eingeschaltet werden würde, sobald es Trish so schlecht ging, dass sie ins Krankenhaus eingeliefert werden musste. Trug man Wesley als Pflegekind in den Computer ein, würden wir ebenfalls im System auftauchen. Doch ohne offizielle Dokumente, die eindeutig belegten, wen Trish als Vormund für ihren Sohn haben wollte, war nicht sichergestellt, dass Wesley uns zugeteilt werden würde. Trish war einverstanden und teilte uns mit, dass sie bereits einiges aufgeschrieben habe. Wir besorgten ihr einen Anwalt, aber sie ging nicht darauf ein.

Sie sagte, sie habe viel zu erledigen und würde sicher noch dazu kommen. Das beunruhigte mich, denn als die Ärzte ihr die schlimme Diagnose gestellt hatten, sprachen sie von einer Lebenserwartung von sechs Monaten bis zu einem Jahr. Sollte ich Trish zu allem Überfluss noch Druck machen? Ich hatte mich bereits in Wesley verliebt und pflegte eine besondere Beziehung zu seiner Mutter. Wenn wir ihn jetzt verlieren würden und er bei Fremden unterkommen müsste, wüsste ich nicht, wie ich damit fertigwerden sollte. Vor allem wusste ich von Trish, dass sie sich sicher war, wir seien die richtige Familie für ihren Sohn.

»Wir müssen Gott vertrauen, dass alles gut wird, wenn es sein Wille ist«, sagte Dan.

Er schien nicht dasselbe Gefühlschaos zu empfinden wie ich. Stattdessen war er die Ruhe selbst. Gott sei Dank ziehen sich Gegensätze an.

»Wir müssen Gott vertrauen, dass alles gut wird, wenn es sein Wille ist«, sagte Dan.

Nach dem Osterfest sahen entweder Robbin oder ich jeden Tag nach Trish. Robbin besuchte sie nach der Arbeit, brachte Lebensmittel und schaute, ob mit Wesley alles in Ordnung war. Ich rief an oder schrieb Nachrichten, um Trish zu zeigen, dass ich an sie dachte.

Am Wochenende nach Ostern kamen Trishs Freunde aus Baltimore zu Besuch. Maria und die Frauen verbrachten den ganzen Samstag mit ihr, bevor sie zurückfuhren. Als sich Trish am Samstagabend nicht meldete, dachte ich, sie wäre einfach nur müde. Als der Montag näher rückte und weder Robbin noch ich sie erreicht hatten, machte sich Panik in mir breit.

Es war das erste Mal, dass Trish vom Radar verschwunden war, und das beunruhigte mich.

Am Dienstagnachmittag wurden Robbin und ich schließlich benachrichtigt, dass Trish ins Krankenhaus eingeliefert worden war. Ein Mitarbeiter der Amerikanischen Krebsgesellschaft war am Montag, den 28. April, im Laufe des Tages zu ihrer Wohnung gefahren, um Trish für die Behandlung abzuholen. Als er anklopfte, öffnete Wesley die Tür. Er hatte ein Spielzeug in der Hand. Der Mitarbeiter schaute an ihm vorbei und sah Trish reglos auf dem Sofa liegen. Als Wesley erklärte, seine Mama schlafe schon »sehr lange«, rief er den Notdienst. In all der Aufregung kam eine Nachbarin hinzu und nahm Wesley zu sich, als Trish ins Krankenhaus gebracht wurde. Wesley war nicht zum ersten Mal bei der Nachbarin und so ging er widerstandslos mit. Als ich den Ablauf rekapitulierte, schien es unfassbar. Seit Trishs Freunde am Samstagabend gegangen waren, hatte sie nicht mehr auf Anrufe oder Nachrichten reagiert. Als sie gefunden und eingeliefert wurde, war es bereits Montag, später Nachmittag. Später erfuhr ich von Wesley, dass er angenommen hatte, seine Mama sei einfach müde und schlafe. Er spielte und wenn er Hunger bekam, machte er sich etwas zu essen in der Mikrowelle.

Ich wusste nicht einmal, ob und wo er überhaupt geschlafen hatte.

Irgendwann dachte er sich, seine Mutter müsse hungrig sein. Deshalb holte er eine Banane und versuchte, sie zu füttern. Als sie sich nicht regte, nahm er an, dass sie immer noch schlafe. Meine Berechnungen ergaben, dass Trish zwei Tage lang bewusstlos dagelegen hatte und Wesley auf sich allein gestellt war. Was wäre gewesen, wenn sie gestorben wäre?

Wir hatten die Dokumente noch immer nicht ausgefüllt. Der Junge hätte nicht nur seine Mutter verloren, sondern auch die neue Wunschfamilie seiner Mutter.

Ohne zu wissen, was mich erwartete, begann ich am nächsten Tag meine Schicht und ging direkt zu Trishs Zimmer. Ich hatte Angst. Wenn sie schon so weggetreten war, dass sie mich nicht mehr erkannte, was dann? Wesley würde höchstwahrscheinlich erst einmal in ein Heim gesteckt werden. In diesem Fall fänden Trishs Pläne keine Beachtung. Ich war mir jedoch absolut sicher, dass sie wollte, dass Wesley bei uns lebte. Dan und die Kinder wussten das auch. Ebenso unsere Gemeinde. Meine Mutter, mein Bruder, Robbin, die Krankenhausangestellten, Trishs Freunde – alle wussten es. Trish hatte jedoch nichts in die Wege geleitet, um es offiziell zu machen. Als ich mich ihrem Bett näherte, fand ich sie ausgemergelt und schlafend vor. Sie hing an einem Tropf, der sie ernährte. Plötzlich flatterten ihre Augenlider. Sie kam zu sich. Ich schluckte, als sich ihre Augen weiteten und sie mich direkt ansah. Kein Lächeln. Überhaupt keine Reaktion. Ich hielt den Atem an, streckte die Hand aus und berührte leicht ihr Gesicht.

»Weißt du, wer ich bin?« Die Frage hing im Raum, zusammen mit dem Geruch von Desinfektionsmitteln.

Sie antwortete sofort: »Du bist Tricia.«

Ich atmete tief durch und nickte. »Ja! Danke, Gott! Ich bin so froh, dass du dich erinnerst. Was ist nur passiert?«

Trish schien verwirrt und sagte, dass sie es nicht wisse. Als sie immer mehr zu sich kam, ergriff sie meinen Arm. »Sterbe ich?«, fragte sie und hob ihren Kopf vom Kissen.

»Sterbe ich jetzt?«

»Nein, nein… Ich denke nicht«, sagte ich. »Dein Körper dehydrierte während der Chemo sehr stark.«

Sie entspannte sich etwas und fuhr sich mit der Zunge über die trockenen Lippen.

»Wir haben noch so viel zu tun«, sagte sie.

Plötzlich erinnerte ich mich an Wesley. Wo um alles in der Welt war er? Als ich Trish fragte, war sie sich nicht sicher, aber sie dachte, er sei vermutlich bei der Nachbarin. Nachdem sie die Nachbarin angerufen hatte, um sich zu vergewissern, dass Wesley tatsächlich bei ihr war, legte sich die Aufregung etwas. Im Laufe des Tages kam Trish immer mehr zu Kräften.

Darüber freute ich mich sehr. Trotzdem war mir bewusst, dass ich einen sehr wichtigen Anruf tätigen musste. Einen, der nicht warten konnte!

Pastor Arthur Mott ist ein liebenswürdiger, über 1,80 Meter großer Hüne. Er und seine reizende Frau Joyce waren für uns 16 Jahre lang wie eine Familie und sind das Herzstück unserer Heimatgemeinde. Als meine Kinder noch klein waren, konnten sie nicht »Pastor« sagen. Sie nannten ihn T. Mott und das hat sich durchgesetzt. Bei ihm gab es die besten Umarmungen, die all meine Sorgen hinwegfegten, und er hatte ein Herz von der Größe Pennsylvanias. Als ich ihn anrief und er nach dem dritten Klingeln abnahm, konnte ich meine Stimme nicht mehr kontrollieren.

»T. Mott … Ich brauche deine Hilfe.«

Mehr war nicht nötig. Er sagte mir, dass er gleich da sein würde, und ehe ich mich versah, erreichte er das Krankenhaus. Er wusste bereits von Trish und allem, was sich bei uns zugetragen hatte. Die Gemeinde betete ununterbrochen für uns. Als ich ihn über die Ereignisse der letzten Tage aufklärte, fragte er nach Trishs Glauben.

Nie hatte ich Trish über ihre religiösen Überzeugungen sprechen hören. Sie sagte nicht einmal »Gott sei Dank«, wenn ich mich recht erinnerte. Mir fiel nichts ein, das darauf hindeutete, dass sie gläubig war.

»Ich denke nicht, dass sie gläubig ist«, war meine einzige Antwort.

»Okay, das Wichtigste zuerst«, sagte T. Mott.

Er betrat Trishs Zimmer und verbrachte einige Zeit mit ihr allein; nur die beiden unter vier Augen. Bis heute weiß ich nicht, was gesprochen wurde. Ich wollte diesen persönlichen Moment nicht stören. Als der Pastor herauskam, eröffnete er mir, dass Trish Gott an diesem 1. Mai in ihr Leben eingeladen hatte. T. Mott hatte sie gefragt, ob sie wisse, wohin sie geht, wenn sie diese Erde verlässt. Sie hatte verneint. Trish erzählte ihm, dass sie an die Existenz Gottes glaube, ihn aber nicht wirklich kenne. Auch hatte sie Zweifel, ob Gott ihr ihre früheren Sünden und Fehler vergeben könne. Sie war nicht stolz auf das, was sie getan hatte.

Sie versuchte, Wesley die beste Mutter zu sein, die man nur sein konnte. Trish war zu dem Schluss gekommen, dass sie beide näher zu Gott kommen mussten, falls sie am Leben bleiben würde. Vermutlich war es während dieser Zeit, dass Trish eine weitere Nachricht an Wesley schrieb. Sie schrieb sie auf ein knallgelbes Stück Papier und klebte es in ihr Heft.

Heute noch kommen mir die Tränen, wenn ich diese Zeilen lese. Ich sehe darin einen richtigen Durchbruch für die beiden. Das Heft mit den Nachrichten war eine Kraftquelle, aus der Trish schöpfte, um den schwierigen Weg zu bewältigen, der vor ihr lag. Sie zeigte Wesley ihre Notizen nicht, denn zu dieser Zeit wusste er noch nichts von ihrem Schicksal. Ich denke, dass sich Trish den Tag ausmalte, an dem Wesley das Heft in den Händen halten und die Worte lesen würde, die sie für ihn aufgeschrieben hatte:

> Ich liebe dich sehr! Es tut mir leid, dass ich vielleicht nicht da sein werde, um dich aufwachsen zu sehen. Das ist ungerecht, oder? Vielleicht bist du verärgert oder traurig.
>
> Doch du sollst wissen, dass, wenn wir Gott vertrauen und auf seinen Wegen gehen, er mit uns da durchgehen wird,

sodass wir alles schaffen können. Gott liebt uns, deshalb sollten wir ihn auch lieben; denn dann haben wir Frieden im Herzen. Wir sind nicht zusammen in die Gemeinde gegangen oder haben in der Bibel gelesen. Deshalb ist das alles manchmal schwer zu verstehen.

Doch nichts geschieht ohne Grund. Ich verspreche dir, dass wir nicht mehr nur unser Abendgebet sprechen werden, sondern wir werden auch eine Gemeinde besuchen, um Gott besser kennenzulernen. Du musst wissen, dass er dich liebt und dich auch weiterhin lieben wird, wenn ich nicht mehr da bin. Alles wird gut. Du bist stark. Ich liebe dich!

Als Trish entlassen wurde, musste sichergestellt werden, dass solch ein Schwächeanfall nicht noch einmal vorkam. Weil der Mitarbeiter der Amerikanischen Krebsgesellschaft Wesley allein und unbeaufsichtigt angetroffen hatte, als er Trish fand, wurde das Jugendamt eingeschaltet. Zwar erstattete der Mitarbeiter keine Anzeige, doch man wies uns darauf hin, das Ganze in Zukunft so zu organisieren, dass Wesley nicht gefährdet würde und Trishs Freunde und Nachbarn erreichbar wären, wenn Trish nicht ans Telefon ging.

Dann trat ein weiteres Problem auf. Trishs Beine füllten sich mit Flüssigkeit und schwollen mächtig an. Das machte es sehr schwierig für sie, sich zu versorgen; ganz zu schweigen von Wesley. Ich wollte sie beobachten, um herauszufinden, ob vielleicht ihre Medikation neu eingestellt werden müsse oder schlimmer noch, ob es einen Hinweis darauf gab, dass der Krebs sich ausbreitete. Darauf waren wir alle noch nicht vorbereitet. Nicht so bald. Trish und ich verschmolzen auf sonderbare Art und Weise miteinander. Es gab solch eine enge Verbindung. Ich hoffte und betete für viele weitere gemeinsame Erlebnisse mit Trish.

Sie sollte bei Wesley sein, um sein Lächeln sehen und noch ein bisschen länger seine Mama sein zu können. Sie sollte erleben, wie es war, Menschen um sich zu haben, die sie liebten und sich um sie sorgten. Dafür benötigten wir Zeit. Viel Zeit. Wir brauchten mehr Sand in der Sanduhr. In meinem Herzen hallte wider, was Trish zuvor zu mir gesagt hatte:

Ich hoffte und betete für viele weitere gemeinsame Erlebnisse mit Trish. Sie sollte bei Wesley sein, um sein Lächeln sehen und noch ein bisschen länger seine Mama sein zu können.

»Wir haben noch so viel zu tun.«

10. Ein Tag, den man nie vergisst

Muttertag stand vor der Tür. Dan und ich wollten nicht, dass Trish und Wesley an diesem Tag allein sind, besonders mit Trishs geschwollenen und unbrauchbaren Beinen. Deshalb fragten wir Trish, ob sie und Wesley nicht übers Wochenende bei uns bleiben wollten. Zu meiner Freude willigte sie ein. Deshalb fuhr ich am Samstag zu ihr nach Hause. Trishs Beine waren so angeschwollen, dass der Weg den Hügel hinauf bis zum Auto kaum zu bewältigen war. Trish kämpfte bei jedem Schritt. Als ich sie fragte, wie Wesley zur Schule kam, antwortete sie trocken, dass sie ihn wie gewohnt dorthin fuhr. Ich schaute zurück, auf den holprigen Weg, den Hügel, den rostigen alten Müllcontainer, und staunte über ihre Entschlossenheit.

Die Grundschule befand sich nur einen Block vom Haus entfernt. Doch Trish wollte Wesley nicht allein gehen lassen und brachte ihn immer selbst hin. Sie teilte mir mit, dass sie früh am Morgen aufbrach, da es sie fast eine halbe Stunde kostete, den Hügel zu erklimmen. Dann ließ sie den Wagen an, setzte Wesley an seiner Schule ab, fuhr zurück nach Hause und nahm ihre Medikamente. Sie stellte sich den Wecker, um nicht zu verschlafen und Wesley pünktlich wieder abzuholen. Laut Trish wusste in der Schule niemand, dass sie krank war. Nicht einmal Wesleys Lehrer. Das war ihr ganz wichtig. Ich war mir nicht sicher: Ging es ihr in erster Linie darum, dass Wesley normalen Umgang mit anderen Kindern pflegte und keine »Sonderstellung« einnahm, oder fürchtete sie, jemand, der Bescheid wisse, könne seine Nase in ihre Angelegenheiten stecken und ihren Sohn womöglich in ein Heim stecken.

Ich war von dieser Frau beeindruckt, die gegen die Umstände ankämpfte, um ihren kleinen Jungen zu lieben, zu schützen und aufzuziehen, auch, wenn es sie ihre letzte Kraft kostete.

Als wir bei uns zu Hause ankamen, stellten Dan und ich Stühle nach draußen, sodass wir den Kindern beim Spielen zusehen konnten. Trish konnte sich nur schwer bewegen und saß die meiste Zeit über im Schaukelstuhl auf der Veranda. Sie schmunzelte vor sich hin, atmete die frische Luft ein, betrachtete die Berge am fernen Horizont und lauschte Wesleys Lachen, als er mit Noah Fangen spielte. Sogar die Mädchen genossen es, mit Wesley zusammen zu sein. Sie plauderten und hatten einen Lachanfall nach dem anderen. Man hätte meinen können, sie wären leibliche Geschwister. Als wir sie so beobachteten, wusste ich, dass Trish und ich dasselbe dachten.

»Freust du dich, dass morgen der Fotograf kommt?«, durchbrach ich die Stille. »Es wird für dich und Wesley etwas sehr Besonderes sein, ein paar schöne Bilder zu haben, damit ihr euch immer an diesen Muttertag erinnern könnt.«

Ich wählte meine Worte mit Bedacht. Ich musste mich zusammenreißen, um meinen Tränen nicht freien Lauf zu lassen. Trish war stolz, stark, eigensinnig und unabhängig.

Sie würde nicht wollen, dass ich den wahren Grund für die Fotos ansprach.

Trish kannte die nackte Wahrheit so gut wie ich. Nächstes Jahr zum Muttertag würde Wesley sich nicht in ihre Arme schmiegen können, in die Kamera lächeln, ihr Geschenke machen, eine Karte schreiben oder sie auch nur umarmen. Der heutige Tag war nur für die Erinnerung.

»Ich kann es kaum erwarten«, sagte Tricia strahlend. »Was für ein besonderes Vergnügen! Glaubst du, Jenna würde mir mit meiner Perücke helfen? Sie ist doch so gut mit Haaren. Ich habe ein paar Perücken mitgebracht, sodass wir eine aussuchen können, mit der ich wie früher aussehe.«

»Das macht sie sicher gern. Du wirst toll aussehen.«

»Und vielleicht könnt ihr mich bei meinem Outfit beraten. Ich habe verschiedene Sachen mitgebracht, aber ich bin mir nicht sicher, was ich anziehen soll. Ich möchte gut aussehen.«

Trish beeindruckte mich immer wieder aufs Neue. Da saß sie nun, von der Hüfte abwärts so angeschwollen, dass sie sich ohne Hilfe nicht bewegen konnte. Dennoch hatte sie für dieses Wochenende gepackt wie ein Star für den roten Teppich: Perücken, Outfits, das ganze Programm.

Ich tätschelte ihren Arm, überwältigt von Gefühlen. »Du wirst atemberaubend aussehen. Die Bilder werden perfekt sein. Genau wie du sie dir wünschst.«

Trish richtete ihren Fokus von den Kindern im Garten auf mich.

»Danke, meine Liebe«, war alles, was sie sagte. Sie wusste, dass ich verstand, was unausgesprochen blieb.

Am Sonntag gingen wir in die Gemeinde. Seit Trishs Gespräch mit Pastor Mott im Krankenhaus sprachen sie und Wesley mehr über Gott und beteten sogar zusammen.

Dies war Wesleys erster Sonntagsgottesdienst. Er war aufgeregt und es fiel ihm nicht leicht, still zu sitzen. Trish gefiel die Musik und sie wirkte ganz entspannt. Ihr neugewonnener Glaube gab ihr mehr Seelenfrieden, als sie je zuvor gehabt hatte. Im Anschluss an den Gottesdienst begrüßten Pastor Mott und Joyce Trish und Wesley freudig. Es war eine wunderbare Gelegenheit für die beiden, so viele unserer Freunde persönlich zu treffen. Sie alle hatten für sie gebetet. Obwohl ich den Gottesdienst genoss, war ich trotzdem abgelenkt und besorgt, weil Trishs Beine weiterhin anschwollen. Sie konnte inzwischen kaum noch laufen. Immer wieder dachte ich: Wie macht sie das bloß? Wir legten nur sehr kurze Strecken zurück, bis sie sich wieder hinsetzen und verschnaufen musste. Dankenswerterweise brachte jemand aus der Gemeinde einen Rollstuhl mit, den wir für den Tag ausleihen durften. Trish ließ sich mit einem erleichterten Seufzer hineinsinken und war froh, dass sie ihre Beine nicht mehr beanspruchen musste.

Zu Hause angekommen, gab es ein besonderes Mittagessen. Es war nicht das erste Mal, dass wir zusammen aßen, aber dieses Essen war anders. Es bereitete solche Freude, unsere Familien wieder vereint zu sehen. Angesichts des sonnigen Wetters beschlossen wir, draußen auf der Dachterrasse zu essen. Dan grillte Steaks, während ich einen Kartoffelauflauf und grüne Bohnen zubereitete, dazu meinen hausgemachten Apfelstrudel zum Nachtisch.

Schnell hatte ich herausgefunden, dass Wesley beim Essen zwar wählerisch war, jedoch jegliche Art von Fleisch verschlang, solange es nur in einem Teich von Barbecuesoße schwamm. Trish knabberte nur ein wenig an ihrem Essen, aber sie betonte, dass es das beste Steak sei, das sie je gegessen habe. Nachdem ich meiner Mutter ein Geschenk überreicht hatte und meine Kinder mir ihres, überraschte mich Trish mit einem hübsch eingepackten Geschenk. Sie wusste, dass ich Vögel liebte, und hatte mir ein wunderschönes Solarlicht geschenkt, das von einem Astgeflecht mit zwei Vögeln darauf umrahmt wurde. Es war für den Außenbereich gedacht und ich konnte meine Augen nicht davon abwenden. Ich sagte Trish, ich würde es im Haus behalten, weil ich nicht wollte, dass es kaputtgeht. Ich umarmte sie lange und gab mir Mühe, meine Tränen zurückzuhalten. Wesley überreichte mir eine Geschenktasche. Ich schaute in seine runden, dunklen Augen, die mich schüchtern anlächelten. Schnell flüsterte ich ein »Danke« und tauchte meine Hand in das bunte Seidenpapier. Darin stieß ich auf ein Windspiel mit bronzenen Vögeln. Das Windspiel erzeugte in der warmen Brise ein wohltuendes Geräusch. Ich war sprachlos über die Aufmerksamkeit der beiden und ebenso erstaunt, dass Trish sogar die Energie aufgebracht hatte, ein Geschäft aufzusuchen, um diese liebevollen Geschenke zu besorgen, ganz davon zu schweigen, was sie dafür bezahlt haben musste. Wenn ich in der kurzen Zeit unserer Freundschaft etwas gelernt hatte, dann die Tatsache, dass sich Trish von nichts aufhalten ließ, wenn sie sich erst einmal etwas in den Kopf gesetzt hatte oder etwas für jemanden tun wollte.

Wenn ich in der kurzen Zeit unserer Freundschaft etwas gelernt hatte, dann die Tatsache, dass sich Trish von nichts aufhalten ließ, wenn sie sich erst einmal etwas in den Kopf gesetzt hatte oder etwas für jemanden tun wollte.

Als später am Nachmittag der Fotograf kam, übernahm Trish die Regie und dirigierte jede Aufnahme. Von ihren drei Outfits hatte sie sich für einen langen, geblümten Rock und ein fuchsiafarbenes Oberteil entschieden. Die Mädchen hatten alle mitgeholfen, für sie die dunkle, kurze Perücke auszuwählen und zu stylen, die am meisten ihrem natürlichen Haar entsprach. Ihr Make-up war einfach und sie trug einen zartrosa Lippenstift. Ich hatte sie noch nie schöner gesehen. Trish wählte einen blühenden Baum aus und ich folgte ihren Instruktionen, indem ich sie im Rollstuhl an genau den Punkt schob, an dem sie mit Wesley und dann mit der Familie und mir posieren wollte. Sie stellte klar, dass der Rollstuhl unter gar keinen Umständen mit auf eines der Bilder kommen sollte.

Ihrem Wunsch Folge leistend, griffen wir ihr unter die Arme und stellten sie dorthin, wo sie gern stehen wollte. Ich sah ihr zu, wie sie ständig an Wesley herumklopfte und seine Haare richtete, um sicherzustellen, dass alles ordentlich saß. Trish sah an diesem Tag einfach brillant aus, obwohl sie viel dünner geworden war und ihre Kraftreserven auf null standen.

Sobald sich Wesley an sie schmiegte und sie zusammen in die Kamera lächelten, strahlte sie pure Freude aus. Das einzig Wichtige für sie war ihr Sohn. Er war ihr Herz und ihre Seele. Nichts auf der Welt bereitete ihr mehr Freude, als ihn zu lieben und ihm nahe zu sein.

Wenn ich jetzt daran zurückdenke, muss ich sagen, dass es sich zunehmend normal anfühlte, seit wir gemeinsam beschlossen hatten, uns um Trish zu kümmern, und fröhliches Gelächter unser Haus erfüllte. Unsere Familie schien sich auszudehnen und zu wachsen. Trish und Wesley waren keine Gäste. Wir waren keine Menschen, die nur halfen, um eine gute Tat zu vollbringen. Ich fühlte in meinem tiefsten Inneren, dass es Liebe war, die uns verband, und dass Gott uns zusammengeführt hatte. Jedoch nicht ohne einen Preis. Das Wissen um die Zukunft hing über uns wie ein Damoklesschwert und trotzdem war unsere kleine Gemeinschaft imstande, glücklich zu sein. Wie viele Tage wir noch haben würden, war nicht ausschlaggebend, angesichts der Zeit, die wir gerade gemeinsam verbrachten. Wir lebten den Augenblick. Nach und nach erschufen wir uns Erinnerungen als neue Familie.

Das einzig Wichtige für sie war ihr Sohn. Er war ihr Herz und ihre Seele. Nichts auf der Welt bereitete ihr mehr Freude, als ihn zu lieben und ihm nahe zu sein.

Und Erinnerungen haben die Eigenschaft, dass sie für immer bleiben. Nichts, nicht einmal der Tod, kann sie auslöschen. Als es an der Zeit war, Trish und Wesley nach Hause zu fahren, vermisste ich sie schon, bevor sie überhaupt ins Auto gestiegen waren.

»Mama … Warte mal kurz«, sagte Anna, die mir ins Haus nachgelaufen kam, aus dem ich gerade meine Tasche holte. »Weißt du, das war ein unvergleichlicher Muttertag. Die meisten Kinder verbringen den Tag mit ihren Müttern, schenken ihnen Blumen oder andere schöne Dinge. Heute habe ich dich mit einer krebskranken Frau gesehen, die du gestützt und in einem Rollstuhl in unserem Garten herumgeschoben hast. Du hast den ganzen Tag in jemand anderen investiert. Das war vermutlich der außergewöhnlichste Muttertag, den du je hattest.«

Ich fuhr ihr mit den Fingern durch ihr goldenes Haar. Ihre Einfühlsamkeit berührte mich tief und erfüllte mich mit Stolz.

»Das war er tatsächlich«, sagte ich mit Tränen in den Augen. »Und zwar, weil ich ihn mit Trish und Wesley und euch allen verbringen durfte. Ich werde diesen herrlichen Tag niemals vergessen.«

Noah kam mit, als ich Trish und Wesley an jenem Abend nach Hause fuhr. Während wir hin und her liefen und dabei halfen, ihre Sachen in die Wohnung zu bringen, begab sich Trish langsam auf den Weg den Hügel hinunter, wobei sie sich am Geländer festklammerte.

Auf einer meiner Touren zurück zum Auto hörte ich Wesley aufgeregt rufen: »Hey Noah! Schau mal her!«, schrie er aus Richtung des Müllcontainers. »Ich glaube, ich sehe etwas!«

Mir wurde sogleich unwohl. Die Jungs sollten nicht dort unten spielen. Aber Jungs sind eben Jungs und für sie war es ein Abenteuer.

»Seid vorsichtig!«, rief ich ihnen zu.

Als Trish und ich endlich im Haus ankamen, hörten wir es hinter uns rumoren.

»Guck mal, Mama!«, rief Wesley mit stolzgeschwellter Brust. »Guck, was wir für deine Beine gefunden haben!«

Er hatte einen alten, quadratischen Hocker aus dem Sperrmüll gezogen. Ganz der Mann im Haus, schleppte er ihn hinein und stellte ihn direkt vor das Sofa, auf dem Trish saß.

Er half ihr, ihre Beine daraufzulegen, und ging dann einen Schritt zurück. Noah und Wesley sahen erwartungsvoll zu, wie Trish einen Seufzer der Verzückung ausstieß, als würde sie sich in die flauschigen Kissen eines Fünfsternehotels sinken lassen.

»Ahhh, so ist es viel besser«, sagte sie zufrieden.

Ich hatte Wesley noch nie so glücklich gesehen. Er hüpfte auf und ab vor Freude darüber, am Muttertag dieses Schmuckstück im Abfall gefunden zu haben. Wie konnte ich nur diese Liebestat infrage stellen? Sobald ich meine Bedenken wegen möglicher Bakterien abgeschüttelt hatte, sah ich einfach einen kleinen Jungen vor mir, der sich um seine kranke Mutter kümmerte. Ich brachte Trish etwas zu trinken. Sie war sichtlich erschöpft und es wurde Zeit, nach Hause zu fahren. Bei meinem ersten Besuch verspürte ich einen Drang, die unaufgeräumte Wohnung so schnell wie möglich zu verlassen und ins Freie zu kommen, wo ich mich frei bewegen und frische Luft atmen konnte. Nicht so an jenem Abend. Nicht nach einem Wochenende, das bestätigt hatte, was ich bereits wusste: Wir gehörten zusammen. Zwei Mütter, die sich erst vor einiger Zeit kennengelernt hatten, waren durch einen Faden der Liebe miteinander verwoben wie ein bunter Wandteppich, unerwartet und außergewöhnlich.

»Ich will dich hier nicht zurücklassen«, platzte es aus mir heraus, wobei ich von meinen eigenen Worten überrascht war. Trish starrte mich an, ebenfalls überrascht.

»Ich will auch nicht, dass du mich hier zurücklässt.«

Die Jungs kamen aus Wesleys Zimmer gestürmt und erinnerten mich daran, dass es trotz allem an der Zeit war zu gehen. Ich sagte

Trish, sie solle das Telefon griffbereit halten, und bot an, Wesley in seinen Pyjama zu helfen. Aber auf ihre typische Art winkte Trish ab.

»Nicht nötig«, sagte sie. »Wir kommen klar. Er weiß, was er zu tun hat.«

Wir brachen auf. Als ich Trish umarmte, hielt sie mich etwas länger als erwartet fest.

»Das war der schönste Tag meines Lebens.« Mit sanftem, warmem Atem flüsterte Trish mir diese Worte ins Ohr.

»Für mich auch«, erwiderte ich, als ich mich aus ihrer Umarmung löste. Dann musste ich mich dazu zwingen, das Haus zu verlassen.

11. Trautes Heim

Sobald Noah und ich wieder im Auto saßen, rief ich Robbin an. Ich erzählte ihr, dass ich gerade das ganze Wochenende mit Trish und Wesley verbracht hatte, und teilte ihr meine Bedenken in Bezug auf Trishs Beine mit. Ich wusste, dass Trishs Onkologin, Dr. Lily Shah, umgehend kontaktiert werden musste. Trish würde das wahrscheinlich nicht in Angriff nehmen.

»Es hat sich so viel Flüssigkeit angesammelt, dass sie kaum laufen kann«, sagte ich zu Robbin. Ihre Beine sind bis zur Hüfte angeschwollen. Dr. Shah sollte sich das wirklich mal ansehen. Ich bin mir sicher, dass Trishs Beine beim letzten Mal noch nicht so angeschwollen waren.«

Robbin stimmte mir zu. »Wir reden mit Trish und schauen, ob wir nicht die Erlaubnis bekommen können, direkt mit ihrer Ärztin zu sprechen.«

»Ich weiß nur, dass etwas Schlimmes geschieht, wenn sie nicht sofort untersucht wird.«

»Mach dir keine Sorgen«, sagte Robbin beschwichtigend und mit betont munterer Stimme. »Wir arbeiten zusammen und stellen sicher, dass sich jemand Trishs Beine ansieht.«

Als ich am nächsten Tag auf Station im Krankenhaus ankam, riefen Robbin und ich Trish gemeinsam an. Ich bat sie, sich im Büro ihrer Ärztin zu melden und Robbin und mich in ihrer Akte offiziell als Kontaktpersonen eintragen zu lassen. Sie willigte ein, was mich sofort aufatmen ließ.

»Wie geht es deinen Beinen?«, fragte ich, obwohl ich die Antwort bereits kannte.

»Ich kann sie kaum bewegen. Sie tun weh und sind so schwer.«

»Robbin und ich haben darüber gesprochen und wir wollen deiner Ärztin Bescheid geben. Es könnte an der Dosierung deiner Medikamente liegen. Deshalb sollte sie über deine Beine Bescheid wissen.«

Trish veranlasste sofort, dass unsere Namen auf die Liste in ihrer Akte gesetzt wurden, und so konnte ich bald telefonisch mit einer ihrer Pflegerinnen sprechen. Ich klärte sie über Trishs Zustand auf und auch darüber, wer ich war und welchen Prozess wir gerade durchliefen.

Sie sagte mir, dass Dr. Shah Trish wieder ins Krankenhaus holen lassen wolle.

Ich fragte herum und fand jemanden, der den Rest meiner Schicht übernahm, denn ich hätte an jenem Abend bis 19.30 Uhr arbeiten müssen. Sobald Robbin ihre Arbeit beendet hatte, fuhren wir zu Trish nach Hause. Sie schien erfreut, denn sie dachte, wir kämen sie einfach so besuchen. Ich kam gleich zur Sache und stellte das richtig.

»Wir haben heute mit dem Büro von Dr. Shah telefoniert und sie meint, du solltest wieder ins Krankenhaus kommen, damit die Ärzte nachsehen können, was mit deinen Beinen los ist«, erklärte ich ihr.

Sie schreckte zurück. »Das will ich nicht.«

Robbin legte beide Hände auf Trishs Schultern und bedachte sie mit einem ernsten Blick.

»Du kannst so nicht weitermachen, oder? Du weißt, dass es das Richtige ist.«

»Wir werden kein Nein akzeptieren«, fügte ich hinzu. »Du musst bezüglich deiner Beine etwas unternehmen.«

Links: Trish, Wesley und der Hund Molly, bei Robbin zu Hause (Juni 2014).

Oben: Wesley und der Hund Molly (Juni 2014).

Oben: Unsere Jungs: Parker, Wesley, Owen und Noah.

Links: Beste Freunde – Noah und Wesley.

Rechts: Zwei Mütter und ein geliebter Sohn!

Links: Trish und ich.

Oben: Unsere Familie auf einem Ausflug um mit Trish noch ein letztes Mal den Strand von Fenwick Island in Delaware (USA) zu besuchen.

Links: Gemeinsame Kayakfahrt in Fenwick Island in Delaware (USA) im Jahr 2014.

Oben: Von der Jüngsten zur Ältesten, von rechts nach links: Anna, Jenna, Emma, Noah, Owen, Wesley, Parker und Addy am Strand.

Rechts: Trish in ihrem Strandrollstuhl mit meinem Bruder Adam.

Links: Das bin ich mit Emmas Katzenbaby.

Rechts: Die Mädels von Maryland: von links nach rechts: Teresa, Sue, Trish, Maria und Laureen zu Besuch bei Trish bei uns zu Hause.

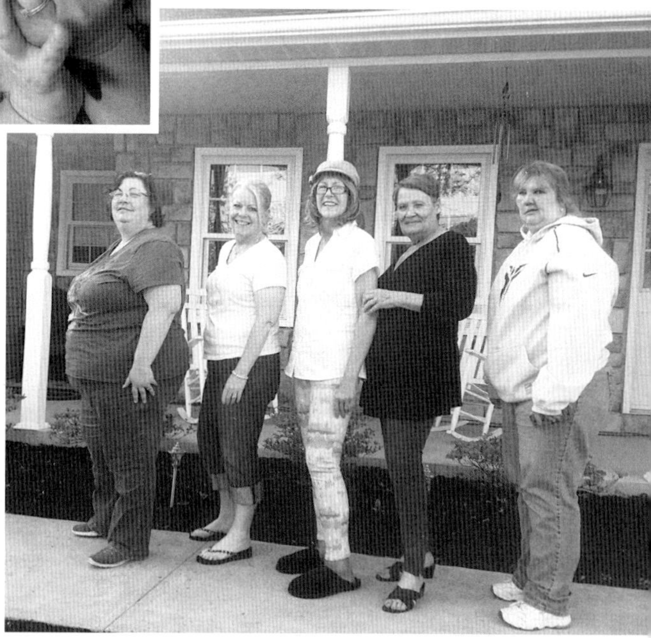

Oben: Robbin, Trish und ich auf dem Weg zu unserem ganz besonderen Tagesausflug nach New York City.

Links: Robbin, Trish und ich im berühmten Kleinfeld Bridal in New York City.

Rechts: Der Traum von Trish wird wahr – sie trifft Randy von TLC's »Say Yes to the Dress!«

Links: Trish im »Big Apple«.

Rechts: Wesley und Noah beim Legosteinfest.

Links: Trish und die Katze Milo.

Rechts: Wesley der kleine Angler.

Oben: Eines der Pferde aus der Sammlung von Mini Karussells, die Trish so gerne gesammelt hat.

Rechts: Die Kette mit den zwei Kreuzen, die Trish mir zu meinem Geburtstag geschenkt hat – dieses Geschenk hat mein Herz so sehr berührt.

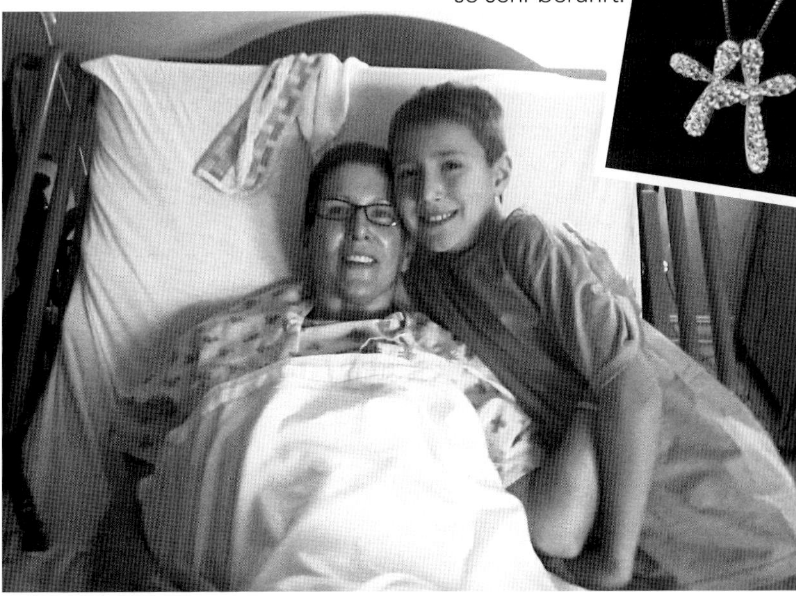

Oben: Trish und Wesley im Krankenhauszimmer.

Oben: Die Feier zu Trishs letztem Muttertag 2014.

Oben: Unzertrennlich – Mutter und Sohn.

Wie ein geschlagener Soldat, der sich den Eroberern ergibt, sah Trish uns beide an und hisste die weiße Flagge. Wir einigten uns darauf, dass ich mit Wesley in der Wohnung bleiben und Robbin Trish ins Krankenhaus bringen würde. Wir waren nicht sicher, ob man Trish gleich dortbehalten würde. Meine Aufgabe war es, auf Wesley aufzupassen und ihn bei Laune zu halten. Es war ein eigenartiges Gefühl, zum ersten Mal mit ihm allein zu sein, nicht unbedingt negativ, aber seltsam und ungewohnt. Ich wollte ihn näher kennenlernen. Bis dahin hatte er meistens mit unseren Kindern gespielt. Nun war die Gelegenheit gekommen, festzustellen, wie wir miteinander klarkamen und ob er sich in meiner Gegenwart wohlfühlte.

Ich half ihm bei den Hausaufgaben und aß mittags mit ihm bei McDonald's. Es schien ihm nichts auszumachen, dass wir beide allein waren. Es lief besser, als ich es mir vorgestellt hatte. Wesley blieb dicht an meiner Seite, nickte, als ich ihn fragte, ob er Hunger habe, und freute sich, dass er einen Sitzplatz aussuchen durfte. Er wählte ein Happy Meal mit Chicken Nuggets, eine Apfeltasche und Sprite. Ich bestellte einen Chickenburger mit Pommes.

Wesley entschied sich für eine Nische im hinteren Eck und wir setzten uns einander gegenüber. Er durchsuchte sofort die Happy-Meal-Tüte nach dem Spielzeug und kleckste dann Ketchup auf seine Pommes.

»Magst du McDonald's?« In der Hoffnung, dass diese Frage eine Konversation eröffnen würde, biss ich in meinen Burger. Er nickte und nestelte die ganze Zeit über an dem kleinen Rennauto herum, das in seinem Happy Meal steckte. Das Auto schien die Attraktion des Tages zu sein. Smalltalk war nicht gerade seine Stärke.

»Wir gehen oft hin«, sagte er, nahm ein Nugget und tauchte es in die Soße, steckte sich das ganze Stück in den Mund und ließ dann sein Auto über den Tisch brausen.

»Du und deine Mama? Ihr geht oft zu McDonald's?«

»Jeden Freitagabend. Das machen wir immer … haben wir früher immer gemacht.«

Eine Mutter hastete an uns vorbei, um ihr ungestümes Kleinkind einzufangen. Ich warf ihr einen flüchtigen Blick zu, während sie die Augen verdrehte und das kleine Mädchen zurück an den Tisch trug. »Erzähl mir mehr. War das immer ein besonderer Abend für euch beide?«

»Ja. Wir waren in dem anderen McDonald's. In dem großen, wo es einen Spielplatz gibt. Das war cool, weil es dort freies WLAN gibt und wir unsere iPads mitbringen konnten.«

»Das hat bestimmt Spaß gemacht.«

Wesley konzentrierte sich weiterhin auf das Auto und sah mich nicht ein einziges Mal direkt an. »Wir waren da viele Stunden lang. Manchmal habe ich dort mit anderen Kindern gespielt. Mama hat viele Leute kennengelernt, die auch immer dort waren.«

Ich nippte an meinem Getränk und stellte mir das bildlich vor. Die beiden an ihrem Mutter-Sohn-Abend beim Essen und Leute kennenlernen, wie sie ihre Freitage genossen wie einen Urlaub am Ende jeder Woche. Ich wollte mehr erfahren und Trishs und Wesleys Welt durch seine Augen sehen. Ich wusste, dass es für ihn alles andere als einfach war, aber ich konnte erkennen, dass er an den positiven Dingen festhielt.

»Wie läuft es in der Schule? Magst du Sport?«

Das Spielzeug lag nun in seiner Handfläche. Er schob die kleinen schwarzen Räder an und knabberte an einem Apfelschnitzen. »Die Schule ist ganz okay, aber ich mag keinen Sport.«

»Welche Hobbys hast du denn?«

»Ich war bei den Pfadfindern, aber dann hat Mama gesagt, dass es zu teuer ist, und dann sind wir sowieso umgezogen.«

Bei dieser Aussage wich das Leuchten aus seinen Augen. Fast hätte ich meine Hand auf seine gelegt. Stattdessen zog ich noch mal an meinem Strohhalm. Dieser Abend war zu viel für Wesley. Erst musste seine Mutter erneut ins Krankenhaus und nun ging eine Frau, die er kaum kannte, mit ihm Fast Food essen und fragte ihn aus. Mein Gefühl sagte mir, ich solle auf ein fröhlicheres Thema zu sprechen kommen. Ich konnte nicht alles, was ich über diesen Jungen wissen wollte, in einem Gespräch in Erfahrung bringen.

»Hey, was meinst du; wenn wir sowieso schon bei Walmart sind, sollen wir mal in der Lego-Abteilung vorbeischauen? Du darfst dir aussuchen, was du willst, solange es nicht mehr als zehn Dollar kostet.«

Wesley sprang wie von der Tarantel gestochen auf, steckte das Auto in seine Hosentasche und sein halb verspeistes Menü zurück in die Tüte und war in der nächsten Sekunde bereit zum Abmarsch. Anscheinend war »Lego« das Zauberwort.

Als wir wieder in der Wohnung ankamen, rief Robbin an und teilte mir mit, dass Trish ins Krankenhaus eingeliefert worden war. Außerdem ließ Trish fragen, ob ich Wesley mit zu uns nach Hause nehmen könne.

»Was ist mit der Schule morgen?«, fragte ich.

»Darüber können wir uns später Gedanken machen«, antwortete Robbin.

»Trish möchte einfach sichergehen, dass er gut aufgehoben ist.«

Als sie aufgelegt hatte, nahm ich eine Plastiktüte und begann, ein paar seiner Sachen zusammenzusuchen. Ich wusste ja nicht, wie lange er bei uns bleiben würde. Ich erklärte Wesley, was los war. Er füllte seinen Rucksack mit ein paar Spielsachen und Lieblingsstofftieren und zog den Reißverschluss zu. Offensichtlich war er schon daran gewöhnt, dass sein Leben von einem Moment auf den anderen umgekrempelt werden konnte. Ich schlug ihm vor, auch ein paar Schulsachen mitzunehmen. So könnte ich darauf achten, dass er in der Schule nicht zu weit zurückfiel. Dann fuhren wir ins Krankenhaus. Dort durfte Trish Wesley endlich sehen und ich übergab Robbin Trishs Wohnungsschlüssel.

Nachdem Wesley seiner Mama Gute Nacht gesagt hatte, fuhren er und ich zu uns. Er saß auf dem Rücksitz, spielte und lenkte sich ab. Ich umklammerte das Lenkrad und warf ab und zu einen Blick in den Rückspiegel. Panik stieg in mir auf und mir stockte der Atem.

Fragen rauschten durch meinen Kopf. *Wer tut so etwas? Wer um alles in der Welt tut so etwas? Ich habe einen kleinen Jungen und eine Plastiktüte voller Kleidung in meinem Auto. Wir haben keine Ahnung, wie es mit Trish weitergeht, und ich fahre ihren Sohn zu mir nach Hause!*

»Wann sind wir da?«, unterbrach Wesley meine Gedanken.

»Bald«, gab ich über meine Schulter zurück.

Keine drei Minuten später … »Sind wir schon da?«

»Fast.«

»Warum dauert das so lange? Warum gibt es hier keine Straßenlaternen?«

»Wir sind auf dem Land. Wir haben keine Straßenlaternen.«

Er stöhnte und wand sich in seinem Sitz. »Es fühlt sich sooooooooo lange an!«

Wesleys Bedürfnisse wiesen meine augenblickliche Hysterie in ihre Schranken. Es ging um das Wohl dieses Kindes. Ich lenkte ihn mit Wortspielen ab und erfand aus dem Nichts eine Geschichte über einen Otter, bevor wir schließlich in unsere Einfahrt einbogen.

Wesley schnappte sich seinen Rucksack und sprang aus dem Auto, sobald ich den Motor ausgeschaltet hatte. Ich konnte kaum mithalten. Dieses Kind war immer in Bewegung.

Ich sah hinauf zu den funkelnden Sternen und wollte Gott fragen, ob er wirklich glaubte, dass ich das schaffen konnte. Ich atmete tief durch und sagte mir: Gott macht keine Fehler.

Drinnen wurde Wesley von allen begrüßt. Dass er die Kinder und das Haus schon kannte, machte die Sache für ihn leichter. Es war schon spät und ich brachte ihm eine Luftmatratze.

Da ich wusste, dass er normalerweise noch bei seiner Mutter im Bett schlief, legte ich sie neben unser Bett und sagte ihm, dass ich da sein würde, wenn er etwas brauche, und er nur meinen Namen rufen müsse. Ich brachte ihn ins Bett und las ihm eine Gute-Nacht-Geschichte vor, bis ihm die Augen zufielen. Als er in seine Decke gewickelt eingeschlafen war und seine kleine Brust sich hob und senkte, setzte ich mich auf die Kante unseres Bettes und sah ihn einfach nur an. So viel war noch unsicher.

In dieser Woche sorgte unsere ganze Familie dafür, dass es Wesley gut ging und er sich wohlfühlte.

In dieser Woche sorgte unsere ganze Familie dafür, dass es Wesley gut ging und er sich wohlfühlte. Während ich im Krankenhaus Dienst tat, hielt Dan zu Hause die Stellung und arbeitete in seinem Homeoffice. Wesley spielte mit Noah und den anderen Kindern und lebte sich bei den Seamans ein. Ich brachte ihn sogar zu unserer Frisörin, Mandy, für einen neuen Haarschnitt. Mitte der Woche gingen wir immer seine Mama besuchen.

Dr. Margaret Hallahan, eine gute Freundin von mir und Trishs Ärztin für die stationäre Behandlung, hatte noch nicht herausgefunden, ob Trishs Beine wegen der Chemo so angeschwollen waren oder ob sich der Krebs ausgebreitet hatte und sie im Sterben lag.

»Ich muss die Wahrheit wissen«, sagte ich zu Margaret auf dem Krankenhausgang, während Wesley seiner Mama sein neues Happy-Meal-Spielzeug zeigte. »Wie steht es um Trish? Wie lautet deine Diagnose?«

Margaret lehnte sich gegen die Wand und seufzte. Ihr für gewöhnlich sonniges Gemüt verdunkelte sich. »Tricia, es kann gut sein, dass sie bald sterben wird.«

Das war ein Schlag in die Magengegend. Keiner von uns war bereit, Trish gehen zu lassen.

Sie war so ein Geschenk für unser Leben. Wir dachten, wir hätten mehr Zeit. Wer würde es Wesley sagen? Wie würde sein kleines Herz diesen Verlust überstehen? Wie um alles in der Welt konnten wir jetzt alle unsere Pläne verwirklichen und den Papierkram erledigen?

Was wäre, wenn Trish sterben würde, bevor wir ihren Willen zu Papier gebracht und offiziell bestätigt hatten, dass Wesley in unsere Familie aufgenommen werden sollte? Ich schluckte meine Angst und Sorgen hinunter und seufzte, genau wie Margaret.

»Jetzt ist es Zeit, an Gottes Wunder zu glauben«, sagte ich mir und ging zurück in Trishs Zimmer, entschlossen, für meine Freundin und ihren Sohn stark zu sein.

Einen Tag später bekam ich einen Anruf von Margaret mit weiteren schlechten Nachrichten.

»Tricia, sie kann so nicht nach Hause zurück. Es hat sich unglaublich viel Flüssigkeit angesammelt. Wir tun alles, was in unserer Macht steht, aber es sieht nicht gut aus. Wir müssen uns etwas überlegen, denn sie kann so nicht selbstständig leben. Wir sollten uns um eine Pflegekraft für sie bemühen. Ich würde Arlene anrufen.«

Mir war klar, was das bedeutete. Trishs Medikamente würden neu dosiert werden.

Dr. Arlene Bobonich arbeitete als Ärztin bei PinnacleHealth in der stationären Palliativpflege. Sie half dabei, Trishs Symptome zu überwachen, ihre Schmerzen zu lindern, die Nebenwirkungen der Chemo zu behandeln und für ihr emotionales und geistiges Wohl zu sorgen. Ihr Rat wäre die beste Lösung, Trishs Medikamente umzustellen, um ihr Leiden zu verringern. Arlene war die Beste; eine ältere Dame von großem Wuchs mit wundervollem silbernem Haar. Sie war schon eine Erscheinung in ihren hellen, geblümten Outfits mit passender Handtasche und dazugehörigen Schuhen. So oft hatte sie buchstäblich den Raum erhellt, wenn sie förmlich in die Onkologie geschwebt kam und mit einem »Hallo, ihr Lieben« alle Krankenschwestern auf einmal begrüßte. Es erleichterte mich, zu wissen, dass sich Margaret mit Arlene in Verbindung setzte und sich diese beiden wunderbaren Frauen um Trish kümmern würden.

Bereits am nächsten Tag rief Arlene an. Ich wunderte mich, weil ich wusste, dass sie einige hundert Kilometer weit weg im Urlaub war. Sie hatte einen guten Zeitpunkt gewählt, weil ich gerade zu Hause war und ihr die ganze Geschichte erzählen konnte, ohne dass Wesley zuhörte. Er wusste noch immer nicht, wie ernst es um seine Mutter stand und dass sie an ihrer Krankheit sterben würde. Uns war klar, dass der Tag kommen würde, an dem er die Wahrheit erfahren musste. Ich betete, dass dieser Tag noch lange auf sich warten ließe.

»O Tricia«, sagte Arlene mit Mitgefühl in der Stimme. »Meine Liebe, sag mir, wie ich helfen kann.«

»Ich weiß nicht, was ich tun soll. Alles geht so schnell und Trish ist am Durchdrehen, weil sie sich nicht in eine Pflegeeinrichtung einweisen lassen will. Sonst müsste sie Wesley zurücklassen.«

Nach einer gedankenschweren Pause verkündete Arlene ihren Plan: »Wir müssen vor allem ihre Symptome behandeln. Wenn sich an ihrem jetzigen, geschwächten Zustand nichts ändert, hat sie höchstens noch einen Monat. Wenn ich morgen nach Harrisburg zurückkomme, sollten du, Dr. Hallahan und ich uns zusammensetzen und das besprechen.«

Ich stimmte zu und legte auf, doch das alles machte mich fertig.

Bitte, Gott ... Gib uns die Zeit, die wir brauchen. Hilf Trish, durchzuhalten, damit alles geregelt werden kann.

Ich wusste nicht, wie alles ausgehen würde, aber ich wusste, dass ich schnellstmöglich mit Dan sprechen musste. An diesem Abend saßen wir beide einmal mehr an der Kücheninsel, an der die ganze Reise ihren Anfang genommen hatte.

»Wir dürfen das nicht zulassen«, sagte ich und kämpfte mit Tränen der Frustration.

»Wir brauchen mehr Zeit und müssen Dinge schriftlich festhalten. Und wo soll Trish hin? Sie hat furchtbare Angst, Dan. In einem Heim, ohne Wesley, wäre sie unheimlich einsam.«

Mein Mann musterte mein Gesicht. Er umschloss meine Hände mit seinen; warm und fest.

Er war wie immer mein sicherer Hafen.

»Liebes, ich weiß nicht, wie wir Wesley guten Gewissens gegenübertreten und ihm sagen können, dass wir ihn wollen, aber nicht seine Mutter. Wenn er allen Ernstes hier leben soll und wir ihn aufziehen werden, sind wir ihr gegenüber genauso verpflichtet wie ihm. Wir müssen uns um Trish und Wesley kümmern und sie lieben, wie wir es mit jedem anderen Mitglied dieser Familie auch tun würden.«

Natürlich hatte er recht. Sein Verständnis verschlug mir die Sprache. Ich war erleichtert, entspannte mich, schlang meine Arme um ihn und drückte ihn, so fest ich konnte.

»Ich liebe dich, Daniel Seaman«, sagte ich. »Du bist wunderbar. Ich weiß nicht, was ich ohne dich täte. Das alles wäre ohne deine Hilfe nicht möglich.«

Wir lösten uns aus unserer Umarmung und Dan sagte, dass er mich ebenfalls liebe.

Dann setzte er ein schelmisches Grinsen auf, um die Stimmung zu lockern.

»Und du hast gesagt, ich sei derjenige, der seine Arbeit mit nach Hause bringt.«

Ich tupfte mir die Tränen ab, während wir beide in schallendes Gelächter ausbrachen, das sich anfühlte wie ein Regenguss nach langer Trockenheit.

Am nächsten Morgen rief Trish an. Ihre Worte waren unter ihrem Schluchzen kaum zu verstehen. »Ich glaub das einfach nicht. Kannst du dich um Wesley kümmern? Ich weiß nicht, wo sie mich hinbringen werden. Ich kann den Gedanken nicht ertragen, von ihm getrennt zu sein.«

»Trish«, sagte ich ruhig.

»Ich bin total am Ende. Ich war noch nie ohne meinen Sohn.«

»Trish«, sagte ich noch einmal. »Hast du heute schon deine SMS gelesen?«

Ihr Schniefen hörte auf. Meine Frage musste völlig fehl am Platz und sehr taktlos gewirkt haben.

»Ähm, nein, noch nicht. Ich war zu beschäftigt mit allem, was gerade passiert.«

»Dann lies sie mal und ruf mich dann zurück.«

Wir legten auf und ich wartete. Ich sah sie vor mir in ihrem Krankenbett, wie sie ihre Nachrichten durchscrollte und meine Nachricht fand, die ich ihr kurz vor ihrem Anruf geschrieben hatte. Ich schrieb sie von ganzem Herzen und musste lächeln, als ich mir vorstellte, wie sie sie las. Ich hatte geschrieben: Möchtest du gern bei uns wohnen?

Möchtest du zu unserer Familie gehören?

Ich zählte zwölf Sekunden, bis mein Handy klingelte und ich es mir ans Ohr hielt.

Ich brauchte gar nicht Hallo zu sagen. Trish übernahm das Reden und sagte immerzu nur das eine Wort: »Ja! Ja! Ja!«

12. Richtungsänderung

Am nächsten Morgen sprach ich ausführlich mit Dr. Shah über Trishs Zustand und was auf uns zukommen würde, wenn sie zu uns nach Hause kam. Wir mussten ihr ein richtiges Krankenbett besorgen, eine Liste mit all ihren Medikamenten bereithalten und wissen, wann sie sie einnehmen sollte. Wir brauchten ambulante Pflege und jemanden vom Hospiz, der bei Bedarf kommen konnte. Und wir mussten den Transport zu den Untersuchungen organisieren, wenn Dan oder ich einmal nicht konnten. Es lag ein steiniger Weg vor uns, aber irgendwie hatte ich das Gefühl, wir würden es schaffen. Gott legt uns nicht mehr auf, als wir tragen können. Ich musste ihm vertrauen.

Außerdem wollte ich dringend ein offenes Wort mit Trish sprechen. Die harte Chemo zeigte keine Wirkung, was vermutlich der Grund für ihre angeschwollenen Beine war. Ihr Körper sprach nicht gut auf die Medikation an. Deshalb musste ihre Behandlung geändert werden, mit dem Ziel, ihre Symptome in den Griff zu bekommen. Ich hatte keine Ahnung, wie Trish die Neuigkeiten aufnehmen würde. Sie war in ihrem Bett und trank Wasser, als Dr. Shah und ich hereinkamen. Ich konnte nicht fassen, wie dünn sie geworden war. Über dem Kragen ihres Krankenhaus-Nachthemds traten deutlich ihre Schlüsselbeinknochen hervor.

»Werde ich heute entlassen?«, fragte Trish. Sie richtete sich auf und rückte ihr Kissen zurecht. Ich setzte mich neben sie und nahm ihre kleine Hand. »Wir müssen erst einige Dinge besprechen«, sagte ich.

»Bevor du zu uns kommst, müssen wir noch vieles planen, damit es dir nachher besser geht.« Dr. Shah trat mit Trishs Krankenakte in der Hand etwas näher.

»Im Moment geht es darum, die Ausbreitung des Krebses zu verlangsamen und Ihre Symptome zu behandeln«, erklärte sie Trish. »Der Krebs kann nicht geheilt werden, aber wir können eine andere Chemo ausprobieren, sodass es Ihnen besser geht.«

Trish sah niedergeschlagen aus, als hätte sie gerade zum ersten Mal gehört, dass sie unheilbar krank war.

»Nur verlangsamen, nicht heilen. Ich hatte wohl immer noch auf ein Wunder gehofft«, sagte sie.

Ich sah diese Frau an, die von einer Patientin zu einer guten Freundin geworden war.

Nun prüfte ich nicht länger ihre Werte, ihre Infusion oder Wasserkanne. Jetzt musste ich die Schulter sein, an die sie sich anlehnen konnte. Ich musste für sie stark sein, wenn das Schicksal ihr hart zusetzte. Ich rückte näher zu ihr heran, um sie spüren zu lassen, dass ich da war. Wie gern hätte ich sie in meine Arme geschlossen.

Ich sah diese Frau an, die von einer Patientin zu einer guten Freundin geworden war.

»Wir sind alle bei dir«, brachte ich nur hervor und wünschte, tröstendere Worte parat zu haben. »Du musst da nicht allein durch.«

Trish senkte den Blick und faltete ihre Hände. Eine Träne lief ihr die Wange hinunter.

»Ich will nicht aufgeben, den Krebs zu besiegen. Ich will weiterkämpfen.«

»Wir wollen auch, dass du kämpfst«, bekräftigte ich.

»Aber kämpfe für weitere schöne Erlebnisse mit Wesley und darum, dass es dir ohne die ganzen Schwellungen und Schmerzen besser geht. Kämpfe dafür, zu uns nach Hause zu kommen und Teil der Familie zu sein.«

Plötzlich sah Trish mich an. Die beiden Wörter »Zuhause« und »Familie« hatten bei ihr einen Nerv getroffen. Es waren diese beiden Werte im Leben, die sie sich mehr als alles andere gewünscht, aber nie erfahren hatte. In diesem Augenblick empfand ich einen Anflug von Ärger. Auf Gott, auf die Krebszellen in ihrem Körper, auf das Schicksal, das ihr und auch Wesley so hart zusetzte. Trish würde sterben. Dabei könnte sich nun erfüllen, wovon sie schon immer geträumt hatte. Wie lange würde sie noch leben? Sicher nicht lange genug.

»Wesley und ich haben noch so viel vor«, stammelte sie und wischte sich eine weitere Träne aus dem Gesicht.

»Ich möchte, dass wir ein Zuhause und eine Familie haben. Wenn wir durch die Medikamente Zeit gewinnen, die wir zusammen verbringen können, dann bin ich mit der Behandlung einverstanden.«

Ich nahm sie in die Arme und empfand dabei Freude und Trauer zugleich. Wir würden eine Familie sein und die Last gemeinsam tragen. Dennoch konnte ich die dunklen Wolken am Horizont nicht ausblenden. Wir würden weitere schöne Dinge erleben und die kurze Zeit, die uns noch blieb, genießen. Aber es würde kein Happy End geben.

Einige Minuten später kamen Arlene und Margaret ins Zimmer und begrüßten uns herzlich. Ich holte einen Stuhl für Arlene. Als sich Margaret ans Ende von Trishs Bett setzte, ließ mein Stress sogleich nach. Diese beiden Frauen waren Expertinnen auf ihrem Gebiet und würden Trish helfen, den neuen Weg zu verstehen, den wir nun einschlugen. Als sich die drei Frauen unterhielten und Arlene und Margaret Trishs Fragen beantworteten, wurde mir bewusst, wie ungewohnt diese Situation für mich war. Diesmal hörte ich nicht als Krankenschwester, sondern als Familienmitglied zu. Ich bekam eine ganz neue Perspektive und ein besseres Verständnis dafür, was Angehörige durchmachten, die einem Patienten mit tödlicher Krankheit nahestanden. Es war kaum auszuhalten. Und doch empfand ich es als sehr hilfreich, die Situation auch aus dem Blickwinkel einer Krankenschwester zu betrachten.

Jede einzelne medizinische Fachrichtung ist für den Weg eines Patienten unendlich wichtig.

Nie zählt nur eine Person allein, sondern ein eingespieltes Team, in dem jeder entschlossen seine Arbeit tut und alle auf verschiedene Art und Weise dasselbe Ziel verfolgen, nämlich, dass es dem Patienten besser geht. Derartige Gespräche hatten vorher ebenfalls zu meinem Job gehört. Ich kannte die damit verbundene Intensität und die aufkommenden Emotionen.

Doch als ich sah, wie Trish das alles in sich aufnahm und die letzte Phase ihres Lebens plante, war es, als ob sich ein Teil von mir mit ihr dem Ende näherte. Jetzt, da ich persönlich betroffen war, erfuhr ich am eigenen Leib, wie eine tödliche Krankheit auch die Seele der Familie befiel, von der jeden Tag ebenfalls ein kleiner Teil starb.

»Es geht nicht darum, aufzugeben«, sagte ich am Ende des Gesprächs; fest davon überzeugt, dass es stimmte. »Vielmehr geht es darum, so gut und so lange zu leben, wie du kannst, und dir noch eine einigermaßen gute Lebensqualität zu ermöglichen.«

Am Ende stimmte Trish zu. Wir hatten einen neuen Plan und zogen am selben Strang.

Für die mitfühlende Kompetenz von Margaret und Arlene war ich sehr dankbar. Sie trug dazu bei, dass sich Trish besser fühlte. Langsam wurde mir klar, dass Dan und ich unsere beiden Familien nicht allein zusammenführen konnten. Damit unser Unterfangen gelang, brauchten wir eine ganze Armee von Helfern. Das nächste Treffen planten wir mit Kim, der Koordinatorin des Hospizes. Sie war freundlich und wirkte auf andere sehr beruhigend.

Sie informierte Trish und mich über ihre Dienstleistungen, die Ausstattung und so weiter und so fort. Mit unserer neuen Herangehensweise brauchten wir sie in unserer Nähe.

Trish schien mit dem neuen Plan zufrieden zu sein und wir standen in den Startlöchern, um sie schnell nach Hause zu bringen und mit der neuen Umgebung vertraut zu machen.

Wir bewegten uns auf dünnem Eis. Niemand konnte mit Sicherheit sagen, ob wir eine Woche, einen Monat oder – mit etwas Glauben – vielleicht sogar noch etwas mehr Zeit haben würden. Ich betete inständig und flehte Gott an, uns mehr Zeit zu geben. Zeit, die Trish und Wesley gemeinsam verbringen konnten. Ich dachte, die gute Landluft müsse belebend für die beiden sein. War die neue, liebevolle Familie, die sich Trish ihr Leben lang gewünscht hatte, vielleicht am Ende die beste Medizin? Ich bat Gott um seine Leitung, sodass wir Wesley näherkommen konnten. Wir brauchten Gelegenheiten, um eine Vertrauensbeziehung zu ihm aufzubauen, die unser Fundament sein würde, wenn Wesleys Mama diese Welt verließ.

Uns fehlte einfach nur Zeit und dafür betete ich unablässig. Außerdem quälte mich die Frage: Würde uns dieser kleine Junge je als seine eigene Familie annehmen?

Trotz vieler Fragen und kalter Füße wusste unsere Familie, dass es Gottes Weg entsprach, Trish und Wesley bei uns wohnen zu lassen. Es war sein Wille und unsere Berufung.

///

Deshalb fühlten Trish und ich uns emotional miteinander verbunden. Diesen Plan hatte Gott entworfen und unsere eigenen Pläne mussten ihm weichen. Ob es beängstigend war? O ja! Zweifelte ich daran, dass es gelingen würde? Immer wieder. Lief bisher alles glatt? Keineswegs. Aber so ist das eben, wenn man neue, unbekannte Wege geht. Die Schritte sind unsicher und es gibt viele Höhen und Tiefen, doch am Ende kommt es auf das Ziel an.

13. Eine große, glückliche Familie

Der 17. Mai 2014 war der große Tag, an dem Trish offiziell bei uns einzog. Wesley war schon seit dem Abend bei uns, als man Trish ins Krankenhaus eingeliefert hatte. Meine Familie gab ihr Bestes, um Wesley zu beschäftigen und ihn bei Laune zu halten, bis wir seine Mama ebenfalls nach Hause holen konnten. Auch mit unseren Kindern besprachen wir den neuen Plan, aber diesmal mischte sich mehr Zurückhaltung in ihre Bereitwilligkeit. Wesley bei uns zu haben, war eine Sache. Er war wie ein weiteres Geschwisterkind, das gut zum Rest der Bande passte. Und doch … eine sterbende Mutter, die medizinische Geräte und ständige Betreuung brauchte; wobei keiner wusste, wie lange sie noch zu leben hatte … Nun, das machte ihnen Angst, besonders Jenna.

»Ich habe immer mit ihr gesprochen, wenn sie hier war, und ich mag Trish wirklich«, beteuerte sie und legte ihre Stirn in Falten. »Aber es ist schwer für mich, eine enge Beziehung aufzubauen, wenn ich weiß, dass sie sterben wird.«

Ich saß neben ihr auf dem Sofa im Wohnzimmer und streichelte ihr mit der Hand über den Rücken. »Das ist total verständlich«, sagte ich. Ich war die Einzige im Raum, die tagtäglich mit Kranken und Sterbenden zu tun hatte. Das war tatsächlich nichts, woran man sich jemals gewöhnen konnte.

»Vermutlich wird es einfach Zeit brauchen, sich darauf einzustellen und eine Freundschaft zuzulassen.«

»Ich möchte das nicht sehen«, sagte Noah, während Emma und Anna nickten.

Noah fügte hinzu: »Sie ist echt nett und ich mag meinen Bruder. Aber ich habe auch Angst. Ich möchte nicht zusehen, wie Trish stirbt.«

Dan saß in einem Stuhl neben uns und lehnte sich vor. »Wir werden nicht bis zum Ende für Trish sorgen. Wenn ihre Krankheit so schlimm wird, dass es ihr bei uns nicht mehr gut geht, wird sie in ein Hospiz gebracht.«

»Wir wollen zusammen eine Familie sein und Trish soll die Zeit hier genießen, solange sie noch dazu in der Lage ist«, fügte ich hinzu. »Aber wir werden ihr nicht bis zuletzt helfen können. Ich gebe euch mein Ehrenwort, dass sie, wenn es so weit ist, an einen Ort gebracht wird, an dem man sich besser um sie kümmern kann.«

Im Zimmer wurde es still. Ich versuchte, anhand des Gesichtsausdrucks meiner Kinder, ihre Gedanken zu lesen, die sich offensichtlich im Kreis drehten. Mein Blick verweilte bei Jenna, der das alles am wenigsten geheuer zu sein schien. Soweit ich zurückdenken kann, hatte sie schon immer eine gewisse Angst vor dem Tod. Ich wusste nicht genau, warum.

Sie hatte nie einen wirklichen Verlust erlebt, aber sie wusste, dass ich auf der Arbeit mit so etwas zu tun hatte. Oft ging ich zu Beerdigungen von Patienten, die mir nahegestanden hatten. Wenn Jenna dann sah, dass ich mich in dunklen Farben kleidete und auf den Weg machte, zog sie sich in ihr Zimmer zurück, als ob der Schatten des Todes sie erreichen könne.

»Ich freue mich, dass sie kommt«, sagte Jenna schließlich und lächelte. »Es wird Spaß machen, sie zu verwöhnen, ihr die Nägel zu lackieren und so weiter.«

Noah machte ein düsteres Gesicht. »Das ist Mädchenkram. Ich werde ihr zeigen, wie man Glühwürmchen mit einem Glas einfängt, das Wesley und ich dann als Nachtlicht benutzen.«

Ich lachte in mich hinein und war erleichtert. Die Anspannung hatte sich in Luft aufgelöst.

Anna stand auf und drückte mich fest. »Und wir werden für sie Klavier spielen. Bestimmt mag sie Musik. Vielleicht bringen wir ihr das Spielen auch bei, falls sie es noch nicht kann.«

»Das wird ihr gefallen«, erwiderte ich, erfreut über die plötzliche Welle der Begeisterung.

Doch es gab immer noch eine Sache, die zwar gerade nicht Thema war und dennoch bleischwer in der Luft hing. Das Schwierigste würde sein, Wesley über den Zustand seiner Mutter aufzuklären. Taten wir das nicht, würden unsere Kinder einen Eiertanz aufführen müssen. In diesem Fall müssten sie immerzu Angst haben, etwas Falsches zu sagen.

Wesley könnte es auch im falschen Moment erfahren. Er ahnte nach wie vor nichts und wusste nur, dass seine Mutter sehr krank war. Als Trish eingezogen war, beschlossen Dan und ich, Pastor Mott und jemanden vom Hospiz hinzuzuziehen, um Trish zu sagen, sie müsse mit Wesley über ihren bevorstehenden Tod sprechen. Sie wusste, dass es sein musste, aber fand nie den richtigen Zeitpunkt oder die richtigen Worte. Wir hofften, dass ihr der Einzug bei uns und die neue Patchworkfamilie den Rückhalt geben würden, den sie brauchte. Ich machte mir Sorgen, wie Wesley reagieren würde, aber immerhin musste er nicht mehr allein damit fertigwerden. Wir würden da sein, bis alle Tränen getrocknet waren.

Wir würden da sein, bis alle Tränen getrocknet waren.

Ich sprach mit den Kindern über Wesleys Situation, bevor wir unsere Zusammenkunft beendeten. Zum Glück hatten sie Verständnis für seine Lage und versprachen, nicht zu erwähnen, dass Trish bald sterben würde. Sie liebten Wesley und wollten ihm nicht wehtun. Bis er und seine Mutter ihr wichtiges Gespräch führen konnten, würden wir vorerst alle dichthalten.

An dem Tag, an dem Trish zu uns ziehen sollte, lief die Zusammenarbeit in unserem Team wie am Schnürchen. Robbin fuhr Trish in ihre alte Wohnung, um alles Nötige zusammenzupacken, während ich Bettwäsche und Handtücher einkaufte. Ich wollte, dass alles perfekt war. Deshalb wählte ich die Sachen in Lila, Trishs Lieblingsfarbe, aus. Dan brachte eine Tür zu unserem Fernsehzimmer an und überklebte das Glas mit einer Folie, sodass Trish ihre Privatsphäre haben würde. Wir stellten das Krankenbett ins Zimmer. Dann halfen Jenna, Emma und Anna, die neue, lila geblümte Bettwäsche aufzuziehen, passend zu den flauschigen Kissen und einer lavendelfarbenen Kuscheldecke. Auf Trishs Nachttisch stand eine lila Glasvase mit duftendem Flieder. Emma stellte ihr auch die altbewährte goldene Glocke auf den Tisch, die man bei uns immer bekam, wenn man krank war. So konnte man sich bemerkbar machen, wenn man etwas brauchte. Daneben stellten wir ein Körbchen mit Taschentüchern, Lippenpflegestift und der Fernbedienung. Wesley verlieh dem Ganzen seine persönliche Note, indem er einige seiner Lieblingsstofftiere auf das neue Bett seiner Mama setzte. Licht durchflutete das Zimmer. Es fiel durch zwei große Fenster, die von Rüschenvorhängen umrahmt wurden. Der Blick ging nach draußen auf die Veranda vor dem Haus. Dort würden Trish und ich bald bei einem großen Glas Eistee in den Schaukelstühlen sitzen, die Aussicht genießen, gemeinsam lachen und uns gegenseitig unser Herz ausschütten.

Wir räumten das Sofa aus dem Zimmer, um Platz für Trishs Bett zu machen, doch das kleine Zweiersofa ließen wir stehen. So gab es einen schönen Platz für Besucher oder für Wesley, wenn er bei seiner Mama sein wollte. Die Mädchen richteten Trish das Badezimmer ein.

Sie legten frische Handtücher hin und duftende Lavendelseife in eine Schale. Emma, Wesley und Noah waren für die Deko zuständig und banden lila Luftballons an die weißen Schränke, die um Trishs Fernseher herumstanden. Das Sahnehäubchen war ein riesiges Plakat mit der Aufschrift »Willkommen zu Hause«. Die Kinder hatten es mit bunten Filzstiften gemalt.

Es hing über Trishs Bett. Alle Familienmitglieder wurden darauf verewigt, auch die beiden Hunde. Wir waren eine große, glückliche Familie! Es gab sehr viel zu tun und fühlte sich an, als bereiteten wir einen Staatsempfang vor. Ich wollte, dass es Trish gefiel.

Ich setzte alles daran, ihr ein schönes Zimmer einzurichten, das sie ihr Eigen nennen konnte und das ihr zeigte, wie sehr wir sie liebten.

Es war schon spät am Abend, als Robbins Auto heranrollte. Besonders Wesley strahlte übers ganze Gesicht und sprang auf und ab in der Erwartung, dass Trish endlich zur Tür hereinkommen würde. Es war eine lange Geduldsprobe. Sogar etwas länger, als wir erwartet hatten. Robbin und Trish verfuhren sich unterwegs, nachdem sie die Autobahn verlassen hatten. Denn auf dem Weg zu uns war es stockdunkel. Es gab keine Straßenbeleuchtung. Robbin war mit den Nerven am Ende, weil sie Trishs Medikamente in den Kofferraum gepackt hatte und nicht genau wusste, wo sie steckten. Sie hatte nicht anhalten wollen, weil man sowieso nichts sehen konnte und die Wahrscheinlichkeit gering war, dass sie das Tablettendöschen fand. Deshalb hatte sie aufs Gas gedrückt, bis sie endlich unsere Straße erreichte. Während wir drinnen in Partylaune warteten, bereit, unser neues Familienmitglied willkommen zu heißen, war Trish von der langen Autofahrt grün im Gesicht, weil sie ihre Tabletten nicht genommen hatte. Sobald sie aus dem Auto gestiegen war, beugte sie sich vor und erbrach auf den Bürgersteig. Das war nicht der Auftritt, den sie sich vorgestellt hatte. Doch das war nicht mehr wichtig. Hauptsache, sie war da. Wir brachten Trish ins Haus, ließen sie sich setzen und gaben ihr etwas Kaltes zu trinken, um ihren Magen zu beruhigen.

Sobald sie wieder zu Atem gekommen war und sich etwas besser fühlte, stellten wir uns auf und riefen im Chor: »Willkommen zu Hause!« Trish lebte sichtlich auf und schien überwältigt, als wir ihr ihr Zimmer und das Bad zeigten. Wir überschütteten sie geradezu mit Liebe. Wesley schlang seine kleinen Arme um ihre Hüfte.

»Wie findest du es?«, fragte er. »Gefällt es dir?«

Ihre Mundwinkel zuckten, während ihr Tränen übers Gesicht rannen.

»Wir haben es geschafft«, sagte ich voller Freude. »Sie ist zu Hause. Sie ist endlich zu Hause.«

»Ich hatte noch nie etwas so Schönes«, antwortete sie. »Es ist alles perfekt. Und alles in Lila!« Dann weinte sie hemmungslos und umarmte jeden Einzelnen. Ich wünschte, ich hätte diesen Augenblick einfangen und aufbewahren können.

Robbin musste bald wieder aufbrechen und zurückfahren. Wir umarmten uns.

»Wir haben es geschafft«, sagte ich voller Freude. »Sie ist zu Hause. Sie ist endlich zu Hause.«

Als sich alle bettfertig gemacht hatten, ging ich zu Trish ins Zimmer. Ich deckte sie zu und sah nach, ob Wesley es auf der Luftmatratze neben ihrem Bett bequem hatte. Dann beugte ich mich über Trish und küsste sie auf die Stirn.

»Gute Nacht, Püppchen«, sagte ich, begeistert darüber, was wir alles erreicht hatten.

»Ich hab dich lieb. Du bist zu Hause.«

»Püppchen?« Trish grinste mich an. »Ist das mein neuer Spitzname?«

Ich konnte nicht sagen, wie ich darauf gekommen war. Es war mir einfach so rausgerutscht, jetzt, da wir offiziell eine Familie waren. Aber wenn ich sie mir so ansah, kam sie mir genau so vor: wie eine wunderschöne kleine Puppe, die ich herzen, lieben und umsorgen würde.

»Ja klar. Daran solltest du dich gewöhnen.«

Trish lachte. »Immer noch ganz die Krankenschwester.«

Danach küsste ich Wesley und betete mit ihm; ein Ritual, das wir seit der ersten Nacht pflegten, die er bei uns verbracht hatte.

Als alle Kinder im Bett waren, legte ich mich neben meinen Mann und kuschelte mich in der Dunkelheit an ihn. Es fiel mir schwer einzuschlafen. Ich war immer noch aufgedreht und konnte mich nach der ganzen Aufregung nicht entspannen. Gleichzeitig quälten mich Ängste und Sorgen.

»Gott hat uns Trish und Wesley gegeben. Sie sind jetzt unsere Familie. Wenn es nicht mehr wie früher sein wird, dann soll es nicht so sein.«

»Kriegen wir das hin?«, fragte ich mit brüchiger Stimme. »Du weißt, dass hier von jetzt an nichts mehr sein wird wie früher.«

Dan strich mir übers Haar. »Gott hat uns Trish und Wesley gegeben. Sie sind jetzt unsere Familie. Wenn es nicht mehr wie früher sein wird, dann soll es nicht so sein. Manchmal verändern solche Einschnitte alles zum Guten.«

»Hast du Angst?«, fragte ich. Dan wirkte immer so besonnen und gefasst. Ihn brachte so schnell nichts aus der Ruhe. Doch zuvor war auch noch nie eine sterbende Frau mit ihrem Sohn bei uns eingezogen, einem Sohn, der eines Tages, untröstlich verletzt, auch unser Sohn sein würde.

»Du etwa?«, fragte Dan. Zum wiederholten Mal beantwortete er eine Frage mit einer Gegenfrage. Ich durchforstete meine Seele und wollte sagen: »Ja … genau genommen vergehe ich vor Angst, Dan.« Stattdessen war es, als ob sich Gottes Gegenwart neben mir auf dem Bett niedergelassen hätte. Gott: meine Kraft, das Licht auf meinem Weg, meine Leitung und mein Schutz. Ich wusste, dass er uns auf dieser Reise beistehen würde. Ebenfalls war mir klar, dass diese sterbende Mutter und ihr Sohn, die ein Stockwerk unter uns schliefen, auf unerklärliche Weise hierhergehörten. Ich hatte das schon an dem Tag gespürt, als Trish erfuhr, dass sie sterben würde, und uns bat, ihren Sohn aufzunehmen.

»Nein«, gab ich schließlich zurück. Ich fühlte mich stärker als erwartet. »Ich kann mich nicht vor etwas fürchten, das offensichtlich Gottes Plan entspricht. Wahrscheinlich bin ich einfach nur aufgeregt und habe Schmetterlinge im Bauch.«

Dan reckte sich erschöpft und zog mich näher an sich heran, sodass ich meinen Kopf auf seine Brust legen konnte. »Na, das trifft sich ja gut, wo du doch Schmetterlinge so liebst.«

Ich lächelte. »Und dich«, flüsterte ich.

Der Umzug und die Aufregung hatten Trish so viel Kraft gekostet, dass sie am nächsten Tag zu schwach war, das Bett zu verlassen. Es war Sonntag. Dan fuhr am Morgen mit allen Kindern in den Gottesdienst. Ich blieb zu Hause bei Trish. Pastor Mott und seine Frau fragten, ob Dan einverstanden wäre, wenn am Abend eine

Gruppe aus der Gemeinde für einen besonderen Besuch vorbeikäme. Sie wussten, dass Trish und Wesley jetzt ganz bei uns wohnten, und wollten für uns beten. Es war ihre Art, uns zu helfen und Trish zu ermutigen. Bei Sonnenuntergang konnte ich es kaum noch erwarten und schaute immer wieder aus dem Fenster. Dann sah ich sie kommen. Stoßstange an Stoßstange parkten die Autos in unserer schmalen Straße. In kleinen Gruppen sammelten sich Leute aus unserer Gemeinde auf dem Rasen im Vorgarten. Trish konnte alles von ihrem Bett aus sehen. Pastor Mott und Joyce kamen herein und setzten sich zu Trish, beteten mit ihr und hießen sie persönlich in unserer Gemeinschaft willkommen. Nach ihrem Besuch ging ich zu den anderen in den Vorgarten vor Trishs Schlafzimmerfenster. Unsere Gemeindemitglieder sangen Lobpreislieder und verbreiteten dadurch Hoffnung und Segen. Ich sang mit. Es war ein Moment des Friedens und der gegenseitigen Annahme. Trish schaute zu und genoss jedes Lied. Mit jedem Ton atmete ihre Seele auf.

Als Trish in den folgenden Tagen wieder zu Kräften kam, verwandelte sie sich in eine völlig neue Person. Statt müde und ausgelaugt unter ihrer lavendelfarbenen Decke zu stecken, aß sie etwas mehr, sah gern fern, lachte mit uns und schien überhaupt viel munterer zu sein.

Sie erstellte eine To-do-Liste und war entschlossen, diese Punkt für Punkt abzuarbeiten.

Trish wollte in ihrer alten Wohnung den Strom abstellen lassen und sich darum kümmern, dass der Umzug bis zum Monatsende über die Bühne ging. Auch nahm sie Kontakt zu einem Notar auf, um ihr Testament aufzusetzen. Es gab so viele Einzelheiten zu bedenken; und jetzt, da es ihr besser ging, war sie eifrig darauf bedacht, alles zu erledigen.

Ganz oben auf der Prioritätenliste stand, Wesley an einer neuen Schule anzumelden.

Er hatte schon eine ganze Woche verpasst. Da ich noch nicht als sein Vormund auftreten durfte, musste Trish mit Wesley in die neue Schule fahren und den Papierkram erledigen.

So machten wir uns auf den Weg. Ich schob sie in ihrem Rollstuhl zu einem persönlichen Treffen mit dem Schuldirektor.

Es kam uns sehr entgegen, dass jener Tag ein Ausflugstag der Schule war und sich alle Schüler im Park befanden. Das Schulgebäude war quasi leer. Nun hatten wir die Gelegenheit, es zu besichtigen. Trish konnte sich alles anschauen und beim Direktor sämtliche Fragen loswerden. Als wir unsere Erkundungstour beendet hatten, kam eine zierliche Frau mit einem warmen Lächeln aus der Eingangshalle und stellte sich als Kate Zimmerman vor, Wesleys neue Klassenlehrerin. Ich kannte sie gut, weil sie in der zweiten Klasse auch Emma und Noah unterrichtet hatte. Sie würde bei Wesley das Eis zum Schmelzen bringen. Er wurde von Minute zu Minute schüchterner. Frau Zimmerman nickte Trish zur Begrüßung zu und beugte sich dann zu Wesley herunter.

»Ich freue mich, dich in meiner Klasse zu haben.« Ihre Stimme war hell und einladend.

Wir hatten sie bereits in den Gesundheitszustand von Trish und in die Tatsache eingeweiht, dass Trish und Wesley bei uns eingezogen waren.

»Die Schüler haben gerade Forellen im Parkteich ausgesetzt und gehen gleich zurück in ihre Klassenzimmer. Ich fände es toll, wenn du dableiben und den Rest des Schultags mit uns verbringen würdest. Möchtest du?«, fragte Frau Zimmerman.

Wesley hatte nicht damit gerechnet, mehr als nur einen kurzen Blick in seine neue Schule zu werfen. Er wollte ganz und gar nicht seine Mutter verlassen und allein an einem fremden Ort bleiben. Er wich zurück, klammerte sich an den Rollstuhl und zog einen Schmollmund.

Wesley schien nicht die Absicht zu haben, sich von seiner Mama zu trennen.

»Das ist in Ordnung«, versicherte ihm Trish und zog seinen Arm in Richtung der Lehrerin. »Das sind ganz nette Leute hier. Du wirst das gut machen, Wesley. Es ist nur für ein paar Stunden.«

»Kann ich nicht mit dir nach Hause kommen?«, flüsterte er ihr ins Ohr, wohl wissend, dass er vor Frau Zimmerman den großen Jungen mimen musste.

»Du musst in die Schule gehen, Wesley. Du hast schon zu viel verpasst«, antwortete Trish.

Sie strich ihm eine Haarsträhne aus dem Gesicht und versuchte, seine zuckenden Mundwinkel zu ignorieren. Es war ein schwieriger Moment. Ich kannte meinen Zuständigkeitsbereich noch nicht. Eines Tages sollte ich Wesleys Mutter sein, doch jetzt musste ich mich erst einmal heraushalten. Wenn ich eingreifen und versuchen würde, ihn zu beruhigen, würde ich Trish in den Rücken fallen. Tat ich jedoch nichts und stand nur wie eine Statue herum, würde Wesley nicht wissen, dass ich mich um ihn sorgte.

Als er schließlich zu lange zögerte und Trish genervt zu sein schien, kniete ich nieder und sah ihm in die Augen. »Du weißt, dass Noah und Emma auch hier zur Schule gehen. Sie werden überrascht sein, dich hier zu sehen. Ihr könnt zusammen mit dem Bus heimfahren. Das ist doch super, oder?«

Sein Blick hellte sich etwas auf. Dann nickte er. Trish seufzte erleichtert. Wir gaben ein gutes Team ab.

»Geh schon, geh!« Trish umarmte ihn, aber er streckte sich nach einer weiteren Umarmung aus. »Alles wird gut. Du wirst tolle neue

Freunde finden. Dann kommst du nach Hause und erzählst mir alles, okay?«

Schließlich ergriff Wesley die ausgestreckte Hand von Frau Zimmerman. Er drehte seinen Kopf, um seine Mutter zu sehen, und war den Tränen nahe. Ich wusste: Wenn Trish nur eine kleine Träne sah, würde sie einknicken. Das war einer dieser kritischen Momente, wie wenn man ein Pflaster abreißt. Es musste schnell geschehen oder es würde lang und schmerzhaft werden. Ich umfasste die Griffe des Rollstuhls, winkte Wesley nach und schob Trish, so schnell ich konnte, in Richtung Ausgang. Als wir an der frischen Luft waren, konnte ich endlich wieder durchatmen. Mir war nicht bewusst gewesen, wie schwer es für die beiden sein würde, sich zu trennen. Wenn es schon für einen Nachmittag so schwer war, wie sollte das arme Kind einen Abschied für immer verkraften?

»Es wird ihm gut gehen«, sagte Trish beschwichtigend zu sich selbst, als ich sie in unseren Bus schob. »Er wird einen tollen Tag haben.«

»Das wird er«, stimmte ich zu. Insgeheim fragte ich mich, wie viele tolle Tage Wesley, Trish und unserer neuen Familie noch bleiben würden.

14. Von guten Freunden umgeben

Es hatte mich schon immer fasziniert, wie sich ein Regenbogen bildet. Für dieses atemberaubende Schauspiel braucht man zwei Komponenten: Sonnenlicht und Regentropfen. Zuerst ziehen dunkle Wolken auf, gefolgt von einem Regenschauer. Wenn sich dann die Sonne ihren Weg durch die Wolken bahnt, durchdringen die warmen, goldenen Strahlen die Regentropfen und erzeugen einen herrlichen Farbbogen, der sich über den ganzen Himmel erstreckt. Im übertragenen Sinne: Aus einem Sturm entsteht etwas Schönes. Genau das geschah auch in unserem Städtchen McAlisterville.

In den folgenden Tagen erhielten wir Lebensmittelspenden von unseren Lieben aus der Gemeinde. Laura, die für die Speisen zuständig war, hatte in der Gemeindeküche einen ganzen Kühlschrank mit unserem Namen darauf reserviert.

Auf Karteikarten plante sie das Essen für meine Familie. Darauf bat sie um Hackbraten, Makkaroni und Käse, Gemüse und Nachtisch. Die Leute nahmen sich dann eine Karte und bis zum darauffolgenden Sonntag war alles für die nächste Woche gekocht und fertig abgepackt, inklusive einer Koch- oder Aufwärmanleitung auf dem Behälter. Es war ein unermesslicher Segen, dass wir nach dem Gottesdienst unseren Bus beladen und unseren Kühlschrank für die »wachsende Sippe« füllen konnten. Trish hatte in ihrem Leben noch nie so viel Essen auf einmal gesehen und war überwältigt von der allgemeinen Hilfsbereitschaft. Auch hatte sie noch nie pennsylvanisch-deutsche Küche genossen und entdeckte nun eine neue Leidenschaft.

Es dauerte nicht lange und sie hatte etwas zugenommen. Jedes Kilo stand ihr ausgezeichnet.

Die Lebensmittelspenden waren anscheinend nur der Anfang. Unsere Freunde Dick und Janet kamen vorbei und brachten einen riesigen Berg Plastikgeschirr; alles, was man sich an Papptellern und Plastikbechern nur vorstellen kann. Von wegen Geschirrspülen!

Unser Briefkasten füllte sich Tag für Tag mit Briefen und Karten voller guter Wünsche von Freunden, Familie und Gemeindemitgliedern, dazu Gebete für Wesley und Trish.

Manche schickten sogar Blumen, die Trish sich nur zu gern in ihr Zimmer stellte. Noch nie hatte sie eine solch grenzenlose Liebe und Aufmerksamkeit erlebt. Das hob ihre Laune und machte ihr Mut. Alle wollten, dass sie und Wesley sich in der Familie willkommen fühlten und spürten, dass sie geliebt und umsorgt wurden.

Die ersten Wochen unseres Zusammenlebens waren herausfordernd. Es gab Zeiten, in denen Dan außer Haus zu tun hatte und ich im Krankenhaus arbeiten musste. Die Kinder waren in der Schule und wir wollten Trish nicht allein lassen. Deshalb nahmen sich einige Leute aus der Gemeinde, Freunde und Nachbarn die Zeit, zu uns zu kommen und bei ihr zu bleiben. Sie war noch immer sehr schwach und brauchte Unterstützung. Die Leute unterhielten sich mit ihr, bereiteten das Mittagessen zu, nahmen die Wäsche ab, sahen mit ihr fern und hatten sogar ein Auge auf ihre Medikamente. Unsere gesamte Familie genoss enorme Aufmerksamkeit.

Die Mitglieder der Cheerleader-Gruppe von Annas Schule stellten extra für Wesley ein Geschenkkörbchen zusammen und überbrachten es persönlich. Sie füllten es mit seinem Lieblingsknabberzeug und Gutscheinen für Restaurants, Minigolf und Familienaktivitäten. Wesley freute sich sehr über dieses schöne Geschenk. Für die Liebe, die uns so viele Menschen entgegenbrachten und die mich tief berührte, werde ich ewig dankbar sein.

Je mehr Leute davon hörten, dass Trish und Wesley bei uns wohnten, desto mehr wurden wir mit Geschenken jeglicher Art überhäuft. Die Lehrer von Wesleys Schule schlossen sich zusammen und sammelten Geld, um ihr Verständnis und ihre Unterstützung auszudrücken.

Wesleys Lehrerin, Frau Zimmerman, und Emmas Lehrerin, Frau Harris, kamen eines Abends zu uns nach Hause und überreichten uns eine Karte mit einem Scheck, den wir später für einige Familienausflüge verwendeten. Ich weiß noch, dass Trish es gar nicht fassen konnte, die beiden immer wieder umarmte und »Danke, danke, danke!« sagte.

Ein anderes Mal, ich werde die Situation für immer im Gedächtnis behalten, taten sich Laura, meine Freundin Mia, viele andere Freunde der Familie und Gemeindemitglieder zusammen, um Wesley zu überraschen. Aus Unterhaltungsbruchstücken wussten sie, dass Wesley mit sehr wenig aufgewachsen war und sich nichts sehnlicher als eine Xbox-Konsole für Computerspiele wünschte. Es tat ihnen leid, dass Trish so hart gearbeitet hatte und sich aufgrund ihrer Krankheit dennoch keine teuren Geschenke für ihn leisten konnte.

Deshalb hatten sie zusammengelegt. Eines Tages brachte Laura Trish die Xbox, schön verpackt, mit einer Schleife darum. Unsere Freunde hatten zusätzlich zur Konsole eine Auswahl an Computerspielen gekauft. Außerdem gab es noch eine weitere Besonderheit in ihrem Plan. Wesley sollte nicht erfahren, dass das Geschenk von ihnen war. Trish sollte es ihm geben … als ihr eigenes. Wesley war außer sich vor Begeisterung und Trish ließ sich von ihm stürmisch umarmen. Ihre Augen füllten sich mit Tränen, aus Gründen, die er nie erfahren würde. Das ist der Haken an der Sache. Im Leben läuft nicht alles glatt.

Als Krankenschwester in der Onkologie wird mir das jeden Tag vor Augen geführt. Menschen, die einst ein sorgloses Leben führten, Reisen planten, eine Beförderung auf der Arbeit anstrebten, sich Kinder oder vielleicht Enkel wünschten, erlitten unerwartet Schicksalsschläge und ihre Pläne lösten sich in nichts auf. Katastrophen bahnen sich auf unterschiedliche Art und Weise an.

Schlimme Dinge geschehen aus heiterem Himmel. Sie betreffen unseren Körper, unsere Finanzen, unsere Freunde oder Familienmitglieder. Über weltweite Katastrophen lesen wir in der Zeitung. Doch auf meiner Reise mit Trish und Wesley erlebte ich etwas Überraschendes. Ein Sprichwort besagt: »Wenn dir das Leben eine Zitrone gibt, mach Limonade draus.«*

Ein Sprichwort besagt: »Wenn dir das Leben eine Zitrone gibt, mach Limonade draus.« Trotz aller Widrigkeiten erfährt man Segen und Hoffnung, Liebe und Unterstützung. Wahre Freunde sind da, wenn man sie braucht.

Trotz aller Widrigkeiten erfährt man Segen und Hoffnung, Liebe und Unterstützung.

Wahre Freunde sind da, wenn man sie braucht. Sie lassen sich nicht abschrecken. Sie lassen einen nicht im Stich. Und darauf kommt es an.

Ich werde nie vergessen, wie Trish in diesen ersten Wochen, in denen wir mit so viel Großzügigkeit überschüttet worden waren, immer wieder zu mir sagte, wie glücklich ich mich schätzen könne, solche tollen Freunde zu haben. Bis dahin hatte ich mich so hilflos gefühlt. Ich konnte sie nicht heilen, ihr mehr Zeit geben oder einen

* Zitat von Virginia Wolff

Weg finden, sodass sie Wesley aufwachsen sehen konnte. Doch in diesem Moment fühlte es sich an, als ob ich ihr ein Geschenk machen konnte, das für immer bei ihr bleiben würde.

»Weißt du was, Trish?«, sagte ich außer mir vor Freude. »Diese tollen Freunde sind jetzt auch deine Freunde. Du und Wesley, ihr seid geliebt und nicht mehr allein.«

15. Nichts geht über Walmart

Die Schwellung in Trishs Beinen ging dank der Ruhe, die sie genossen hatte, zurück.

Das Krankenbett, in dem sie schlief, hatte eine Luftmatratze, die ihr Körpergewicht verteilte und es ihr erlaubte, die Beine hochzulegen. Mithilfe eines Gehstocks konnte sie sogar kürzere Strecken laufen, was ihr ein bisschen mehr Eigenständigkeit verlieh.

Für längere Strecken benutzten wir weiterhin den Rollstuhl. Doch für Trish war es schon fast ein Olympiasieg, wenn sie allein vom Schlafzimmer ins Bad gehen konnte.

Sie hatte einen ganz eigenen Sinn für Humor, der mich immer wieder zum Lachen brachte. Diesen behielt sie bei, auch, wenn sie sich schlapp fühlte und ans Bett gebunden war.

Oft wurde ihr langweilig. Wenn ich nicht arbeitete, sorgte ich für ihre Unterhaltung.

Wir führten Gespräche, sahen uns DVDs an und verbrachten die Zeit gemeinsam. Wenn ich zur Arbeit aufbrach, war das für Trish der größte Tiefpunkt des Tages. Ich las ihr jeden Wunsch von den Augen ab. Wenn ich nicht da war, sah meine Familie von Zeit zu Zeit nach ihr, aber sie war oft allein und sah durchs Fenster den Jungs im Garten beim Spielen zu.

Als ich einmal von der Arbeit nach Hause kam, hörte ich sie aus ihrem Zimmer rufen, noch bevor ich dazu gekommen war, meine Tasche abzulegen. »Oh, Tricia«, sagte sie mit melodramatischer Stimme. »Ich mag es nicht, wenn du arbeitest. Alle vergessen mich, wenn du nicht hier bist. Ich habe vor 13 Uhr nicht einmal meine

Medizin genommen. Ich sage dir, wenn ich stürbe, würde es erst jemand mitbekommen, wenn die Fliegen in Schwärmen um mein Zimmer herumschwirrten.«

Ich fühlte mich furchtbar, unterdrückte aber gleichzeitig ein Kichern. Ihre bildliche Beschreibung der Situation war … wie soll ich sagen, eben Trish.

Ich ging zu Dan und sprach mit ihm darüber. Er hatte den ganzen Tag in der Garage zu tun gehabt, in der er mit ein paar Freunden einen Teil seines Büros renovierte.

»Ich habe mehrmals nach ihr gesehen«, verteidigte er sich. »Sie schnarchte wie eine Bärin im Winterschlaf. Ich dachte, wenn sie bei dem Lärm all dieser elektrischen Geräte direkt vor ihrem Fenster schlafen kann, wer war dann ich, sie aufzuwecken?«

»Aber sie muss ihre Medikamente nach einem festen Zeitplan einnehmen. Du kannst sie nicht einfach schlafen lassen. Sie braucht ihre Schmerzmittel rechtzeitig.«

Er schaute reumütig und trat von einem Bein auf das andere.

»Es wird nicht wieder vorkommen. Es tut mir leid. Das wusste ich nicht.«

Wir alberten herum, dass er ein Handbuch brauche, mit dem Titel: »Wie man gleichzeitig eine todkranke Frau betreut und Elektrogeräte bedient«.

Es war nicht zu übersehen, dass Trish eine Menge Aufmerksamkeit verlangte. Wir alle mussten uns erst einmal daran gewöhnen. Denn wir hatten unser ganzes Leben noch vor uns, aber Trish blieb nur eine kurze Zeit.

»Es geht los, Tricia!«, rief sie eines Abends. »*Mein Traum in Weiß* läuft! Kennst du die Sendung? Da gehen Bräute in diesem schicken Brautmodengeschäft Kleinfeld Bridal in New York City einkaufen. Ich lasse mir keine Folge entgehen. Wenn ich nicht zu Hause bin, muss ich die Sendung aufzeichnen. Schau dir dieses Hochzeitskleid an! Das musst du gesehen haben. Ich liebe all den Glitzer!«

Ich rührte weiterhin in meiner Bratensoße, damit nichts anbrannte.

»Das hört sich gut an, Trish.«

»Oh, sieh dir das an! Diese Spitze ist einfach herrlich! Aber ich denke, es ist zu tief ausgeschnitten für sie. Kennst du die Sendung, Tricia?«

»Ich sehe nicht viel fern.«

»Komm, sieh sie dir mit mir an!«

Lachend nahm ich schließlich den Topf vom Herd. Wenn es etwas gab, das diese Frau mir bereits beigebracht hatte, dann war das, die kleinen Dinge des Lebens auszukosten.

Das gehörte nicht zu meinen Stärken. Ich war immer mit irgendetwas beschäftigt.

Ihrer Aufforderung folgend, verließ ich die Küche und setzte mich auf das Sofa, um zu sehen, was so aufregend war. Mit weit aufgerissenen Augen zeigte Trish auf eine junge Frau in einem elfenbeinfarbenen Kleid, die auf ein Podest stieg, um ihr Spiegelbild zu bewundern, während die Verkäuferinnen einen Schleier in ihrem Haar befestigten. Die Frau, die weinend daneben saß, musste wohl die dazugehörige Mutter sein. Ich fragte mich, ob sie wegen der bevorstehenden Hochzeit ihrer Tochter weinte oder wegen des Preises, den so ein Kleid kosten musste.

»Sie sieht aus wie Cinderella«, schwärmte Trish. »Siehst du den Herrn in dem teuren Anzug, mit der Brille? Das ist Randy. Er ist so ein brillanter Berater und echt zum Brüllen. Es ist so lustig mit ihm. Wir würden uns blendend verstehen, er und ich. Ich habe ihn zum Fressen gern.«

Mich faszinierte mehr Trishs Gesichtsausdruck als der Bildschirm. Immer auf die werdende Braut gerichtet, funkelten ihre Augen vor Freude und Begeisterung. In freudiger Erregung klatschte sie in die Hände und konnte kaum still sitzen. Als säße sie leibhaftig in diesem schicken Brautmodengeschäft, so war sie in das Einkaufserlebnis der jungen Dame vertieft. So hatte ich sie noch nie gesehen. Trish benahm sich wie ein Kind beim Cinderella-Schauen, glücklich über jedes Happy End. Mir wurde bewusst, dass ich diese Szene verpasst hätte, wenn ich, wie gewöhnlich, mit meiner Hausarbeit fortgefahren wäre. Ich nahm mir vor, das alles nicht mehr so wichtig und mir stattdessen Zeit für die kleinen Dinge zu nehmen.

Diesen Moment wollte ich in Erinnerung behalten. Solche kostbaren Gelegenheiten würde es bald nicht mehr geben. Ich musste jedes Wort, jede Eigenart, alles von ihr in mich aufsaugen, solange ich das noch konnte.

Diesen Moment wollte ich in Erinnerung behalten. Solche kostbaren Gelegenheiten würde es bald nicht mehr geben. Ich musste jedes Wort, jede Eigenart, alles von ihr in mich aufsaugen, solange ich das noch konnte.

»Ist das nicht wunderschön?«, fragte Trish, als sie schließlich ihren Fokus von New York City wieder auf das Hier und Jetzt richtete. »Ist das nicht das Herrlichste, was du je gesehen hast?«

»Das ist es«, erwiderte ich, wobei wir von zwei verschiedenen Dingen sprachen.

»Ich bin so froh, dass du mich hergerufen hast, um es zu sehen.« Das entsprach absolut der Wahrheit.

Als es Trish besser ging, wollte sie nur noch raus, raus, raus! Diese Verwandlung war nichts Geringeres als ein Wunder. Einen der ersten Ausflüge machten wir zu Annas und Jennas Chorauftritt in der Schule. Trish genoss es, die Musik zu hören und die Kinder auf der Bühne zu sehen. Wesley blieb mit Noah zu Hause. Es fiel ihm schon viel leichter, ab und zu ohne seine Mutter zu sein. Er wusste, dass sie zurückkommen würde und er sich keine Sorgen zu machen brauchte. Zwar war sie mehrmals plötzlich ins Krankenhaus eingeliefert worden und tauchte tagelang nicht mehr auf. Doch nun konnte er sich sicher sein, dass sich die Lage entspannt hatte und seine Mama ab sofort für ihn da sein würde.

Am darauffolgenden Wochenende legte Trish noch einen Zahn zu und wollte unbedingt raus. Jetzt, da sie ein liebevolles Zuhause, gutes Essen und angemessene Betreuung hatte, blühte sie regelrecht auf. Ein neuer Glanz erstrahlte in ihren Augen. Sie liebte es, Veranstaltungen zu besuchen, und begleitete mich zu Annas Klaviervorspiel. Kaum war der letzte Ton verklungen, da fragte sie schon, was denn als Nächstes auf dem Programm stünde. Sie konnte unsere zukünftigen Ausflüge kaum erwarten. Diese ernsthaft kranke Frau hatte sich in ein Stehaufmännchen verwandelt, das ständig in Bewegung war. Für mich war es ein Segen, diese Verwandlung mit ansehen zu dürfen, aber sie ging bald in ein unerwartetes und besorgniserregendes Tauziehen über.

»Hey, lass uns rausgehen«, sagte Trish eines Tages, während ich meiner Hausarbeit nachging. »Es ist herrlich draußen. Wir lassen alles stehen und liegen und unternehmen etwas.«

Ich hielt mit meinem Putztuch inne, mit dem ich gerade die Küchenspüle reinigte, und blies mir eine Haarsträhne aus dem Gesicht.

»Trish, ich hatte gestern eine Zwölfstundenschicht. Heute muss ich den Haushalt erledigen. Ich habe bis zum Nachmittag einiges zu tun.«

»Das kann warten.«

»Kann es nicht.«

Ein verschmitztes Lächeln umspielte ihren Mund.

»Leg den Schwamm weg. Das ist ein Befehl! Lass uns ein bisschen rausgehen.«

An diesem Punkt des Gesprächs wurde mir einmal mehr bewusst, dass ich diese Konversation mit einer sterbenskranken Frau führte, die nicht wusste, wie viele Tage ihr noch blieben.

Ihre Prioritätenliste sah anders aus als meine. Plötzlich schien mir ein blitzeblankes Spülbecken gar nicht mehr so wichtig. Zu Trishs großer Freude ließ ich den Schwamm sinken und bald schon fanden wir uns an ihrem Lieblingsort wieder, im Einkaufszentrum Walmart.

Natürlich gab ich nicht immer nach. Wenn ich das getan hätte, wäre mein Haus total verwahrlost. Wenn man mit acht Personen im Haus für ein paar Tage die Wäsche liegen lässt oder nicht nach jedem Essen Geschirr spült, stapeln sich bald die Berge bis unter die Decke. Außerdem muss ich sagen, dass ich Ordnung mag und mich sonst unwohl fühle.

Eines Nachmittags, als ich mich nach Kräften wehrte und Trishs Tatendrang nicht nachgab, hatte sie einen Einfall, auf den nicht einmal ich vorbereitet war.

»Hey, Tricia … meinst du nicht, ich könnte hier ein bisschen herumfahren? Wesley auf eine kleine Tour mitnehmen? Mein Auto steht da so verlassen herum. Wäre das nicht eine prima Idee?«

Ich hörte auf, nasse Wäsche in den Trockner zu stopfen, und starrte diese Frau ungläubig an. Eine Frau, die mit so vielen Schmerzmitteln vollgepumpt war, dass man damit einen Elefanten außer Gefecht setzen konnte, fragte mich allen Ernstes, was ich davon hielte, dass sie sich hinters Steuer eines Zweitonners setzte.

»Echt jetzt?«

Sie nickte. »Nur eine kleine Runde. Hier in der Nähe.«

Ich richtete mich auf. Gott hilf! Sie war fest entschlossen.

»Kein Arzt dieser Welt würde dir erlauben, mit den Medikamenten, die du nimmst, Auto zu fahren. Du bist kein Kind mehr und kannst tun und lassen, was immer du willst. Aber ich halte das für eine Schnapsidee. Mehr habe ich dazu nicht zu sagen.«

Sie klimperte mit den Wimpern und der Muskel in ihrer rechten Wange zuckte.

»Wenn das so ist, dann …«

»War das jetzt gut oder schlecht?«, fragte ich mich. Dachte sie, sie sei erwachsen und könne tun, was ihr beliebt, oder sah sie ein, dass ich hier die Klügere war und zu hundert Prozent recht hatte? Um das Gespräch zu beenden, wandte ich mich wieder dem Wäschetrockner zu. Doch aus den Augenwinkeln sah ich, dass sie wieder in ihr Zimmer ging und den Fernseher einschaltete. Der Autoschlüssel blieb in ihrer Tasche. Gott sei Dank!

Ich musste mir etwas einfallen lassen, um Trish mit ihrer neuen Geschäftigkeit genügend Abwechselung zu bieten. Meine Schwägerin Jessica war meine Rettung. Sie kam gern vorbei und fuhr Trish überallhin, meistens an ihren absoluten Lieblingsort, ins Einkaufszentrum Walmart. Trish fuhr im Rollstuhl. So konnte sie die Gänge hoch- und runterfahren, shoppen, shoppen und nochmals shoppen. Für Trish ging nichts über freie Zeit im Einkaufszentrum Walmart. Mit ihrer monatlichen Invalidenrente und ohne laufende Kosten für Miete und andere Dinge liebte sie es, Geld auszugeben: neue Kleidung für Wesley und sich selbst, Modeschmuck, Nagellack und Schnickschnack für ihr ohnehin schon überladenes kleines Zimmer.

Wenn Jessica oder ich nicht konnten, war Anna Trishs Fahrerin. Sie liebte es, mit Trish und den Kindern zu unserer Eisdiele im Ort zu fahren. Jeder, der in McAlisterville etwas auf sich hielt, holte sich dort kalte Köstlichkeiten. Die Eisdiele ist ein kleiner Laden, an dem man draußen, am Fenster, bestellt und sich dann an einen der kleinen Tische setzt oder sein Eis im Auto isst. Trish erfreute sich an ihrem wiedergewonnenen Appetit und erklärte bald den großen Schoko-Erdnussbutter-Milchshake zu ihrem Favoriten. Das ging so weit, dass sie schließlich jeden Tag einen wollte. So wurde sie schnell zur Stammkundin.

Die Teenagerinnen, die dort arbeiteten, kannten alle Jenna und Anna. Sobald wir vorbeikamen, standen sie schon mit einem breiten Grinsen im Gesicht mit Trishs Milchshake bereit. Wenn mal jemand von uns ohne Trish dort war, fragten sie immer, wie es ihr ging.

Trish wurde bedient wie eine Königin.

Eines Tages fuhr ich mit Trish zur Eisdiele, um ihr ihre tägliche Ration zu holen.

Wir traten ans Fenster, gaben unsere Bestellung auf und bekamen unsere Shakes. Als wir zurück zum Auto kamen, blieben wir wie angewurzelt stehen und staunten nicht schlecht. Blanke Zehndollarnoten lagen gut sichtbar auf dem Vordersitz.

»Trish, hast du Geld aus deiner Tasche verloren?«, fragte ich.

Sie schüttelte den Kopf. »Nein. Bist du sicher, dass das nicht von Dan ist?«

»Er hat kein Bargeld bei sich. Haben wir beide nicht.«

Wir ließen die Sache auf sich beruhen, auch, wenn wir etwas verunsichert waren, als wir uns unseren Shakes zuwandten und wegfuhren. Die Geschichte mit dem Geld wiederholte sich bei späteren Fahrten. Einmal fuhr meine Mutter Trish zur Eisdiele. Während sie bestellen gingen, sah sich Trish um und weihte meine Mutter in das kleine Geheimnis ein.

»Weißt du, Teresa, du musst hier das Fenster unten lassen.«

Meine Mutter hob verwundert die Augenbrauen. »Was? Warum?«

»Es wird Geld im Auto liegen, wenn du zurückkommst.«

Meine Mutter gestand später, dass sie sich nicht sicher war, ob es vielleicht an den starken Medikamenten lag. Sie nickte nur, als wäre es das Normalste der Welt, dass im Auto einfach so Geld auftauchte.

Schließlich kam der Tag. Ich fuhr mit Trish zur Eisdiele. Es war kaum jemand da. Als ich den leeren Parkplatz sah, war mein erster Gedanke, dass wir vielleicht den geheimen Überbringer zu sehen bekämen. Wenn alles voll war mit Leuten aus der Nachbarschaft und Gemeinde, konnte man es unmöglich erraten. Jeder könnte es gewesen sein. Doch an diesem Tag waren kaum Kunden zu sehen, zumindest niemand, den ich kannte. Wie gewohnt, gingen wir zur Theke und bestellten. Als wir zurückkamen, war alles wie immer. Geld lag auf dem Vordersitz. Trish zeigte darauf und schlürfte ihren Milchshake.

»Ja, da ist es«, erklärte sie das Offensichtliche.

Ich schaute mich um und sah noch immer niemanden.

»Bin gleich wieder da«, sagte ich.

Ich ging zurück zur Eisdiele und klopfte gegen die Scheibe. Matt, der Besitzer, war schon seit der Highschool ein guter Freund von mir.

»Stimmt etwas mit der Bestellung nicht?«, fragte er beiläufig.

»Matt, jedes Mal, wenn wir deinen Laden besuchen, passiert etwas Merkwürdiges. Wir kommen zum Tresen und bestellen unsere Milchshakes. Dann gehen wir zurück zum Wagen und finden Geld auf dem Vordersitz. Weißt du vielleicht etwas darüber?«

Seine Augen füllten sich mit Tränen, als er über meine Schulter zu Trish herübersah, die ihren Milchshake sicherlich schon zur Hälfte geleert hatte.

»Ich wollte nur irgendwie helfen«, sagte er mit einem verlegenen Lächeln.

Nun war es an mir, einen Dammbruch zu verhindern. Schnell wischte ich mir ein paar Tränen aus dem Gesicht. Gern wäre ich durch das kleine Fenster gesprungen und hätte ihn umarmt. »Das ist eine unglaublich nette Geste«, brachte ich hervor. »Trish liebt es, hier Milchshake zu trinken und Eis zu essen. Ich weiß gar nicht, wie ich dir danken soll.«

Von Gefühlen überwältigt, bedeutete er mir zu gehen. Ich wusste, er wollte nicht, dass ich viel Aufhebens darum machte. Als ich zum Auto kam, legte Trish ihre Stirn in Falten und fragte, ob alles in Ordnung sei.

»Alles ist perfekt«, antwortete ich ehrlich. Es war so perfekt, wie ich es mir nie hätte träumen lassen.

Als ich nach Trishs Tod zum ersten Mal mit Wesley zur Eisdiele ging, lief er zum Tresen und bestellte Mamas großen Schoko-Erdnussbutter-Milchshake. Er wusste ganz genau, was er wollte. Ich hatte einen Knoten im Hals. Sie war gestorben, aber doch nicht vergessen.

Ein paar Wochen nach Trishs Einzug bei uns bekam sie spannende Neuigkeiten. Ihr Bruder Ollie und seine Frau Erin würden zusammen mit Trishs Freundinnen aus Baltimore kommen, um sie zu besuchen und ihr neues Zuhause zu sehen. Ich bereitete alles vor, sodass wir mittags draußen picknicken konnten, und freute mich darauf, sie alle kennenzulernen. Bevor die Gruppe eintraf, gab mir Trish ein paar Hintergrundinformationen. Teresa, Laureen und Sue waren gute Freundinnen. Maria war Trishs Fels in der Brandung, als ihre Eltern starben.

Sie war etwas älter als Trish, doch seit fast zwanzig Jahren waren Maria und Trish dicke Freunde. Als Trish sprach, zauberten die schönen Erinnerungen ein unverwechselbares Leuchten auf ihr Gesicht.

»Ich wundere mich nur, dass du nicht Maria für Wesley in Betracht gezogen hast«, sagte ich zu Trish, im Hinblick darauf, wie nahe sich die beiden Frauen standen.

Trish schüttelte den Kopf. »Nun, sie war nie verheiratet und hat keine Kinder. Ich weiß, dass sie alles tun und gern helfen würde. Aber Maria arbeitet und es entspricht nicht ihrem Lebensstil, Mutter zu sein. Sie liebt Wesley sehr, aber es würde einfach nicht gut passen.«

»Gut«, erwiderte ich und tätschelte ihr Knie. »Ich denke, Gott hat sich schon seinen Teil dabei gedacht.«

Der Besuch von Trishs Bruder, seiner Frau und Trishs Freundinnen gefiel mir sehr gut.

Ich mochte Ollie und Erin. Sie waren bereit, auf jede erdenkliche Art und Weise zu helfen, damit Trish gut untergebracht und versorgt war. Die Frauen erzählten Geschichten aus den guten alten Tagen, die Trish zum Lachen brachten, bis ihr die Tränen herunterliefen.

Besonders Maria beeindruckte mich mit ihren roten Haaren und dem dunklen Teint. Sie war fröhlich und selbstbewusst und hatte schnell alles unter Kontrolle. Als sich der Tag seinem Ende näherte, das Essen abgetragen wurde und die Gespräche versiegt waren, verabredeten wir uns erneut für den kommenden Samstag, um Trishs Wohnung auszuräumen.

Mir graute vor diesem Tag, weil ich wusste, wie schwer das für Trish und Wesley werden würde. Es war der erste große Abschied von ihrem Leben zu zweit, so, wie sie es gekannt hatten.

16. Nestbau

Man stelle sich vor, es rast ein mächtiger Hurrikan auf einen zu und man muss plötzlich evakuiert werden. Der Ort, an dem das ganze Leben stattgefunden hat, das Zuhause mit allen Erinnerungen und Gegenständen, wird zurückgelassen. Man hat wenig Zeit und kann nur die wichtigsten Dinge für die elementarsten Bedürfnisse mitnehmen. Der Rest wird für immer verloren sein. So war es an Trishs und Wesleys Umzugstag.

Dummerweise hatte ich zugestimmt, dass Wesley mitkommen darf. Er hätte, wie die anderen Kinder, bei meinem Bruder und meiner Schwägerin bleiben sollen, aber er wollte seine Sachen selbst packen. Ich hatte mir nicht vorstellen können, wie sehr er an jedem einzelnen Teil hing. Trish hatte dieselbe Eigenschaft und es war schwer, sie dazu zu bringen, sich von ihren Habseligkeiten zu trennen. Zum Glück kam Robbin nach der Arbeit mit dazu und ebenso Trishs Freunde aus Maryland, ihre Nachbarin und eine weitere Frau von ihrer letzten Arbeitsstelle. Dan und Ollie waren für die schweren Sachen zuständig. Wir hatten ein starkes Team zusammengestellt, um alles erledigen zu können, und einen Lieferwagen geliehen, um die Sachen zu transportieren, die Trish behalten wollte.

Erin und ich fingen in der Küche an und entsorgten fast alles. Nur einige ausgewählte Stücke überlebten, die wir vorsichtig in Papier einwickelten, darunter schönes Geschirr und ein paar zerbrechliche Weingläser, die Trishs Mutter gehört hatten. Bei der Auswahl zwischen Sachen, die Trish behalten wollte, weil sie ihr etwas bedeuteten, und Sachen, die verschenkt werden durften, bewegten wir uns auf einem schmalen Grat.

Je mehr Stunden verstrichen, desto klarer wurde mir, wie viel Arbeit noch vor uns lag.

Jeder Winkel und jede Ritze dieser Wohnung waren ausgefüllt. Trish und Wesley hatten genug Kleidung für vier Personen. Ich sah Trish zu, wie sie Kleidung einpackte, dann kurz nachdachte und sie wieder auspackte. Jede Entscheidung, ob etwas verschenkt oder behalten wurde, traf sie unter größter Anstrengung. Schließlich ging Sue mit Wesley zu McDonald's, um ihn für eine Weile zu beschäftigen, weil wir nicht voranzukommen schienen. Würde er weiterhin all seine Sachen selbst verstauen, wäre kein Ende in Sicht. Als die Luft rein war, gingen Maria, Dan und ich in Wesleys Zimmer. Wir wollten besondere Spielzeuge aus seiner Kleinkindzeit aufbewahren, doch meistens fanden wir nur Einzelteile, kaputte Sachen oder Spielzeug aus dem Fast-Food-Restaurant.

»Ist das wichtig?« Maria hielt einen kleinen Plastikroboter in die Höhe und betrachtete ihn, als sei er ein misslungenes Experiment. »Ich weiß es nicht. Ich hatte nie Kinder. Es ist einfach zu viel. Viel zu viel!«

Ich versuchte, ihr zu helfen, bevor sie einen Nervenzusammenbruch erlitt.

Alles, was ging, stopften wir in Tüten zum Verschenken. Trish war sehr aufgewühlt.

Sie sammelte einen Haufen Deko-Artikel und Lampen ein, soviel ihre Arme tragen konnten. Ich sagte ihr, dass sie das nicht brauchen würde. Wir hatten einfach keinen Platz dafür.

Zum hundertsten Mal hatte ich ihr an jenem Tag dieselben Worte gesagt. Diesmal jedoch war es der Tropfen, der das Fass zum Überlaufen brachte. Sie knirschte mit den Zähnen.

»Wart's ab!«, schnauzte sie und umschloss ihre Sachen noch fester. »Ich werde euch allen das Gegenteil beweisen. Ich werde weiterleben und dann besitze ich überhaupt nichts mehr. Rein gar nichts!«

Ich konnte nicht mehr. Ich weiß nicht, was schlimmer war. Zu sehen, wie sich Trish verzweifelt an Dinge klammerte, die für sie ein Zuhause bedeutet hatten, oder zu hören, wie sie ihre tödliche Krankheit leugnete. Bis zu diesem Zeitpunkt hatte sie nie ihre Diagnose infrage gestellt. War es einerseits normal, dass sie dachte, wir lägen alle falsch? Andererseits konnte es kein »normal« geben, wenn man im Sterben lag, aber um alles in der Welt leben wollte. Jener Tag bewies eindeutig, dass Trish und Wesley Trishs Ende entgegensahen.

Diese Konfrontation mit der Realität war zu viel für sie. Für einen kurzen Moment versuchte ich, mich in sie hineinzuversetzen. Fremde durchstöbern mein Haus und begutachten alles, was mir gehört. Sie sagen mir, was verschenkt wird und was ich behalten darf. Ständig weisen sie mich darauf hin, dass es nicht viel Platz gibt. Dabei hätte man Trish nur eine Sache verdeutlichen müssen: dass es nicht viel Zeit gab.

»Es tut mir leid, Püppchen«, sagte ich. Der Spitzname hatte sie sonst immer zum Lächeln gebracht. »Ich weiß, wie schwer das für dich sein muss. Ich weiß nur nicht, wie ich es dir leichter machen kann.«

Trish blickte auf die gesammelten Dinge in ihrem Arm und setzte sie langsam ab.

»Da haben wir leider etwas gemeinsam. Ich weiß es nämlich auch nicht.«

Sosehr unsere Nerven auch blank lagen, Trish und Wesley taten mir wirklich leid.

Die Wohnung war einst ihr Zuhause gewesen. Zwar sah sie nun chaotisch aus, aber sie war immer noch ihr Zuhause. Die Sachen, die zum Verschenken, Wegwerfen oder Zwischenlagern aussortiert wurden, stellten Teile ihres Lebens dar, die nun fortgebracht wurden. Jede Lampe, jedes Kleidungsstück, jedes Stofftier hatten die beiden bis dahin ihr Eigen nennen dürfen. Als Trish am Ende des Tages erschöpft und mit schmerzenden, geschwollenen Beinen in unseren Bus stieg, fühlte ich mich einfach nur elend. Wir zogen die Tür hinter uns zu und begaben uns auf die Straße nach McAlisterville. Damit war Trishs und Wesleys Leben in dieser Wohnung offiziell beendet.

»Geht's?« Ich warf Trish einen Blick zu, als wir davonfuhren.

»Es war ein herrlicher Tag«, verkündete sie zu meiner Überraschung. »Es war schön, alle zu treffen. Und um ganz ehrlich zu sein, ich nahm viel mehr von dort mit, als ich erwartet hatte!«

In Wahrheit war es nicht länger nur mein Zuhause, es war auch Trishs und Wesleys. Irgendwie würde das schon passen.

Ich prustete laut los. Sie wurde mir immer sympathischer. Trish war hart im Nehmen und hatte Temperament. Noch nie hatte ich jemanden kennengelernt, der dem Leid so tapfer die Stirn bot und dann so gestärkt daraus hervorging wie sie. Hunderte unsortierte Videokassetten, CDs und Erinnerungsstücke waren jetzt auf dem Weg zu mir nach Hause, wo sie Gott weiß wo ihren Platz finden würden. In Wahrheit war es nicht länger nur mein Zuhause, es war auch Trishs und Wesleys. Irgendwie würde das schon passen.

Trish begann, sich bei uns einzuleben. Ich denke, es war wichtig für sie, dem Haus ihre eigene Note zu verleihen, um sich heimisch zu fühlen. Immer wieder ging sie in die Garage, in der wir ihre Habseligkeiten untergestellt hatten, und brachte mehr von ihren Dingen nach drinnen. Eines Abends, als ich sehr spät von einer langen Schicht im Krankenhaus zurückkam, erkannte ich mein eigenes Haus nicht wieder. Erst fühlte ich mich überrumpelt. Ich wollte meine Einrichtung so und nicht anders. Doch ich wusste, wie wichtig es war, Trish wirklich Teil der Familie sein zu lassen. Als Erstes fiel mir auf, wie sie die Kühlschranktür gestaltet hatte. Bei mir war normalerweise immer alles sauber und ordentlich. Es gab nur ein paar Familienfotos und einen Kalender. Nun war jeder Quadratzentimeter mit Fotos, Wesleys Zeichnungen und Magneten, die ihr etwas bedeuteten, beklebt. Auch stellte sie ihre Küchenutensilien aus Maryland – im Stil der Fünfzigerjahre – in die Ecken der Küche und auf die Kücheninsel. Alles Chrom und Erdbeeren, wie ihre Mutter es geliebt hatte.

In unserem Badezimmer fand ich einen Toilettenpapierbaum vor, was wohl bedeutete, dass in ihrem Zimmer kein Platz mehr war. Im Wohnzimmer hingen die Fenster voller bunter Fensterbilder. Ich sagte vorerst nichts. Das musste ich erst einmal verdauen. Aber eines war sicher: Ich war dabei, die Kontrolle zu verlieren. Das war nicht mein Stil oder meine Vorstellung von einer Wohnungseinrichtung. Ich ging zu Trish, um mit ihr über meinen Unmut zu sprechen, aber als ich ihr Zimmer betrat, blieb ich wie angewurzelt stehen.

Mithilfe von Pinnnadeln hatte sie die Wände mit Hunderten von verschiedenen Bildern dekoriert. Es war nicht einmal mehr möglich, das Zimmer zu betreten, weil die Sachen, die sie aus der Garage geholt hatte, auf dem Boden verstreut lagen. Beim Anblick der Berge von DVDs, CDs und Deko-Artikeln hätte ich beinahe hyperventiliert. Doch dann riss ich mich zusammen und versuchte, dankbar zu sein.

Immerhin waren die ganzen Elvis-Fanartikel, die einen der Kartons füllten, nirgends zu sehen. Später entdeckte ich, dass Trish auch die beiden Kleiderschränke im Keller in Beschlag genommen hatte, einen für ihre Sommersachen und einen für den Herbst.

Als ich im Türrahmen von Trishs Zimmer stand, zwang ich mich, leise bis zehn zu zählen, um mich zu beherrschen. Ich musste die Situation aus ihrer Perspektive betrachten. Das war ihre Art, ihr Leben noch einigermaßen selbst zu bestimmen. Ich wandte meinen Blick von einem weiteren Berg Schuhe in ihrem Schrank zu Trishs strahlender Miene.

»Ich glaube, wir müssen vernünftig sein und nicht noch mehr ins Haus bringen. Vielleicht musst du es etwas langsamer angehen lassen. Was noch in der Garage ist, sollte auch dortbleiben.«

Sie nickte, nach wie vor zufrieden. »In Ordnung, das ist alles, was ich brauche. Ich denke, es ist gut so.«

Ich zwang mich zu einem Lächeln, drehte mich auf dem Absatz um und verließ das Zimmer. »Ich schaffe das, ich schaffe das, ich schaffe das«, murmelte ich vor mich hin.

17. Auszeit

Wir konnten Wesley die Wahrheit über die Krankheit seiner Mutter nicht länger verschweigen. Trish sah ein, dass es an der Zeit war. Wir riefen unseren Gemeindeseelsorger, Pastor Joe, an. Er sollte Trish beraten, wie sie das Thema mit Wesley am besten angehen konnte, sie unterstützen und für sie beten. Ich erinnere mich an den Tag, an dem Trish in Wesleys Zimmer ging und die Tür hinter sich schloss. Sie erzählte mir, wie sie ihn in den Arm genommen und ihm behutsam erklärt hatte, dass Mamas Krebs trotz der Medikamente, mit denen er bekämpft werden sollte, nicht zurückgegangen war. Sie sagte ihm, dass Dan, ich und die Kinder die Familie waren, die Gott für ihn ausgesucht hatte, wenn sie in den Himmel ging. Er weinte und klammerte sich an sie. Ihre Worte brachten Gewissheit.

Anschließend fragte Trish Wesley, ob er bei uns glücklich war, sich in unserem Haus wohlfühlte und ob er hierbleiben wolle. Laut Trish soll er geantwortet haben:

»Es ist wunderbar hier. Ich möchte noch zwanzig Jahre lang hierbleiben.« Das war es, was sie brauchte, um ihren Frieden zu finden. Wahrscheinlich wusste sie, dass es den Abschied eines Tages erleichtern würde. Als das Gespräch beendet war und Trish und Wesley wieder auftauchten, hatte Wesley seine Tränen geweint und ging hinaus zum Spielen mit Noah. Trish wirkte erleichtert und sagte sogar, es komme ihr vor, als habe er es längst gewusst. Ich dachte daran zurück, wie er sich in das Gebüsch an der Tankstelle erbrach, nachdem er den ersten Tag bei uns verbracht und unsere Familie kennengelernt hatte. Auch ich glaubte, dass er es wusste.

Seine Intuition sagte ihm, dass seine Mutter sterben würde und große Veränderungen bevorstanden. Wesley schien dem Gespräch nicht nachzuhängen. Er war nicht niedergeschlagen oder zog sich in sein Zimmer zurück. Stattdessen war er einfach Wesley.

Je mehr ich ihn beobachtete, desto mehr erkannte ich, welch ein starker, mutiger, einsichtiger kleiner Junge er war. Ich liebte ihn jetzt schon von ganzem Herzen und diese Liebe würde noch weiterwachsen.

Es gab viele Tage, an denen ich arbeiten musste und Trish nicht zu ihren verschiedenen Terminen oder Ausflugszielen bringen konnte. Dann rief ich meine Einsatztruppe an, die wahre Wunder vollbrachte. Wir hatten tolle Helfer vom Hospiz, die Trish zu ihren Arztterminen brachten. Diese älteren, ehrenamtlichen Mitarbeiter fuhren jeweils eine Stunde hin und zurück und sie taten es gern, weil sie behilflich sein wollten. Jessica blieb weiterhin auf Abruf, ebenso Tanya aus der Gemeinde. Die beiden waren meine Engel, die immer einsprangen und aushalfen, wo es nötig war. Tanya baute eine besonders enge Beziehung zu Trish auf, weil sie eine Brustkrebserkrankung überstanden hatte. Sie plauderten miteinander wie beste Freundinnen, wenn Tanya Trish und Wesley zum Arzt, zu McDonald's oder zum Einkaufen fuhr. Diese Freundschaft würde Tanyas Leben nachhaltig prägen. Durch die Bekanntschaft mit Trish bekam sie später einen Job auf unserer Station. Sie arbeitet jetzt für Pinnacle als Pflegeassistentin. Wir denken oft daran zurück, welch große Rolle Trish im Leben von so vielen Menschen gespielt hat.

Eines Tages im Juni verwandelte sich Trish von diesem fröhlichen Energiebündel in eine sehr mürrische Person. Sie sprach nicht mehr mit mir und war auch nicht oft mit den Kindern zusammen. Darüber hinaus fiel mir auf, dass die Knabbersachen in der Vorratskammer, die Trish für sich und Wesley gekauft hatte, gut sichtbar mit ihren Namen beschriftet waren.

Ich stellte das nicht infrage. Ich wusste, dass Trish ihre Sachen separat haben wollte, doch es tat mir weh. Ich mochte diese Trennung nicht. Bei den Seamans wurde alles mit allen geteilt. So macht man das in einer Familie.

»Was ist los, Trish?«, fragte ich schließlich, weil ich ihre schnippische Art nicht einordnen konnte. »Habe ich irgendetwas falsch gemacht?«

Ungeduldig trommelte sie mit den Fingern auf der Ablage herum und blickte mit düsterer Miene ins Leere.

»Ich bin's leid, dass man mir dauernd alles wegnimmt. Ich habe keine Unabhängigkeit mehr. Ich bin zu sehr auf andere angewiesen. Ich hasse es, dass mich alle behandeln, als wäre ich hilflos. So kann man nicht leben.«

Ihre Haltung erwischte mich auf dem falschen Fuß. Vielleicht war ich nach meiner langen Schicht einfach nur fix und fertig. Oder es war, weil wir in einem wunderschönen Haus wohnten, in dem Trish alle Vorzüge genoss. Unsere Freunde, die sie herumkutschierten, liebten sie wirklich und sorgten sich um sie. Ich war wütend, dass Trish nichts davon zu schätzen wusste.

»Du hast ein großartiges Unterstützerteam, Trish. Sie kommen, um es dir leichter zu machen und nicht, damit du dich hilflos fühlst.«

»Ich fühle mich eingesperrt. Wesley und ich haben nichts mehr für uns selbst. Alles richtet sich jetzt nach eurem Zeitplan. Soll ich so den Rest meines Lebens verbringen? Wenn das der Fall wäre, ist es echt erbärmlich.«

Nun war ich wirklich sauer. Ich wollte, so laut ich konnte, schreien: »Ich kann so auch nicht leben!« Stattdessen biss ich mir auf die Zunge und verließ das Zimmer. Ich setzte mich in mein Auto und drehte eine Runde, um mich abzuregen. Dann wählte ich über die Freisprechanlage Marias Nummer und zählte ungeduldig die Freizeichen, bis sie abnahm.

»Trish fühlt sich also wie eine Gefangene oder so was Ähnliches«, fragte mich Maria.

»Ich weiß nicht, Maria«, antwortete ich. »Ich habe alles in meiner Macht Stehende getan. Trotzdem ist sie böse auf mich und tut so, als könne sie uns nicht länger ertragen. Sie verhält sich allen gegenüber abweisend.«

»Du hast nichts falsch gemacht, Tricia. Sie weiß, dass sie bald sterben wird. Es ist zu erwarten, dass sie einige Phasen durchmacht.«

»Ich weiß nicht, wie ich es allen recht machen soll, wenn ich gleichzeitig meine Kinder daran gewöhnen muss, dass zwei neue Leute in ihrem Haus leben. Ein Haus, das wir kaum noch wiedererkennen.«

Maria stöhnte. »Oh, klar. Ich kann es mir vorstellen, falls das Chaos dem in ihrer alten Wohnung entspricht. Aber das wird besser. Ihr müsst euch erst noch mehr aneinander gewöhnen.«

»Darüber gab es gestern Abend auch Meinungsverschiedenheiten. Ich habe Trish gesagt, dass wir uns in manchen Dingen einig werden müssen, zum Beispiel darüber, dass Wesley nicht tun und lassen kann, was er will, während sich die anderen Kinder an Regeln und Schlafenszeiten halten müssen.«

»Trish muss das verstehen. Ihr müsst alle an einem Strang ziehen.«

»Es liegen Welten zwischen uns!«, rief ich verzweifelt.

»Das ist hart«, sagte Maria. »Wie lange bleibt Wesley denn auf?«

»Er ist die ganze Nacht wach«, erwiderte ich. Meine Stimme überschlug sich. Immer noch fuhr ich ziellos auf den Landstraßen umher. »Er spielt nachts Computerspiele, während sie fernsieht oder online shoppt. Das ist auch so eine Sache, die geregelt werden muss. Sie schläft dann tagsüber, aber Wesley ist immerzu müde.«

»Da musst du Grenzen setzen. So nützt es niemandem etwas, am wenigsten Wesley.«

»Genau. Aber sag das mal Trish. Wenn Wesley an unserem Leben teilnehmen soll, muss er dieselben Regeln befolgen wie die anderen Kinder auch. Ich bin mit meinem Latein am Ende.«

Einen Moment lang herrschte Stille. Ich konnte es in Marias Kopf rattern hören, als sie nachdachte. Wenn irgendjemand eine Lösung parat haben könnte, dann die Person, die Trish am längsten kannte.

»Ich denke, wir sollten sie für eine Weile hierherbringen«, sagte Maria. »Einfach, damit sie mal für ein paar Tage rauskommt. Ich kann mir sogar freinehmen. Vielleicht können Teresa, Laureen und ich etwas mit ihr in Baltimore unternehmen. Wir machen mit ihr einen kleinen Ausflug.«

»Denkst du, das hilft?«

»Ich denke, dass ihr beiden etwas Abstand braucht. Es war ein sehr intensiver Monat. Lass mich nur machen. Wenn sie zurückkommt, ist sie zahm wie ein Lamm.«

Maria war ein Geschenk des Himmels; die perfekte Frau, um mich in meinem Frust zu trösten. Wir planten den Ausflug für die folgende Woche. Trishs Freundinnen würden sie zu ihrem Arzttermin in Harrisburg fahren und danach mit ihr vier Tage in Baltimore verbringen. Wesley würde bei uns bleiben, ein Härtetest. Wenn Trish nicht da war, konnte ich meine elterliche Autorität an ihm erproben. Er würde sich an die Regeln halten und die Dinge so tun müssen, wie es bei den Seamans üblich war. Zu meinem großen Erstaunen machte sich Wesley wunderbar, als Trish mit ihren Freundinnen unterwegs war.

Er hörte zu. Er gehorchte. Er gewöhnte sich an sein Doppelstockbett. Ich hatte beschlossen, die Luftmatratze aus Trishs Zimmer zu nehmen und ihn zu ermutigen, in Noahs Zimmer zu schlafen. Das war zwar nicht durchweg von Erfolg gekrönt, denn sobald seine Mutter zurück war, schlief er wieder bei ihr; doch ich verstand es. Jeder Moment mit Wesley war kostbar für Trish. Ich brachte die Luftmatratze jedoch nicht zurück. Wesley in seinem Lebensstil zu bestätigen, würde zu nichts führen, wenn wir diesen kleinen Jungen an die Normalität gewöhnen wollten.

Die kleine Pause stellte sich als gut und bitter nötig heraus. Trish amüsierte sich mit ihren Freundinnen. Unsere Familie wuchs zusammen und war hocherfreut darüber, wie mühelos sich Wesley den Regeln fügte, als habe er sich nach einer Struktur gesehnt.

Als Trish zurückkam, wusste ich nicht, was mich erwartete. Ich fühlte mich immer noch schlecht wegen unseres Streits und am ersten Abend war mir ziemlich unbehaglich zumute. Wir waren beide nicht sicher, was wir sagen oder wie wir uns verhalten sollten.

Schließlich sah Trish mich entschuldigend an. »Es war nie meine Absicht, mit dir zu streiten.«

In diesem Augenblick hörte ich auf zu mauern. Ich konnte dieser Frau, die so viel durchmachte, nicht lange böse sein.

»Ich denke, wir brauchten beide einfach etwas Zeit für uns«, gestand ich. »Du musstest dein ganzes Leben umkrempeln und vieles aufgeben, während wir uns neu finden mussten, nachdem wir zwei neue Familienmitglieder bei uns aufgenommen hatten. Sicher ist es ein schmaler Grat, dir deine Unabhängigkeit zu bewahren und trotzdem die Struktur und Gewohnheiten unserer Familie aufrechtzuerhalten. Trish, ich möchte, dass du unsere Familie als Bereicherung empfindest. Es ist mein Wunsch, dass du bei uns glücklich bist und dein Leben genießen kannst.«

Zum Glück blieb von ihrem erhitzten Gemüt und dem Bedürfnis, um sich zu schlagen, nach ihrer Zeit in Baltimore keine Spur. Jetzt blickten ihre Augen sanft, ihre Haltung war entspannt und sie war nicht mehr im Angriffsmodus. Ich schöpfte Hoffnung.

»Unser gemeinsames Leben bedeutet viel Veränderung für uns alle«, sagte Trish. »Entschuldige, dass ich so eine Nervensäge war. Meine abfälligen Bemerkungen waren nicht so gemeint. Ich bin dankbar für alles und jeden. Mehr, als ich in Worte fassen kann.«

Ich schloss sie in die Arme. Das war der Wendepunkt in unserer ersten Krise.

Sind Vergebung, Zuhören und bedingungslose Liebe nicht der Schlüssel einer jeden Beziehung? Die Umarmung besiegelte unseren Entschluss, als wir uns ausgesprochen hatten. Ja, Trish und ich waren jetzt eine neue Familie, auch, wenn wir gemeinsam durch die Hölle gingen, um das zu begreifen. Kein Streit und keine Meinungsverschiedenheit würden einreißen können, was wir aufgebaut hatten.

Nach unserer Versöhnung stellte sich recht schnell wieder der normale Alltag ein. Ich hoffte nur, dass es so bleiben würde. Mit so vielen Persönlichkeiten unter einem Dach und einer tödlichen Krankheit im Nacken fragte ich mich manches Mal, ob das gut gehen könne.

Als die Monate ins Land zogen, suchte ich Gottes Leitung immer öfter im Gebet. Er würde alles regeln. Er kannte die Kämpfe. Trishs Weg und mein Weg hatten sich im Krankenhaus nicht zufällig gekreuzt. Gott bahnte uns einen Weg, wo anscheinend keiner war.

Daran musste ich mich festhalten. Mag sein, dass ich manchmal nicht wusste, wie ich mein neues Leben meistern sollte. Mag sein, dass ich nicht auf alles eine Antwort hatte. Doch Gott hat einen ausgefeilten Plan für unser Leben. Schon allein dieses Wissen ließ Vertrauen in mir wachsen.

Mag sein, dass ich nicht auf alles eine Antwort hatte. Doch Gott hat einen ausgefeilten Plan für unser Leben. Schon allein dieses Wissen ließ Vertrauen in mir wachsen.

»Manchmal empfinde ich, dass uns etwas entgegensteht, selbst dann, wenn wir deinem Plan folgen, Gott«, betete ich eines Abends. »Ich bitte dich, Trish zu zeigen, dass wir nur das Beste für sie wollen. Wir möchten sie nicht kontrollieren oder ihr das Gefühl geben, abhängig zu sein. Bitte hilf ihr, zu erkennen, dass wir jetzt eine Familie sind, dass sie geliebt und sicher ist. Sie gehört dazu. Führe uns auf diesem Weg, denn manchmal fühle ich mich verloren.

Ohne dich schaffe ich das nicht. Du bist das Licht in der Dunkelheit. Bitte zeig mir den Weg. Amen.«

Am nächsten Abend kam ich müde und mit schmerzenden Beinen nach Hause. Die Kinder waren oben und machten sich bettfertig, Dan arbeitete noch in seinem Büro und Trish ruhte sich in ihrem Zimmer vor dem Fernseher aus. Sogar die Hunde schliefen fest auf ihren Decken in der Küche. Im Hause Seaman herrschte friedliche Stille.

Ich stellte meine Tasche ab und entspannte meine Muskeln. Hungrig ging ich in die Vorratskammer und griff nach einer Tüte Cracker. Als ich die Tür wieder schließen wollte, hielt ich inne und sah ein zweites Mal hin. Auf den Lebensmitteln, die mit den Worten »Nur für Trish und Wesley« beschriftet gewesen waren, hatte jemand die Namen durchgestrichen. Die Lebensmittel waren nun wieder für den allgemeinen Verzehr freigegeben. Keine Trennung mehr, keine Besitzansprüche. Alles gehörte allen. Für Trish war das ein großer Schritt nach vorn.

Schon komisch, wie mich dieser kleine Fortschritt in unserer Familiendynamik zum Weinen brachte. Ich sank auf einen Stuhl und weinte vor Freude. Aber so verrückt war meine Reaktion dann doch nicht.

Im Wesentlichen gab Gott mir hier die Antwort auf meine Gebete vom Abend zuvor.

Wenn Trish es jetzt zuließ, dass wir uns an Wesleys Fertignudeln mit Käse oder ihren Tortilla-Chips bedienten, hatte sie ihr Herz schließlich doch noch weit für uns geöffnet.

18. Sandstrand

Nachdem Trish und ich unseren kleinen Streit beigelegt hatten, empfand ich, dass wir schnellstmöglich ein paar teambildende Maßnahmen ergreifen sollten. Als Trish im Mai zum letzten Mal im Krankenhaus war, dachten wir, dass sie vielleicht noch höchstens einen Monat zu leben hätte. Jetzt war es bereits Juli und es ging ihr ausgezeichnet. Das wollte ich nicht für selbstverständlich halten. Gott hatte Trish mit Kraft und Ausdauer gesegnet, sodass sie hinausgehen und aktiv sein konnte. Wir durften uns nicht länger auf Nebenschauplätzen aufhalten und mussten alles daransetzen, unser neues Familiengedächtnis mit wesentlichen Erinnerungen zu füllen.

Dan und ich beschlossen, Urlaub zu nehmen. Wir wollten alle zusammen an den Strand von Fenwick Island in Delaware fahren, an dem Trishs Freunde George und Cindy lebten.

Wir buchten ein Ferienhaus in unmittelbarer Nähe, sodass wir etwas gemeinsam unternehmen konnten. Es war ein großes Haus mit genügend Platz für meinen Bruder und Jessica mit ihren drei Kindern, meine Mutter und die frischgebackene Seaman-Bande, einschließlich Wesley und Trish. Dan und ich beschlossen, uns nichts anmerken zu lassen, bis alles fest war.

Dann würden wir die anderen überraschen.

Eines Abends lehnte ich mich an Trishs Türrahmen, voller Vorfreude, endlich die Katze aus dem Sack lassen zu dürfen. »Wir haben beschlossen, einen Familienurlaub zu machen. Wir dachten, eine Woche am Strand täte uns allen gut.«

Trish sah enttäuscht aus. Das war nicht die begeisterte Reaktion, die ich mir gewünscht hatte. »Oh, hört sich gut an. Am Strand ist es schön«, sagte sie.

Ich war verwirrt und hielt kurz inne, bevor ich erwiderte: »Ja, das ist es. Wir haben sogar ein Haus in der Nähe vom Strand gebucht. Es sind nur ein paar Minuten zu Fuß.«

Wieder senkte sich Trishs Blick. Nicht einmal ein Lächeln. Ich fragte mich, ob sie vielleicht einsame Berghütten bevorzugte.

»Gut, wir werden auf das Haus aufpassen, bis ihr zurückkommt.«

Dann dämmerte es mir. Ich hatte gesagt, »wir« würden Familienurlaub machen. Trish war nicht bewusst, dass »wir« sie und Wesley einschloss. Jetzt war ein geeigneter Zeitpunkt, das klarzustellen. Das Wörtchen »wir« hatte eine ganz neue Bedeutung bekommen.

»Familie bedeutet, wir alle. Du und Wesley, ihr kommt mit. Also, was hältst du von ein bisschen Sommerurlaub?«

»Nein, Trish«, erklärte ich. »Du hast das falsch verstanden. *Familie* bedeutet, wir alle. Du und Wesley, ihr kommt mit. Also, was hältst du von ein bisschen Sommerurlaub?«

Ihre Augen weiteten sich und sie schnappte nach Luft. »Echt jetzt? Du meinst, wir gehen alle an den Strand? Meine Güte, das konnte ich ja nicht wissen. Das wäre fabelhaft.«

Ich lachte und nickte. »Trish, wenn du von jetzt an das Wort *Familie* hörst, gehört ihr zwei dazu! Alles klar?«

»Oh, okay. Das ist gut. Sehr, sehr gut. Ich muss so viel mitnehmen. Ich gehe besser schon mal packen!«

Trish war total von der Rolle. Sie war seit Jahren nicht mehr im Urlaub gewesen. Zum einen wegen der Arbeit und weil sie sich keine teuren Reisen hatte leisten können, zum anderen natürlich wegen ihrer Krankheit. Doch nun war sie nicht mehr zu bremsen. Ganze zwei Wochen vor den anderen hatte sie gepackt und war startklar. Bis zum Tag unserer Abreise ging sie shoppen, shoppen, shoppen … Sie kaufte eine Taucherbrille, kleine Ventilatoren, die zur Abkühlung Wasser verspritzen, und sogar Klappstühle für den Strand. Irgendwann sagten wir ihr, dass wir nur begrenzten Platz im Auto hatten und einen Lieferwagen bestellen müssten, wenn sie weiterhin so einkaufe.

An dem Morgen, an dem wir zu unserem Ferienhaus in Bayside, einem beschaulichen, kleinen Urlaubsort am Meer, aufbrechen wollten, war Trish schon vor Sonnenaufgang auf den Beinen. Ich sah sie zwischen den Schränken und ihren Koffern hin und her flitzen und alles Mögliche zusammenpacken. Sie stellte sicher, dass Wesley genügend Sonnencreme, Sandeimer und Schaufeln hatte. Trish war voller Adrenalin, was angesichts der betäubenden Nebenwirkungen ihrer Medikamente unmöglich schien. Ich wusste, dass sie genug Kleidung für einen Monat eingepackt hatte, und sie nahm mehr Badeanzüge mit, als ich je auf einem Haufen gesehen habe. Dazu kam eine beachtliche Perückensammlung, sodass sie jeden Tag andere Haare tragen konnte. Es gab lange, braune und kurze, blonde Locken … und ihre Lieblingsperücke, den kastanienbraunen Bob.

»Du kannst mir nicht ständig mit wechselnden Perücken kommen, wenn wir da sind, Püppchen«, warnte ich sie. »Ich werde dich dort verlieren, weil ich dich nicht wiedererkenne!« Wir lachten beide, bis uns die Puste ausging. Meine Sticheleien hielten sie jedoch nicht davon ab, sie alle einzupacken.

Als wir ankamen, gingen wir direkt zum Strand, damit die Kinder im Wasser planschen konnten. Aber Trish zögerte. Sie konnte nicht so weit laufen und ihr Rollstuhl war in dem weichen Sand nicht zu gebrauchen. Mein Bruder rettete den Tag, indem er die perfekte Lösung fand. Am Eingang zum Strand gab es einen großen, weißen Liegestuhl mit riesigen Reifen, die extra für den Sand und für Rollstuhlfahrer gedacht waren. Adam half Trish in den Stuhl und schob sie an den Strand.

»Guck mal, Wesley, die Möwen!«, rief sie, wobei ihr der Wind die Haare ihrer kastanienbraunen Perücke aus dem Gesicht blies. »Sie sind überall. Schau mal, wie sie im Kreis fliegen!« Wesley blinzelte in den Himmel. »Ich will sie füttern, Mama. Hast du etwas dabei? Ich wette, die kommen ganz nah.«

»Oh, füttere sie bloß nicht.« Trish rückte ihre überdimensionale Sonnenbrille zurecht. »Sie geraten außer Rand und Band. Es ist dann wie in einem Horrorfilm. Lass sie einfach, Wesley. Sie sind zum Anschauen da, nicht um Freundschaft zu schließen.«

Jeden Tag gingen wir zum Strand und machten Gebrauch von dem wunderbaren Strandrollstuhl. Wir tankten Sonne, atmeten die salzige Luft ein und entspannten uns zum ersten Mal seit Langem wieder so richtig. Die Kinder bauten Sandburgen, sammelten Muscheln und schubsten sich gegenseitig in die Wellen. Trish machte viele Fotos mit dem Handy und schickte sie an Maria in Baltimore. Vor allem wollte sie ihrer Freundin den Rollstuhl mit den großen Rädern zeigen, der ihren Urlaub gerettet hatte. Deshalb bat sie mich, ein Foto von ihr und meinem Bruder vor dem Rollstuhl, mit dem Meer im Hintergrund, zu machen. Dann schickte sie es an Maria mit der Bildunterschrift »HIER SIEHST DU MICH UND MR. PINNACLE AM STRAND!« So nannte sie Adam, weil er als Geschäftsmann für PinnacleHealth arbeitete. Keine Minute später hielt Trish johlend ihr Handy in die Luft.

»Maria gefällt das Foto, das ich ihr geschickt habe. Sie fragt, ob der Mann mit dem Stuhl geliefert wird!«

Wir lachten alle, denn nun zeigte sich, dass Maria einen Narren an meinem verheirateten Bruder gefressen hatte. Adam grinste peinlich berührt und lief rot an.

An zwei Abenden kamen Trishs Freunde Cindy und George und nahmen Trish mit zum Abendessen. Ein andermal kam Teresa aus Baltimore. Sie, Cindy und Trish gingen den ganzen Abend shoppen. Das war gut für Trish, denn sie konnte auf den geteerten Straßen im Rollstuhl geschoben werden. Sie liebte es, Zeit mit ihren Freundinnen zu verbringen und unter Leuten zu sein. In jener Woche sah ich sie selten ohne ein Lächeln im Gesicht.

Einmal entschieden sie und Wesley, nicht mit dem Rest von uns an den Strand zu gehen. Trish wollte für ein paar Stunden zum Swimmingpool im Ferienort fahren. Sie und Wesley brauchten etwas Zeit für sich. Zuerst ergriff mich Panik bei dem Gedanken, sie aus den Augen zu lassen. Es würde keine erwachsene Aufsichtsperson bei ihnen sein und dafür sorgen, dass es Trish gut ging. Was, wenn ihr Rollstuhl den Dienst versagte oder ihr plötzlich schwindelig wurde? Was, wenn Trish etwas brauchte und Wesley es nicht besorgen konnte? Doch dann fielen mir unsere Reibereien vor ihrer Zeit in Baltimore wieder ein, als Trish sagte, dass sie sich eingeengt fühle und es satthabe, ständig kontrolliert zu werden. Ich wusste, dass ich ihre Eigenständigkeit mehr berücksichtigen musste. Ich durfte sie nicht länger in ihrer Freiheit einschränken. Wie würde ich mich denn fühlen, wenn ich darauf angewiesen wäre, dass andere mich herumchauffierten, obwohl ich einst selbst fahren konnte? Was würde ich tun, wenn ich ständig beaufsichtigt und begleitet werden müsste, wenn man viel Aufhebens um mich machte? Wesley war voll und ganz dazu in der Lage, Trish im Notfall wieder zurück zum Haus zu schieben. Dieser kleine Ausflug würde ihnen guttun und uns wahrscheinlich auch. Auszeiten waren wichtig für uns alle. Aber Trish sollte für den Fall, dass sie uns brauchte, ihr Handy griffbereit haben. Solange sie es dabeihatte, musste ich loslassen und Gott vertrauen. Das ist manchmal leichter gesagt als getan. Auf unserem gemeinsamen Weg würden wir noch mehr Herausforderungen begegnen als zu Beginn unserer Freundschaft.

Am Morgen der Abreise schob ich Trish für einen letzten Spaziergang im Rollstuhl nach draußen. Gedankenverloren ließ sie ihren Blick über all die hübschen Teichanlagen, die herrliche Landschaft und die Kinder schweifen, die mit Fahrrädern und Rollern herumfuhren. Tief atmete sie die Seeluft ein und wandte ihr Gesicht der Sonne zu. Als ich vom Schieben müde wurde, stellte ich sie neben eine Bank und setzte mich für eine Verschnaufpause.

Gerade wollte ich Trish fragen, ob sie es genoss. Doch dann sah ich ihren abwesenden Blick.

»Was beschäftigt dich?«, fragte ich.

»Mir wurde gerade bewusst, was für einen Frieden ich am Meer empfinde. Ich würde mir wirklich wünschen, dass meine Asche ins Meer gestreut wird. Es muss nicht hier sein. Nur, wo der Ozean auf das Land trifft. Das wäre perfekt.«

Unsere gesamte Reise war so entspannt und unbeschwert verlaufen, dass das Schwere, das uns bevorstand, in Vergessenheit geraten war. Trish sah wunderschön aus mit ihrer nachdenklichen und doch friedvollen Miene. Der Wind wehte ihr das lange, dunkle Haar über die Schultern. Eine neue Perücke. Ein neues Äußeres, aber immer noch meine Trish.

»Ich kann mich für dich darum kümmern, wenn du möchtest«, sagte ich, so sanft ich konnte.

Sie sah mich an. »Das würdest du tun? Ich wäre dir sehr dankbar.«

Ich spürte einen Stich im Herzen. Es war eine Art von Trauer, die ich noch nicht kannte.

Ja, ich pflegte Patienten, die im Sterben lagen, und sprach mit Familien, die Schmerz in sich trugen; doch darunter war niemand, den ich so sehr liebte. Ich wollte Trish nicht verlieren, aber ich wusste, dass man Menschen gehen lassen muss, wenn Gott sie ruft. Ich hatte keinen Anspruch auf sie. Sie war mir nur geliehen worden.

19. Eine völlig neue Welt

Als wir von unserem Strandurlaub zurückkehrten, stand unser Gemeinde-Fasching an.

Hierbei handelt es sich um eine einwöchige Veranstaltung mit Ponyreiten für Kinder, Spielen und einem Feuerwerk. Ich wusste, dass es Trish gefallen würde. Wie es so ihre Art war, bestand sie darauf, jeden Abend hinzufahren. Sie nahm Wesley mit und ich brachte die beiden hin und holte sie dann wieder ab, wenn sie genug hatten. Wesley spielte jedes Spiel und kaufte alle aufblasbaren Comicfiguren, die in jener Woche zu haben waren. Trish verwöhnte ihn auf jede nur erdenkliche Art und Weise. Sie spürte wohl, dass ihre Zeit begrenzt war. Für Wesley tat sie alles, was in ihrer Macht stand.

Für Mitte der Woche war das Feuerwerk geplant, aber das Wetter schien nicht mitzuspielen. Der Himmel war grau und es brauten sich immer mehr dunkle Wolken zusammen. Als es Abend wurde, beschlossen die Veranstalter, die Feuerwerkskörper zu zünden. Doch gerade als es losgehen sollte, gab es einen Wolkenbruch.

»O nein!«, rief Trish und schlug sich die Hände vors Gesicht. »Ich bin so enttäuscht. Wenigstens noch einmal wollte ich ein Feuerwerk sehen.«

Das löste etwas in mir aus. Mehr brauchte es nicht, um mich gegen die Naturgesetze in Stellung zu bringen. Ich würde nicht zulassen, dass ein kleines Unwetter Trish um einen ihrer letzten Wünsche brachte.

»Ab ins Auto«, rief ich und rannte durch den Regen. Als wir im Wagen saßen, ließ ich den Motor an, fuhr aus der Parklücke und brauste, so schnell ich konnte, durch die Stadt.

Trish und Wesley saßen schweigend auf der Rückbank. Vielleicht fragten sie sich, was wohl jetzt in mich gefahren war. Endlich kamen wir oben auf einem Hügel an, von dem aus wir die spektakulären Farbexplosionen am Sturmhimmel ganz gut beobachten konnten.

»Wow«, flüsterte Trish. Sie blickte aus dem Autofenster in das atemberaubende Schauspiel am Himmel. Sie kuschelte sich an Wesley, verschränkte ihre Finger mit seinen, legte ihren Kopf auf seine schmale Schulter und sagte nichts mehr. Mit jedem Blitz, der die Nacht erhellte, mit jedem Grollen in dieser Lichtershow wurde ihr Lächeln breiter. Ich lehnte mich in meinem Sitz zurück, war nass bis auf die Haut, aber zufriedener denn je.

Als das Gewitter vorbei war und sich der Himmel beruhigt hatte, ließ ich den Motor an und wollte uns nach Hause bringen. Doch bevor ich zurückstoßen konnte, näherte sich Trish von hinten und umarmte mich. »Ich danke dir von Herzen. Das hat mir viel bedeutet. Ich wollte es nur noch einmal sehen. Nur ein einziges Mal. Danke!«

Die Umarmung dauerte etwas länger als gewohnt. Ich ließ es zu. Für mich war sie das Beste von allem.

Zu den schönsten Erinnerungen an Trish gehören die Zeiten, in denen wir einfach nur zusammen waren. Ich lag auf dem Sofa in ihrem Zimmer und sie in ihrem Bett. Wir sahen fern, aßen Chips und plauderten. Eines Abends war Trish mehr mit ihrem iPad beschäftigt als mit der Sendung, die wir uns ansahen. Missmutig verzog sie ihr Gesicht und überflog ein paar E-Mails.

»Das ist total daneben«, sagte sie nahezu beleidigt. »Ich hasse es, wenn wohlmeinende Leute mir schreiben, wie froh sie sind, dass ich jemanden für Wesley gefunden habe. Ich habe dich nicht gefunden oder ausgesucht. Du wurdest mir geschickt.«

»Ich habe dich nicht gefunden oder ausgesucht. Du wurdest mir geschickt.«

»Wie meinst du das?«, fragte ich.

Trish lehnte sich vor. Ihre Augen leuchteten.

»Tricia, als du ins Krankenzimmer kamst, hatte ich das Gefühl, jemand hüllt mich in eine warme Decke. Mein ganzer Körper entspannte sich. Ich fühlte einen Frieden, den ich nicht beschreiben kann. In diesem Moment wusste ich es.«

»Was wusstest du?«

»Ich wusste, dass du für mich da sein würdest. Ich verstand nicht, was das bedeutete. Aber du warst diejenige, die tun würde, was getan werden musste, auch, wenn mir zu diesem Zeitpunkt noch nicht klar war, was das sein würde.«

Es überraschte mich, das von ihr zu hören. Ich ahnte nicht, dass sie so empfand.

Überwältigt ging ich zu ihr hinüber und setzte mich auf ihre Bettkante. Ich strich ihr über den Arm und sagte: »Trish, eines sollst du wissen. Dieses warme Gefühl – dieser Frieden – das war Gott und nicht ich. Es war Gottes Liebe, seine Fürsorge für dich. Ich war nur der Überbringer und darf in Demut sagen, ich bin Gott so dankbar, dass er mich dafür ausgewählt hat.«

Auch heute noch, obwohl Trish schon lange nicht mehr da ist, denke ich an dieses Gespräch zurück. Es bestätigte einmal mehr das Wunder, das Gott an jenem Abend während meiner Schicht gewirkt hatte.

Der Juli ging zu Ende und ich bemerkte viele Veränderungen in meiner Einstellung zum Leben. Ich hatte das Leben immer als etwas Unergründliches betrachtet, für das man betet, arbeitet und plant. Man kniet sich hundert Prozent in die Karriere und macht Überstunden. Man kommt nach Hause und kümmert sich um den Haushalt, die Familie und jedermanns Bedürfnisse. Man macht Listen, steckt sich Ziele, begeht Fehler und nimmt sich vor, es beim nächsten Mal besser zu machen.

Doch wie würde man leben, wenn es kein Morgen mehr gäbe? Was, wenn man nur noch heute zu leben hätte? Als sich meine Denkweise änderte, lernte ich, loszulassen und den Moment zu genießen. Wenn nicht alles nach Plan lief, war das kein Problem mehr. Besorgungen oder Hausarbeiten, die es zu erledigen galt, würden nicht weglaufen. Das Leben durch Trishs Augen zu sehen, bedeutete für mich, die Scheuklappen abzulegen. Wie viele besondere Dinge hatte ich schon verpasst, weil ich gar nicht richtig hinschaute? Ich schauderte bei dem Gedanken daran, wie oft mir Putzen und Wäschewaschen wichtiger waren, als mit den Hunden zu spielen, mit einem meiner Kinder ein Glas Wasser zu trinken oder mit Dan die Sportschau zu sehen. Hatte ich Augen für den goldenen Sonnenuntergang? Wie oft hatte ich das Lachen meiner eigenen Kinder ausgeblendet?

Konnte ich mich zurücklehnen, eine warme Kaffeetasse in den Händen halten und das Aroma genießen? Oder war ich dafür zu beschäftigt?

Dann dachte ich darüber nach, was ich tun würde, wenn ich sicher wüsste, dass ich diese Welt bald verlassen müsse. Mir wurde klar, dass ich dasselbe tun würde wie Trish in ihren letzten Tagen. Ich würde mich mit Menschen umgeben, die ich liebe, und die kleinen Dinge tun, die im Leben am meisten Bedeutung haben. Ich würde jeden kostbaren Augenblick nutzen.

20. Geburtstagskätzchen

Es bereitete mir die größte Freude, ein neues Kalenderblatt aufzuschlagen.

Dies bedeutete einen weiteren Etappensieg für Trish. Nun befanden wir uns bereits im August. Trish war immer noch unter uns und es ging ihr richtig gut, was für alle ein Wunder war. Dieses Wunder gab uns nicht nur mehr Zeit, sondern ich hatte auch die Möglichkeit, mehr von Trishs Eigenarten zu entdecken, zum Beispiel ihr Faible für Katzen. Meine Mutter hat die Gabe, alle streunenden Katzen von McAlisterville um ihr Haus zu versammeln.

Sie meint, sie könne sich das auch nicht erklären, aber die Packung Katzenfutter in ihrer Garage spricht eine andere Sprache. Eine Katze, Clementine, die unter den Streunern irgendwie zu einem Namen gekommen war, hatte Katzenbabys geworfen. Trish war hin und weg. Oft brachte sie Wesley unter dem Vorwand dorthin, dass er in den Pool wolle.

Ich vermute jedoch stark, in Wahrheit war sie diejenige, die ihre Dosis Schmusekatzen brauchte. Sie war der größte Katzennarr, dem ich je begegnet bin, und diese Katzenbabys hatten es ihr angetan. Sie nahm sie auf den Arm, herzte sie und schmiegte ihr Gesicht in ihr weiches Fell. Dadurch wurde Trish schließlich auch Emmas Liebling und erlangte ihre Gunst.

Meine Tochter wünschte sich schon lange eine Katze, hatte jedoch nie ihren Vater für diese Idee erwärmen können. Wir besaßen bereits unsere beiden Hunde, TJ und Lily, die uns ganz schön auf Trab hielten. Ja, wir wussten noch nicht einmal, ob sie sich mit einer Katze vertragen würden, aber Emma wollte unbedingt eine Katze.

»Kann ich nicht wenigstens eins von den Babys haben, Papa?«, fragte Emma Dan eines Abends.

»Du kennst meine Antwort. Wir hatten doch schon darüber gesprochen. Nicht noch ein Haustier!«

Aber Dan merkte schon, dass er in dieser Frage nicht das letzte Wort haben würde. Trish und ich besorgten auf einer unserer Einkaufstouren ein Katzenklo und Katzenspielzeug, das dann in verschiedenen Winkeln des Hauses herumlag. Bevor mein überrumpelter Mann Einspruch erheben konnte, nagelte Trish ihn fest.

»Weißt du, Dan, das wäre dann quasi meine Katze und Emma könnte an meiner Stelle für sie sorgen.«

Ich beobachtete, wie Dan seinen Widerstand aufgab. Er konnte Trish einfach nichts abschlagen. Emma suchte ein Katzenbaby aus und brachte es nach Hause, ob Papa nun darauf vorbereitet war oder nicht. Sie nannte es »Minnie«, nach Trishs geliebter Katze, die vor Jahren gestorben war und deren Foto nun unseren Kühlschrank zierte. Minnie war ein kleines Wollknäuel und einfach nur süß. Emma liebte sie sehr. Wir stellten Minnies Katzenklo und Futternapf in den Keller. Uns fiel auf, dass sie viel schlief und nicht sehr aktiv war.

Nicht einmal ihre neuen Spielsachen konnten sie aus der Reserve locken. Trish vermutete, dass Minnie einfach noch sehr klein war und Zeit brauchte, um kräftiger zu werden.

Um sicherzugehen, vereinbarten wir für die folgende Woche einen Termin beim Tierarzt, um Minnie untersuchen zu lassen.

Nach nur zwei Tagen, an dem Morgen, als Emma in die siebte Klasse kommen sollte, hörte ich, als ich gerade aufgestanden war und duschen wollte, von unten einen markerschütternden Schrei.

Ich zog mir meinen Bademantel über, aber da kam Emma schon ins Zimmer gestürzt.

»Mama, komm schnell«, keuchte sie. »Mit Minnie stimmt etwas nicht. Du musst ihr helfen!«

Ich rannte die Treppe zu Minnies Schlafplatz hinunter. Als ich sie sah, wurde mir schlagartig bewusst, was geschehen war. Sie lag reglos auf der Seite. Das kleine Kätzchen war gestorben. Emma fand keinen Trost. Inzwischen war auch Trish aufgestanden und kam in den Keller, um zu sehen, was los ist. Auch sie empfand den Tod des Kätzchens als Katastrophe.

Dan schickte sich an, die arme Minnie aus dem Haus zu tragen und im Garten zu begraben. Emma setzte sich auf die Dachterrasse und sah ihrem Vater, schluchzend und schniefend, von Weitem zu. Ich wollte zu ihr gehen, sie trösten und einfach in den Arm nehmen. Doch als ich aus dem Fenster sah, saß Trish auf dem Stuhl neben ihr. Milde Spätsommerluft wehte durchs Fliegengitter ins Haus. Ich lehnte mich an die Wand und lauschte ihrem Gespräch.

»Weißt du Emma, Liebes, Minnie hatte kein sehr langes Leben, aber die Zeit, in der sie lebte, hast du für sie zu etwas ganz Besonderem gemacht«, sagte Trish. »Du warst die beste Katzenmama, die ich je gesehen habe. Ich bin mir sicher, dass Minnie als glückliches Kätzchen gestorben ist, weil du ihr so viel Liebe entgegengebracht hast.«

Emma legte ihren Kopf auf Trishs Schulter, nickte, kam zur Ruhe und fand Trost in diesen kostbaren Worten. Als ich mir die beiden anschaute, stiegen mir Tränen in die Augen.

Eines Tages würde ich Trishs Sohn wie eine Mutter trösten, wenn er trauern würde, weil sie gestorben war. Da war sie nun und tat dasselbe für meine Tochter, die einen schmerzlichen Verlust verkraften musste. Durch diese Szene fühlte ich mich noch mehr mit Trish verbunden als ohnehin schon. Natürlich waren es zwei Paar Schuhe, ob jemand seine Mutter oder ein Katzenbaby verlor, doch die Liebe einer Mutter war dieselbe. Es tat nichts mehr zur Sache, ob Trish und ich nun blutsverwandt sind oder nicht. Gene spielten hier keine Rolle. Beide waren wir Mütter für unsere Kinder und gaben ein wirklich tolles Team ab.

Nach jenem schweren Tag stand Emmas Geburtstag bevor. Minnie war Teil ihres Geburtstagsgeschenkes gewesen. Mit dem Drama, dass die Katze kurz darauf sterben würde, hatten wir nicht gerechnet. Doch hofften wir, dass sich der Schaden noch beheben lassen würde. Etwa eine Woche später entschieden wir, eines der letzten Katzenbabys, die bei der Mutter zu holen waren, zu uns zu nehmen. Emma zögerte anfangs noch. Sie war sich nicht sicher, ob sie überhaupt wieder ein Kätzchen so lieben könne wie Minnie. Die neue Katze nannte sie Milo. Emma und Trish spielten ununterbrochen mit Milo. Gleich zu Beginn gingen wir mit ihm zum Tierarzt. Es war alles in Ordnung, was uns sehr beruhigte. Die Tierärztin erklärte uns auch, was zu Minnies unerwartetem Tod geführt haben konnte. Aufgrund ihres kleinen Wuchses war ihr Herz womöglich unterentwickelt und ihr Tod unvermeidlich.

Beide waren wir Mütter für unsere Kinder und gaben ein wirklich tolles Team ab.

Nun wusste Emma, dass es nicht ihr Fehler gewesen war. Das muss ihr geholfen haben, Milo anzunehmen und sich an ihm zu freuen. Es ist schön, sagen zu können, dass er nach wie vor ein besonderer Teil unserer Familie ist.

»Jetzt ist sie glücklich«, sagte Trish einmal, als Emma Milo wie ein Baby auf dem Arm trug. »Ich bin froh, dass sie den Verlust von Minnie akzeptieren konnte und gelernt hat, wieder zu lieben.«

Ich nickte zustimmend. Trish hat nie erfahren, dass ich an jenem schweren Tag die bewegende Szene zwischen ihr und Emma auf der Dachterrasse beobachtet hatte.

Das Gespräch sollte etwas Besonderes zwischen den beiden bleiben. Ich behielt mein kleines Geheimnis für mich. Von all den Erlebnissen mit Trish, die Gott – wenn auch nur für kurze Zeit – in mein Leben gestellt hatte, war dieses eines der kostbarsten. Ich werde es nie vergessen.

21. Zu enge Bindung

»Mama, ich gehe heute Abend mit meiner Freundin Megs ins Kino in die Spätvorstellung«, klärte mich Anna auf, mehr, als dass sie fragte, und nahm sich ein Trinkpäckchen aus dem Kühlschrank. An meinem Tee nippend, saß ich an der Kücheninsel und sah von der Zeitschrift auf, die ich gerade durchblätterte.

»Das ist ja gut und schön«, sagte ich. »Nur bedauerlicherweise darfst du nach Mitternacht noch nicht allein Auto fahren.«

»Keine Sorge. Trish kommt mit. Sie wird die erwachsene Begleitperson sein.«

Anna steckte den kleinen Strohhalm in das Trinkpäckchen und sah mich an, während sie daran zog. Völlig entgeistert, lehnte ich mich in meinem Stuhl zurück.

»Ist dir klar, wie viele Medikamente Trish intus hat? Wie soll sie denn so lange durchhalten?«

Anna erwiderte: »Sie weiß auch nicht, ob sie die ganze Zeit wach bleiben wird. Aber sie hat gesagt, sie kommt mit.«

Was sollte ich da noch sagen? Anna und ihre Freundin brauchten eine Aufsichtsperson über 21 Jahre und sie hatten jemanden gefunden, der diese Bedingung erfüllte. Ich kapitulierte und widmete mich wieder meinem Lesestoff.

Am Abend fuhren Anna und Megs mit Trish als Begleitperson im Schlepptau zum Kino, um sich einen traurigen Film anzuschauen. Als das Drama seinen Höhepunkt erreichte, schlief Trish ein. Ihr Kopf fiel nach hinten und sie schnarchte wie ein betrunkener Lkw-Fahrer.

Die Mädchen lachten sich kaputt, während die nächste rührende Szene über die Leinwand flimmerte. Trish bemerkte von alldem nichts und schnarchte sogar noch lauter.

»Hey Trish«, rief Anna und stieß sie leicht an, um sie zu wecken. »Du verpasst den Film.«

Trish fuhr sich mit der Zunge über die Lippen, öffnete die Augen und wunderte sich kurz über die Umgebung.

»Ich genieße den Film in vollen Zügen«, murmelte sie dann und war gleich wieder eingeschlafen.

Die Mädchen erzählten mir später, dass sie den ganzen Abend nicht aufhören konnten zu lachen. Erst gegen 2 Uhr nachts kamen sie nach Hause, wo Trish dann in ihrem eigenen Bett weiterschnarchen konnte. Manchmal fühlte ich mich wie in einer Zirkusvorstellung.

Man wusste nie, was als Nächstes passieren würde.

Eines Tages fand Trish, dass es an der Zeit war, mal wieder etwas aus ihrem Lager zu holen. Wir gingen gemeinsam hin. Ich zierte mich ein wenig.

»Ich gehe nicht sonderlich gern in die Garage, Trish. Irgendwie habe ich Angst. Dort gibt es Schlangen.«

Trish stürmte weiter voran und wollte den dunklen Raum betreten.

»Uns passiert nichts. Komm schon.«

Langsam kam ich näher und öffnete ängstlich die Tür. Es wurde auch nicht gerade leichter, als Trish mich voller Ungeduld weiterschob. Sie wollte unbedingt da rein.

»Ich geh ja schon, ich geh ja schon«, jammerte ich und schüttelte sie ab. Doch als ich die Tür öffnete, bestätigten sich meine schlimmsten Befürchtungen. Auf dem Boden, keinen Meter vor uns, lag eine Schlangenhaut. Ich stieß einen gellenden Schrei aus.

»Lass das«, schimpfte Trish. »Ich muss da rein. Können wir nicht einfach ein bisschen stöbern? Ich vermisse eine meiner DVD-Reihen und würde sie wirklich gern finden.«

»Ich habe dir gesagt, dass ich Schlangen nicht ausstehen kann. Guck mal da! Sie sind da drin!«, rief ich entsetzt.

»Wir gehen da jetzt rein«, erwiderte Trish mit Nachdruck.

»Ich nicht«, weigerte ich mich.

Sie stützte ihre Hände in die Hüften. »Wirklich? Wenn ich als Todsterbenskranke mutig genug bin, da reinzugehen, dann kannst du das auch!«

Ich stand kurz vor einem Tobsuchtsanfall. Sie hatte ja recht und das passte mir gar nicht.

Mir blieb keine andere Wahl, als in den sauren Apfel zu beißen und die Höhle des Löwen zu betreten. Ich nahm einen Rechen, der herumlag, und hielt ihn verkehrt herum wie eine Verteidigungswaffe. So bahnten wir uns einen Weg in den hinteren Teil der Garage. Bei der kleinsten Regung wäre ich bereit gewesen, meine Waffe einzusetzen. Trish suchte nach ihren DVDs, während ich Ausschau nach bösartigen Reptilien hielt. Auf die große schwarze Fledermaus war ich allerdings nicht vorbereitet. Sie kam plötzlich aus dem Nichts und flog über unsere Köpfe hinweg.

Ich kreischte so laut, dass es mir im Hals wehtat, warf den Rechen auf den Boden und rannte. Erst als ich in sicherer Entfernung draußen stand, drehte ich mich um und sah Trish, wie sie mit dem Kopf schüttelte. Sie stand immer noch seelenruhig an Ort und Stelle.

Bald gab sie ihre Suche auf, kam heraus und stellte sich neben mich.

»Du bist mir ja eine«, stichelte sie. »Ich sehe schon die Schlagzeilen vor mir: ›Todkranke Frau stirbt an Klapperschlangenbiss in

Garage. Sie blieb ihrem Schicksal überlassen, weil ihre Krankenschwester es nicht für nötig hielt, ihrer Patientin beizustehen.‹«

»Du weißt, dass ich eine Phobie gegen alles habe, was kriecht. Fledermausphobie. Schlangenphobie. Du wirst wohl Dan holen müssen, wenn du deine DVDs haben willst.«

Und genau das tat sie. Mit Dans Hilfe brachte sie weiteres Zeug ins Haus.

Den Sommer über war Wesley immer die ganze Nacht aufgeblieben und hatte getan, wonach ihm der Sinn stand. Der erste Schultag rückte jedoch näher und Dan und ich wussten, dass wir etwas unternehmen mussten. Wir fragten Pastor Joe um Rat. Er würde uns helfen, auf liebevolle und konstruktive Weise mit Trish über das Thema zu sprechen.

Joe kam zu uns. Wir schnitten das Thema an, indem wir Trish auf das leere Doppelstockbett oben im Zimmer der Jungs hinwiesen. Wenn die Schule wieder anfing, sollte Wesley dort schlafen. Das war sehr schwer für Trish. Sie verschränkte die Arme vor der Brust und wippte mit ihrem Bein auf und ab, ein klares Zeichen dafür, dass sie nicht einverstanden war.

»Es ist wirklich das Beste für Wesley«, versuchte ich ihr begreiflich zu machen. »Er braucht feste Zubettgehzeiten und auch einen besseren Essensplan, sodass er gesünder isst und sich nicht nur zwischendurch etwas reinschiebt. Wir können später nicht als Erziehungsberechtigte für ihn da sein, wie wir das für unsere eigenen Kinder sind, wenn er nicht lernt, sich an Regeln zu halten.«

Trish wollte das Beste für ihren Sohn. Einige alte Angewohnheiten, die sich über die Jahre eingeschliffen hatten, mussten abgelegt werden, damit Wesley in unsere Familie hineinwachsen konnte. Deshalb erklärte sich Trish einverstanden.

Es wurde eine lange Nacht, als wir Wesley dazu bringen wollten, in seinem eigenen Bett zu schlafen. Trish erklärte ihm, dass sich einige Dinge ändern würden und er jetzt mit Noah im Doppelstockbett schlafen würde. Wir gingen es ruhig an. Ich machte alles wie immer und brachte Noah in das obere Bett. Doch als ich danach Wesley unten ins Bett bringen wollte, stand Trish hinter mir und kämpfte mit den Tränen. Wesley fing an zu weinen und griff nach seiner Mutter. Sein kleines Gesicht war rot und schmerzverzerrt, aber ich blieb hart.

Diese Umstellung war nötig. Schließlich wurde er müde und sah ein, dass alles Gejammer und Gebettel nichts bringen würde. Er legte sich hin und ich verließ das Zimmer mit einem schlechten Gewissen. Aber innerlich wusste ich, dass es Trish früher oder später schlechter gehen würde. Wenn es ihr dann richtig schlecht ginge, würde es noch schwieriger werden, Wesley aus ihrem Bett zu werfen und ihn woanders schlafen zu lassen. Ich wollte ihm nicht eines Tages sagen müssen, dass er nicht bei seiner Mutter schlafen konnte, weil sie im Sterben lag und zu starke Schmerzen hatte. Das musste von Trish kommen. Sie musste Wesley sagen, wo er von nun an schlafen sollte. Ich verstand auch, warum Wesley bei seiner Mama schlafen wollte und so einen Aufstand machte. Jeder Augenblick, den die beiden zusammen hatten, war ihnen kostbar. Deshalb fanden wir einen Kompromiss, mit dem jeder zufrieden zu sein schien. Wesley schlief während der Woche in seinem eigenen Bett und an den Wochenenden durfte er unten bei seiner Mutter schlafen, sodass beide wenigstens etwas voneinander hatten.

Trotz dieser Abmachung gab es noch Nächte während der Woche, in denen Wesley schrie: »Mama, Mama, Mama! Lass mich nicht allein!« Dan und ich standen draußen vor der Tür, lehnten uns aneinander und weinten.

»Ich fühle mich, als sei mir das Herz aus der Brust gerissen worden«, sagte Trish mir in der Küche nach einem von Wesleys Heulanfällen.

»Ich weiß«, erwiderte ich. Auch mir ging es elend.

»Aber du musst daran denken, was das Beste für ihn ist. Er wird so besser klarkommen. Das ist etwas, das er lernen muss.«

Trish atmete tief ein und gab sich geschlagen. Im Grunde genommen war das ihr erster großer Schritt in Richtung Trennung.

22. Am Broadway

Mitte August hatte Gott eine Überraschung für Trish. Eines Abends bekam Anna eine Nachricht von einem Lehrer, der an ihrer Schule für das Theaterprogramm zuständig war.

Für den nächsten Tag hatte man eine Busfahrt nach New York City für die Broadwayshow »Cinderella« organisiert. In der Nachricht stand, dass die Frau des Lehrers krank geworden war und sie deshalb beide nicht mitfahren konnten. Der Lehrer fragte nun Anna, ob sie nicht Emma und noch jemanden einladen wolle. Emma war begeistert, aber es gab immer noch einen Platz zu vergeben.

»Wäre es in Ordnung, wenn ich Trish mitnehmen würde?«, fragte mich Anna mit bettelndem Blick.

Zunächst reagierte ich zurückhaltend, weil ich an jenem Nachmittag arbeiten würde. Ich hatte Trish, abgesehen von dem Ausflug mit Maria Anfang des Sommers, noch nie ohne mich irgendwo hingeschickt.

»Du weißt, dass das für dich eine Menge Verantwortung bedeutet«, warnte ich Anna. »Trish kann nicht weit laufen. Deshalb musst du den Rollstuhl mitnehmen. Du musst auf sie achtgeben und dafür sorgen, dass sie ihre Tabletten nimmt.«

»Ich mach das gern«, erwiderte Anna. »Ich krieg das hin. Es wird Trish gefallen.«

Immer noch habe ich Trishs Freudengeschrei in den Ohren, als Anna zu ihr ging und sie einlud. Doch als ich Trish dabei half, ihre Sachen zu packen, stellte sich heraus, dass sie nicht genügend Medizin bis zum nächsten Abend vorrätig hatte.

»Ich wünschte, wir hätten das früher gewusst. Dann hätten wir deine Tabletten aufgefüllt«, sagte ich und zählte, was noch da war. »Das reicht nicht, um dich wieder bis nach Hause zu bringen.«

Trish war am Boden zerstört. »Meinst du nicht, dass ich mal ein paar ausfallen lassen könnte?«

»Du musst deine Drei-Stunden-Abstände einhalten, Püppchen. Du würdest sonst vor Schmerzen vergehen.«

Trish wollte unbedingt mitfahren. Sie liebte das Abenteuer und den Trubel von New York City, ganz zu schweigen von einer Broadwayshow. Es brach mir das Herz, ihre Bestürzung zu sehen. Sie hatte schon ihr Outfit zurechtgelegt und war gerade dabei gewesen, die passende Perücke auszusuchen. Schon lange hatte ich sie nicht mehr so lebhaft gesehen. Das durfte einfach nicht ins Wasser fallen. Deshalb ließ ich mir etwas einfallen.

Vielleicht sollte ich an dieser Stelle etwas mehr von unserem beschaulichen McAlisterville erzählen.

Es ist niemals ganz und gar unmöglich, etwas aufzutreiben, wenn man es dringend braucht. Ich rief unseren Apotheker an, der nicht weit von uns entfernt wohnte. Es war bereits nach 23 Uhr. Als ich ihm jedoch die Situation schilderte, willigte er ein, mich an der Apotheke mit den Medikamenten zu treffen. Im Schlafanzug fuhr ich mit dem Auto bis an das Ausgabefenster, dessen Rollladen schon seit Stunden geschlossen war. Auf der anderen Seite stand dieser nette Herr mit seinen Jogginghosen und dem Faulenzer-T-Shirt. Er überreichte mir Trishs Medikamente mit einem freundlichen Zwinkern. Für mich wird er immer der Held des Abends bleiben, auch, wenn er meint, er habe uns lediglich einen kleinen Gefallen getan.

Am nächsten Morgen lieferte ich Trish und die Mädchen um 6 Uhr am vereinbarten Treffpunkt ab. Jessica und meine Mutter fuhren ebenfalls zur Show. Beide Frauen waren hocherstaunt darüber, Trish zu sehen.

»Tricia, was hast du dir dabei gedacht?«, flüsterte meine Mutter mir zu. »Das ist keine gute Idee.«

»Mama, was soll ich denn machen? Sie hat nicht mehr lange zu leben. Sie möchte zur Broadwayshow.«

»Was sollen wir machen, wenn etwas passiert?«

»Bring sie ins Krankenhaus und ruf mich an. Mach einfach, was dir richtig erscheint. Und wenn ich kommen muss, dann komme ich eben. Ich kann ihr diese Gelegenheit nicht verwehren.«

Am Ende lief alles ohne Probleme. Man hatte Trish einen Reiserollstuhl zur Verfügung gestellt. Der besaß kleinere Räder als der, den sie gewohnt war. Der neue Rollstuhl ließ sich etwas schwerer manövrieren, besonders in einer Stadt, in der überall Taxen halten und die Bürgersteige überfüllt sind. So kam es, dass Trish die meiste Zeit über von meiner Schwägerin geschoben wurde. Als sie im Theater ankamen, stellte sich heraus, dass es dort keinen Aufzug gab. Trish musste mehrere Treppenabschnitte zu Fuß hochgehen, aber sie ließ sich nicht aufhalten. Sie zog sich am Geländer hoch und richtete ihren Fokus auf die Belohnung: einen Sitzplatz im Broadway-Theater. Sie genoss jeden Augenblick der Show, inklusive des Treffens mit den Schauspielern und der Teilnahme an einem Schauspielkurs.

Es war ein wunderbarer, aber auch ein sehr langer Tag. Als sie nach Hause kamen, gestand Anna, dass sie durch diese Erfahrung neu schätzen gelernt hatte, was ihr Vater und ich durchmachten. Sie verstand jetzt, wie viel Zeit und Aufwand es jedes Mal kostete, wenn wir Trish irgendwohin mitnahmen. Doch eines war sicher: Anna liebte Trish, genau wie wir.

Für meine liebe Tochter war alles andere zweitrangig, solange Trish einen schönen Tag hatte.

Da sich der Sommer seinem Ende neigte, beschlossen wir, einen Ausflug in einen Vergnügungspark, etwa 45 Minuten entfernt, zu machen. Meine Familie liebte Vergnügungsparks und es war ein Riesenspaß, aber auch eine Herausforderung.

Die Wege waren nicht gepflastert und es lagen kleine Steinchen darauf, sodass wir uns anstrengen mussten, Trishs Rollstuhl zu schieben.

Ich werde nie vergessen, wie sie und Wesley Riesenrad fuhren. Das Rad war so groß und so hoch, dass es allen Ernstes aussah, als könnten sie die Wolken berühren, wenn sie ihre Hände ausstreckten. Trish hatte einen Riesenspaß und fuhr alles, was sie nur konnte. Manchmal fiel es schwer, festzustellen, wer von den beiden das Kind war – Trish oder Wesley.

Trish hatte einen Riesenspaß und fuhr alles, was sie nur konnte. Manchmal fiel es schwer, festzustellen, wer von den beiden das Kind war – Trish oder Wesley.

An jenem Tag erfuhr ich etwas Neues über Trish. Sie liebte Karussellpferde. Am Nachmittag kaufte sie sich eines in einem Souvenirladen.

»Die habe ich schon immer geliebt«, offenbarte uns Trish. »Ich besitze eine ganze Sammlung schöner Karussellpferde. Sie sind in einer der Kisten in eurem Keller. Ich konnte ihren Anblick nur nie so richtig genießen, wie ich eigentlich wollte.«

»Warum nicht?«, fragte ich, als ich das Bedauern in ihrem Blick sah.

»Ich war jünger, als ich sie gesammelt habe. Das war, bevor Wesley geboren wurde. Als er zu krabbeln anfing, habe ich sie alle eingepackt und in der Garage verstaut. Ich wollte nicht, dass er sie kaputt macht, und ich hatte auch keinen Ort, an den ich sie hätte stellen können. Es hat wohl nicht sollen sein.«

Ihre letzte Bemerkung hallte in mir nach. Wenn etwas nicht sein soll, muss man sich manchmal einfach darüber hinwegsetzen. In diesem Fall sollte Trish ihre geliebten Karussellpferde um sich haben, solange das noch möglich war. Als wir nach Hause kamen, ging ich in den Keller, packte sie alle aus, wischte sie ab, brachte sie hoch und stellte sie in ihrem Schlafzimmer auf, wo sie sie endlich betrachten konnte.

»Ich hatte vergessen, wie prachtvoll sie sind«, sagte Trish mit verklärtem Blick. »Ich kann dir gar nicht genug danken. Sie sind umwerfend.«

Eine Weile schaute ich sie mit ihr zusammen an. Ich bin nicht sicher, was schöner war: die Pferdesammlung oder das Leuchten auf dem Gesicht meiner Freundin. Ich habe die Situation immer noch vor Augen.

Im Laufe des Monats August fiel mir auf, dass Trish an Energie verlor. Sie lief nicht mehr so viel herum und klagte manchmal über Müdigkeit. Es bereitete ihr Schwierigkeiten, sich die Dosierung ihrer Medikamente zu merken. Glücklicherweise stand ihr eine persönliche Krankenschwester zur Verfügung. Ich verschloss all die Betäubungsmittel in einer Box, sodass Trish nicht aus Versehen eine Überdosis nehmen konnte. Das sorgte einerseits für Erleichterung, andererseits war es beunruhigend. Trish war dabei, den Kampf zu verlieren. Verminderte Energie war das erste von vielen Anzeichen, die bald folgen würden. Ich spürte einen Kloß im Hals.

Eines Tages kam ich von der Arbeit nach Hause und ging gleich in Trishs Zimmer, um nach ihr zu sehen. Sie versuchte gerade verzweifelt, ihr Bad zu reinigen, in dem, allem Anschein nach, die Toilette verstopft und übergelaufen war. Bei näherem Hinsehen erkannte ich ein Fläschchen Gesichtscreme. Die getönte Creme hatte sich über das ganze Chaos verteilt.

»Ich weiß nicht, was passiert ist«, sagte Trish zerknirscht und etwas peinlich berührt.

»Ich war auf der Toilette und habe die Spülung betätigt, aber vielleicht einmal zu viel.«

»Das ist kein Problem«, versicherte ich ihr und machte mich an die Arbeit.

Trish fühlte sich sichtlich unwohl dabei, da ich gerade von einer langen Schicht nach Hause gekommen war. Nach getaner Arbeit ging ich wieder zu ihr und setzte mich neben sie. Sie sah mich total erledigt an.

»Es tut mir so leid, Tricia. Ich mache dir so viel Arbeit.«

»Das macht nichts«, beteuerte ich.

»Ein bisschen Chlorreiniger und schon ist alles wieder wie neu.«

Trish ließ den Kopf hängen und ich legte meinen Arm um sie. Das war ein besonderer Moment zwischen uns beiden. Es machte mir wirklich nichts aus zu helfen, trotz meiner wunden Füße und Rückenschmerzen. Trish hatte begonnen, sich als Teil der Familie zu fühlen, und ich liebte sie. Sie hatte mich lockerer werden lassen. Mir gingen die Dinge nicht mehr so schnell unter die Haut wie früher. Das hier war gar nichts im Vergleich zu dem, was ihr noch bevorstand. Ich würde alles für sie tun. Das Problem für mich war nur, dass es nicht in meiner Macht stand, ihr das zu geben, was sie am meisten brauchte – Zeit.

23. Dem Himmel nah

PinnacleHealth unterstützte uns vom ersten Tag an. Die Mitarbeiter wollten uns die Möglichkeit geben, unsere Geschichte bekannt zu machen. Sie sollte auf YouTube und auch auf die Seite des Krankenhauses gestellt werden, zur Ermutigung für Menschen in einer ähnlichen Situation. Ich machte mir Sorgen, dass wir vielleicht zu lange damit gewartet hatten, weil sich die negativen Symptome häuften und sich Trishs Zustand zunehmend verschlechterte. Wenn wir ein Video aufnehmen wollten, in dem Trishs Vermächtnis festgehalten und somit verbreitet werden konnte, dann jetzt oder nie!

So kam am 29. August 2014 ein Filmteam zu uns nach Hause und filmte »Tricia and Tricia: A Family Story«*. Etwas Wunderbares kam dabei heraus. Trish und ich waren beide so stolz, unsere Geschichte teilen zu dürfen.

Nicht lange nachdem das Video ins Internet gestellt worden war, rief mich Kelly McCall aus der Öffentlichkeitsabteilung des Krankenhauses an. Sie sagte mir, dass sie gut mit Kendra Nichols aus der lokalen Niederlassung von ABC, der American Broadcasting Company, befreundet sei, und fragte mich, ob sie uns an das Fernseh- und Hörfunk-Netzwerk weitervermitteln dürfe. Trish und ich stimmten ohne große Erwartung zu. Überraschenderweise kam das Team von ABC tatsächlich vorbei und interviewte uns fürs Fernsehen.

---

* Siehe: https://www.youtube.com/watch?v=YqjBrogrfvA

Anschließend erschien unsere Story im Internet und in verschiedenen Lokalzeitungen.

Wir bekamen Briefe von Menschen, die berührt und inspiriert worden waren. Sie boten an, für Trish und meine Familie zu beten. Diese Unterstützung bedeutete Trish sehr viel. Sie las jeden einzelnen Brief. Langsam wurde uns bewusst, dass unsere Geschichte etwas bewirkte. Trish wollte, dass ich ihr eines hoch und heilig verspreche: Ich sollte unter allen Umständen unsere Geschichte verbreiten, auch, wenn sie nicht mehr da sein würde.

Oft kam Trish zu mir und wollte darüber sprechen, was sie nach ihrem Tod erwartete.

Es ist normal, dass Menschen sich fragen und vorzustellen versuchen, was nach ihrem Tod mit ihnen geschieht. Jenseitsbeschreibungen der Bibel lassen vieles erahnen, aber Trish brauchte dringend Antworten auf ihre Fragen. Schon bald würde sie diesen Weg gehen müssen.

»Denkst du, dass ich vom Himmel aus meinen Sohn sehen kann, wie er groß wird? Werde ich sehen können, was ihr alle macht?«

Ich würde ihr meine ehrliche Einschätzung geben. Das hatte sie verdient.

Diese Gespräche hatten es in sich. Ich dachte kurz nach, denn ich mochte Trish nicht einfach mit der Antwort zufriedenstellen, die sie wahrscheinlich hören wollte. Ich würde ihr meine ehrliche Einschätzung geben. Das hatte sie verdient.

»Weißt du, die Bibel macht ein paar klare Aussagen zu diesem Thema. Wenn du deinen Körper verlässt, wirst du bei Gott sein. Es heißt, es gäbe im Himmel Straßen aus Gold. Wenn wir Jesus sehen, verlieren wir uns so in der Anbetung, dass wir an nichts anderes mehr denken wollen, so schön und herrlich ist er. Ich glaube, im

Himmel gibt es keine Zeit. Viele Jahre auf dieser Erde sind dort vielleicht nur ein Augenblick. Das glaube ich.«

»Denkst du, ich werde meine Eltern wiedersehen? Werden sie da sein, wenn ich gehe?«

Diese Frage war schwer zu beantworten. In Wahrheit kannte ich die Antworten nicht und musste auf mein Herz hören.

»Ich denke, wenn deine Lieben, die schon gestorben sind, Gott kannten – denn du hast ja gesagt, dass viele ihn gekannt haben –, wirst du sie wiedersehen.«

»Hmm«, machte Trish. Ihrem Gesichtsausdruck nach zu urteilen, war sie mit dieser Antwort zufrieden.

Wesley hatte seine ganz eigenen Herausforderungen zu meistern. Für ihn war es sehr verwirrend, dass seine Mutter und ich so unterschiedliche Erziehungsmethoden anwandten und er oft zwischen die Fronten geriet. Ich war diejenige, die immer sagte: »Auf gar keinen Fall. Das machen wir nicht.« Ich war die Strenge. Ich war diejenige, die Grenzen setzte, während es bei seiner Mutter überhaupt keine Regeln gab. Wesley mochte mich trotzdem und passte sich an die beiden unterschiedlichen Erziehungsmethoden an: Tricias Regeln und Mamas Regeln. Ich weiß, dass das schwer für ihn war. Er wollte bei den Seamans dazugehören, aber er mochte auch die Art seiner Mutter, weil es da keine Begrenzungen gab. Ich hatte auch Verständnis dafür, dass Trish jeden Moment mit ihm auskosten und ihn verwöhnen wollte, solange sie das noch konnte. Trish wusste, dass sie bald sterben würde, und vorher wollte sie einfach nur ihren Sohn glücklich sehen. Ich mischte mich nicht allzu oft ein, weil ich sie verstand. Es würde eine Zeit kommen, in der Dan und ich Wesley allein erziehen mussten. Aus der Vergangenheit wusste ich, dass sich Wesley gut an den Lebensstil der

Seamans anpassen konnte. Jetzt nahm ich mich noch zurück, damit Trish und Wesley wirklich sie selbst sein konnten. Solange Trish lebte, war sie immer noch Wesleys Mutter. Das nahm ich dankbar zur Kenntnis.

Ende August erklärte Trish: »Ich denke, ich habe so ziemlich alles gekauft, was es bei Walmart zu kaufen gibt. Ich habe genug Kleidung für Wesley und Sachen für mich selbst, die ich wahrscheinlich gar nicht mehr tragen werde, bevor ich sterbe. Ich weiß nicht mehr, wozu ich noch shoppen gehen sollte.« Ein paar Monate zuvor hätte ich bei diesen Worten erleichtert aufgeatmet. Doch nun wurde mir bewusst, wie sehr Trishs Hobby sie motiviert hatte.

Ich befürchtete, dass wir sie früher verlieren könnten, wenn sie die Freude am Shoppen verlor. Sie brauchte so viele Gründe wie möglich, um weiterzukämpfen, und dazu gehörte auch, ihre Invalidenrente auszugeben.

»Du könntest doch Wesley Kleidung für die Zukunft kaufen«, erwiderte ich. Eigentlich hatte ich nicht vorgehabt, so etwas zu sagen; doch ich vernahm das leise Flüstern Gottes. Bis heute glaube ich, dass er sie in eine bestimmte Richtung führte.

»Wie meinst du das?« Trish warf den Kopf zurück.

»Du könntest Dinge für ihn kaufen, die ich ihm von dir schenken kann, wenn du nicht mehr da bist, zum Beispiel zum Geburtstag oder zu Weihnachten. Das würde Wesley bestimmt viel bedeuten.«

Dieser Vorschlag stellte Trish vor eine völlig neue Herausforderung. Sie legte den Turbo ein und shoppte wie nie zuvor. Sie kaufte Unmengen an Kleidung für Wesley: Wintersachen, Sommersachen, Schneeanzüge und Handschuhe in allen Größen, von der Jugend bis zum Erwachsenenalter. Für die Geburtstage, die Trish verpassen würde, plante sie bereits im Voraus bis zu Wesleys 16. Lebensjahr. Sie bestellte sogar einen Schlüsselanhänger mit einer liebevollen Gravur: »Fahr vorsichtig! In Liebe, Mama«. Trish kaufte Wesley eine Geldscheinklammer und eine Brieftasche für seinen Highschool-Abschluss. Sie legte einen Zettel bei mit der Ermahnung, sparsam zu sein.

Ich sah meine Freundin alle Stadien der Trauer durchlaufen. Als sie bei uns einzog, war sie verärgert und aufgebracht. Oft hatte sie sich der Realität verweigert. Jetzt akzeptierte sie das Unvermeidliche und traf kluge Entscheidungen zur Vorbereitung. Sie wusste, dass sie sterben würde. Sie würde dem Tod ins Auge sehen und nichts unvollendet zurücklassen.

Zu der Zeit saß Trish oft auf dem Sofa im Wohnzimmer und hörte meinen Töchtern zu, wann immer sie Klavier spielten und gemeinsam sangen. Trish liebte ihre Stimmen. Sie kam dabei zur Ruhe. Später erfuhr ich, dass Trish Anna bei der Vertonung eines Liedes um Hilfe gebeten hatte. Den Text des Liedes schrieb sie für mich. Meine Tochter sollte eine Klaviermelodie dazu komponieren. Einige Wochen zuvor war Trish zu Tränen gerührt gewesen, als ich ihr im Gottesdienst ein Lied gewidmet und für sie gesungen hatte: »You're Not Alone« von Meredith Andrews. Jetzt wollte sie dasselbe für mich tun.

Trish wollte es unbedingt geheim halten. Ihr Ziel war es, das Lied fertigzustellen, sodass Anna es mir auf ihrer Beerdigung vorsingen konnte. Die beiden arbeiteten in jeder Minute daran, in der ich nicht zu Hause war. Für Trish war das ein Schritt, ihr Schicksal anzunehmen. Sie wollte etwas von sich zurücklassen, das mich trösten würde, wenn sie gestorben war.

Trish und ich verbrachten nicht sehr oft Zeit zu zweit. Immerhin lebten wir in einem Haushalt mit fünf Kindern! Insofern war es etwas Besonderes für uns, als ich sie eines Tages zum Essen in ein chinesisches Restaurant einlud, während Dan auf die Kinder aufpasste.

Wir nahmen uns Zeit, lachten und plauderten. Trish erzählte mir ein paar sehr ausgeschmückte Geschichten aus ihren wilden Jahren. Dann hielt sie inne und fragte:

»Wie war dein Leben, bevor du Dan kennengelernt hast?«

»Ich ging in die Gemeinde und besuchte die Hochschule«, antwortete ich und merkte, wie ich rot anlief.

»Das war alles? Du gingst in die Gemeinde und an die Uni?«

»Langweilig, oder?«

Sie winkte ab, um mir die Peinlichkeit zu ersparen, entschied dann aber, dass sie mir nichts vorzumachen brauchte.

»Das ist ungefähr so langweilig, wie Farbe beim Trocknen zuzusehen!«

Wir lachten an jenem Tag so laut, dass die anderen Gäste im Restaurant zu uns herüberschauten. Trish und ich waren totale Gegensätze. Dennoch hatte Gott uns auf wunderbare Weise zusammengestellt. Das Gespräch wurde ernster, als ich ihr sagte, dass ich mir ein Leben ohne sie gar nicht mehr vorstellen könne. Sie erwiderte, dass auch sie nicht gehen wolle. Sie liebte es, Teil einer Familie zu sein. Das war immer ihr großer Traum gewesen und sie wollte nicht, dass er jemals aufhörte.

»Mach dir keine Sorgen«, versicherte ich ihr von ganzem Herzen. »Das geht nicht vorbei. Familie ist für immer. Vergiss das nicht.«

Rückblickend sind es solche Momente mit ihr, die ich am meisten vermisse: Wenn wir einfach nur dasaßen, zu Mittag oder Abend aßen und über Gott und die Welt sprachen.

Dabei führten wir einige unserer besten Gespräche. Oft kam Trish spätabends, wenn ich die Spülmaschine einräumte, in ihren Pantoffeln in die Küche geschlurft … Und am Ende leerten wir zusammen einen großen Becher Eis. Sie zeigte mir, wie wertvoll die kleinen Dinge im Leben sind.

»Ich sehe, dass er sich immer mehr für dich öffnet«, sagte Trish eines Tages. Wir saßen auf der Veranda, während die Jungs im Garten spielten. »Das freut mich wirklich sehr.«

»Ich sehe, dass er sich immer mehr für dich öffnet«, sagte Trish eines Tages. Wir saßen auf der Veranda, während die Jungs im Garten spielten. »Das freut mich wirklich sehr.«

Ich war verwundert. Es war klar, dass sie von Wesley sprach, doch ich war mir nicht sicher, was sie meinte. Ich wusste, dass er mich mochte, und wir verbrachten gern Zeit miteinander, doch ich war mir immer noch unsicher über meine Rolle in seinem Leben.

»Wie?«, fragte ich. »Was hast du gesehen?«

»Du hast dich viel um ihn gekümmert, jetzt, wo ich immer müder werde. Er lässt das zu. Er verlässt sich auf dich und das ist schön. Ich bin froh, dass er dich hat«, sagte sie, den Blick immer auf ihren Jungen gerichtet.

Ich fühlte plötzlich eine innere Wärme, als würde ich von Sonnenlicht durchflutet werden.

»Ich bin auch froh«, gab ich zurück.

In der ersten Septemberwoche brachte ich Trish zu einer Computertomografie, um besser einschätzen zu können, wie weit der Krebs fortgeschritten war. Die Schule der Jungs plante am folgenden Tag einen »Tag der offenen Tür«, was für uns eine willkommene Ablenkung war, während wir auf die Testergebnisse warteten. Wir trafen die Lehrer. Trish stellte Fragen und sah sich die Klassenräume und die Schulbank an, an der ihr Sohn lernen würde. Ich sah, wie sie nachdenklich wurde.

»Er ist so groß geworden«, sagte sie. Ihre Gedanken und Gefühle standen ihr ins Gesicht geschrieben. »Schon in der dritten Klasse. So schnell! Ich wünschte, ich könnte die Zeit anhalten.«

Ich konnte nur nicken und sie in den Arm nehmen. »Ich weiß, Püppchen. Das wünsche ich mir auch.«

Nach dem »Tag der offenen Tür« an der Schule trafen wir uns mit Dr. Shah, um die Ergebnisse der Computertomografie zu besprechen. Trish war sichtlich enttäuscht, als sie erfuhr, dass sich nicht viel verändert hatte. Das war keine Überraschung. Wir wussten, dass der Krebs unheilbar war und sie daran sterben würde, und zwar schon bald. Doch ich glaube, ein Teil von Trish hoffte immer noch, dass der Krebs auf wundersame Weise einfach verschwand. Ich versuchte, die Stimmung im Raum etwas zu heben, indem ich Dr. Shah von all den Abenteuern erzählte, die Trish erlebt hatte, bis hin zu ihrem jüngsten Ausflug zur Broadwayshow in New York.

»Das freut mich zu hören«, sagte Dr. Shah und strahlte Trish an. »Ihnen geht es viel besser als den meisten mit Ihrem Befund. Was immer Ihr Geheimnis ist, machen Sie weiter so. Es scheint zu wirken.«

Trish warf mir einen Blick zu. Dann sah sie wieder ihre Onkologin an. »Es gibt kein Geheimnis. Es sind die drei Dinge, die uns alle aufrechterhalten: der Glaube an Gott, eine wunderbare Familie und Liebe.«

24. Die Ruhe vor dem Sturm

Als im September die Schule wieder anfing, war Trish sehr antriebslos und schlief immer länger. So schien es uns gerade recht, dass ein paar gute Neuigkeiten eintrafen. Auf das Video hin, das Pinnacle über uns gedreht hatte, meldeten sich einige anonyme Spender. Sie wollten etwas Besonderes für Trish tun. Sie würden ihr einen Traum erfüllen, solange Trish noch dazu in der Lage war. Als Erstes fiel mir ein, dass Trish mir erzählt hatte, wie gern sie zu Disney World fahren würde. Doch ich machte mir Sorgen, wie sie die lange Fahrt nach Florida überstehen sollte. Dann kam mir etwas anderes in den Sinn: Trishs geliebter Randy, von der Brautmodenshow, in seinem schicken Anzug, der nur vier Stunden entfernt lebte.

»Ich hab's!«, rief ich. »Trish würde liebend gern nach New York City in das Brautmodengeschäft Kleinfeld Bridal fahren, in dem *Mein Traum in Weiß* gedreht wird!«

Das war die perfekte Idee für Trish und nie werde ich ihre Reaktion vergessen. Wie ein Känguru hüpfte sie auf und ab. In den vorangegangenen Wochen hatte sie gelitten und so an Fahrt verloren, dass es sich einfach nur wunderbar anfühlte, sie von etwas begeistert zu sehen.

»Ist das wirklich wahr? Ich fahre zu Kleinfeld? Damit würdest du doch keine Scherze machen, Tricia, oder? Das wäre das Nonplusultra! Bist du sicher? Ich meine, meinst du das wirklich ernst?«

Am 12. September fuhren Robbin, Trish und ich in einer Luxuskarosse nach New York. Unser Chauffeur war ein netter älterer Herr namens Gene, der auf den Straßen der Großstadt zu Hause zu sein schien. Er fuhr im Zickzack, bis wir am Bordstein, direkt vor dem Brautmodengeschäft, zum Stehen kamen. Von hier aus flog Trish förmlich hinein. Ich denke, jemand von uns hätte sie kneifen sollen.

Wir meldeten uns an, als hätten wir einen Termin. Wir wussten nicht, wie viel Zeit man uns geben würde, und dachten, wir bekämen eine Führung durch das Brautmodengeschäft.

Doch als die Beraterin kam, behandelte sie uns wie echte Kunden, die ein teures Brautkleid erwerben wollten. An dieser Stelle musste ich die Verkäuferin kurz zur Seite nehmen.

»Ich weiß, dass Sie auf Provisionsbasis arbeiten. Deshalb würde ich gern etwas richtigstellen«, erklärte ich. »Ich möchte nicht, dass Sie Ihre Zeit verschwenden. Wissen Sie, warum wir wirklich hier sind? Wissen Sie, wer wir sind?«

Sie lächelte freundlich. »Natürlich wissen wir das. Wir haben alle den Brief gelesen, den Pinnacle hierhergeschickt hat. Glauben Sie mir, jeder hier weiß davon.«

Zu unserer Überraschung bekam Trish das komplette Kleinfeld-Programm, angefangen mit einem Treffen im Büro der Beraterin, in dem sie ihre Geschichte erzählen konnte, die alle zu Tränen rührte. Dann klopfte es an der Tür und herein kam kein Geringerer als Randy.

Trish wäre beinahe in Ohnmacht gefallen.

»Oh, Randy«, kreischte sie. »Ach du meine Güte! Sind Sie es wirklich? Ich bin so froh, dass Sie gekommen sind.«

»Schön, Sie kennenzulernen, meine Liebe. Heute ist Ihr Tag!« Er bewegte sich mit derselben Anmut und Eleganz und legte dieselbe Extravaganz an den Tag, die er auch im Fernsehen zeigte. Als Trish zu Atem gekommen war und ihre Fassung wiedererlangt hatte, stellte sie Robbin und mich vor. Ich hatte nicht vorgehabt, in

Tränen auszubrechen, doch genau das tat ich. Als der Damm brach, kam Randy gleich zu mir herübergeschwebt.

»Nein, meine Liebe, warum weinen Sie denn?«, fragte er.

Mir stieg die Schamröte ins Gesicht und es sprudelte nur so aus mir heraus.

»Es ist nur so, dass durch das Treffen mit Ihnen für Trish ein Traum in Erfüllung geht«, sagte ich schniefend.

»Es ist nur so, dass durch das Treffen mit Ihnen für Trish ein Traum in Erfüllung geht«, sagte ich schniefend.

Randy tätschelte meine Schulter und zog ein sorgfältig gefaltetes Taschentuch aus seinem Revers. Ich trocknete mir die Augen. Doch bevor ich mir die Nase putzen konnte, sprang Trish dazwischen, um mir den wertvollen Besitz aus der Hand zu reißen.

»Schnäuz dir bloß nicht damit die Nase!«, schimpfte sie. »Pack das ein! Du musst es aufheben.«

Ich wusste, dass es sich in Trishs Augen um ein besonderes Andenken handelte.

Deshalb steckte ich das Tuch in meine Tasche. Die Mitarbeiter von Kleinfeld führten uns durch das berühmte Geschäft und ließen Trish einige ihrer wunderschönen Hochzeitskleider anprobieren. Sie fühlte sich wie eine Prinzessin, in den Kleidern aus Seide, Satin und Tüll mit ihren Perlen, Pailletten und Strass-Steinchen. Trish funkelte wie der Sternenhimmel. Als sie das Kleid gefunden hatte, das ihr am besten gefiel – das mit dem höchsten Preis und dem meisten Glimmer –, kam der Höhepunkt der Show. Die Beraterin und Randy stellten die berühmte Frage.

»Trish«, flöteten sie gemeinsam. »Ist das Ihr Kleid?«

»Ja!«, rief sie aus.

Bevor wir uns verabschiedeten, hatte Trish die Besitzer des Geschäfts getroffen sowie alle Berater, die sie aus der Sendung kannte. Sie erhielt sogar eine kleine Geschenktasche voll teurer Seifen in Silberfolie, eine Kleinfeld-Tasse und von allen Mitarbeitern die Visitenkarte. Trish schätzte jedes einzelne Teil, besonders die Tasse, in die wir Randys Taschentuch steckten. Trish stellte sie wie eine wertvolle Trophäe stolz auf ihrem Nachttisch aus.

Dort stand sie bis zu ihrem letzten Tag.

Nach unserem Besuch bei Kleinfeld gingen wir in das Themenrestaurant »Ellen's Stardust Diner«, in dem die Bedienung die ganze Zeit über Broadway-Lieder singt. Trish hatte davon gehört und wollte so gern dorthin. Sie liebte den Broadway und alles, was damit zu tun hatte. Danach machten wir uns auf den Heimweg. Was für ein Tag! Fast zu schön, um wahr zu sein.

Zwei Tage später planten wir einen weiteren Familienausflug, der uns ebenfalls von anonymen Spendern ermöglicht worden war. Wir wurden von einer Limousine abgeholt und fuhren nach Philadelphia zum Lego-Fest und in den Einkaufskomplex »King of Prussia Mall«.

Die Mädchen wollten shoppen gehen. Doch Trish zog es vor allem zu dem Lego-Fest, weil sie wusste: Für Wesley wäre das ein unvergessliches Erlebnis. Für ihn würde ein Traum wahr werden – von Legos umgeben, soweit das Auge reichte. Trish wollte Wesleys Reaktion und diese einmalige Gelegenheit nicht verpassen. Unsere Familie verbrachte einen wunderbaren Nachmittag. Als es schließlich Zeit wurde zu gehen, war Trish total ausgelaugt. Sie konnte in diesem Stadium ihrer Krankheit zwar noch laufen, wurde jedoch schnell müde.

Vermutlich würde dies das letzte Wochenende sein, an dem sie so aktiv war. Ich freute mich, dass es so verlaufen war, wie sie es sich erträumt hatte. Bis heute weiß ich nicht, wer die anonymen Geldgeber sind, die diese beiden Ausflüge finanziert haben. Ich bete nur, dass sie erfahren, wie überaus glücklich sie Trish damit machten.

Als im September der Herbst nahte und sich die Luft abkühlte, ging es mit Trishs Gesundheit immer schneller bergab. Sie war appetitlos und schlief sehr viel. Ich weckte sie auf, um sie zum Essen zu überreden. Doch als sie immer weniger Interesse daran zeigte, wusste ich, dass es nicht gut aussah. Mein Geburtstag liegt in der ersten Oktoberwoche. Zu diesem Anlass erwachte Trish aus ihrer Lethargie und rappelte sich auf, um mit uns zu feiern. Meine Familie hatte mir einen Kuchen gebacken und Geschenke gemacht; doch es war vor allem Trishs Geschenk, das mich sehr berührte. Sie hatte sich in jenem Sommer eine schöne, silberne Halskette mit einem Kreuz daran gekauft. Damit sah sie sehr hübsch aus und ich hatte ihr oft Komplimente gemacht. Zu meinem Geburtstag überraschte sie mich mit exakt der gleichen Kette. Es berührte mich tief, dass sie in ihrem Zustand noch daran gedacht hatte, mir ein Geschenk zu besorgen. Noch dazu eines, das unsere besondere Beziehung betonte und mir helfen würde, mich ihr nahe zu fühlen, wenn sie nicht mehr da war.

Trish hielt sich bei meiner Geburtstagsfeier tapfer. Doch in der darauffolgenden Woche gab es einen deutlichen Einbruch. Sie lag die ganze Zeit über im Bett und hatte unerträgliche Schmerzen.

An einem Mittwochmorgen wollte ich noch kurz nach ihr sehen, bevor ich zur Arbeit fuhr. Ich fand sie im Bett sitzend, vornübergebeugt. Sie hielt sich den Magen und war kreidebleich im Gesicht.

»Liebes, was ist los?«, fragte ich und sah, dass sie nass geschwitzt war.

»Ich weiß nicht. Ich hab solche Schmerzen. Ich habe mich in den Mülleimer übergeben. Ich komme einfach nicht mehr bis ins Badezimmer.«

Schnell brachte ich ihr einen Kübel und einen Wassereimer, sodass sie nicht mehr hin- und herlaufen musste. Dabei begann mein Puls zu rasen. Kurz darauf meldete ich mich von der Arbeit ab und wartete besorgt, bis es 8 Uhr schlug und ich die Kinder in die Schule verabschieden konnte. Anschließend rief ich Chrissy, unsere Krankenschwester aus dem Hospiz, an und bat sie, zu kommen und nach Trish zu sehen.

»Wir sollten ihr schnell Schmerzmittel intravenös verabreichen«, sagte Chrissy, als sie bei uns ankam. Trish war nicht gerade begeistert. Für sie kam die Zeit. Das spürte sie. Doch sie wollte den Kampf nicht aufgeben. Chrissy und ich leisteten gemeinsam Überzeugungsarbeit und sagten ihr, dass es dieselbe Medizin sei, die sie vorher in Pillenform genommen hatte, nur höher dosiert. Danach würde es ihr besser gehen. Unsere Erklärung muss Trish beruhigt haben, denn sie sank in ihre Kissen und willigte ein.

Der Infusionsbeutel würde in einer kleinen Schultertasche verstaut werden, sodass Trish sich immer noch frei bewegen konnte. Dieses Wissen würde sie beruhigen. Doch mir war auch klar, dass sie stark abbaute. Sie würde sicher nicht mehr so aktiv sein und die Dinge so tun können, wie sie es gern wollte. Denn sie konnte das Bett kaum noch verlassen. Im Laufe der Woche verschlechterte sich ihr Zustand zusehends. Die Medikamente schlugen nicht mehr an. Die Schmerzen schienen unerträglich.

Am Wochenende besuchte mich meine Mutter. Zu diesem Zeitpunkt kam Trish zum ersten Mal seit Tagen aus ihrem Schlafzimmer. Meine liebe Freundin trug ihren Infusionsbeutel und bewegte sich vorsichtig in Richtung Küche. Sie war blass, furchtbar schwach und ihr Gesicht verzerrte sich vor Schmerzen. Sie war am Ende und wusste, der Krebs würde sie besiegen.

Ich ging zu ihr und versuchte, ihr die Hilfe zu geben, die sie brauchte. Dabei fühlte ich mich, als würde ich mit ihr zusammen sterben. »Hey, Püppchen, wie schön, dich auf den Beinen zu sehen. Wie wäre es mit etwas zu essen oder einem Milchshake?«

Sie hatte den ganzen Tag noch nichts gegessen oder getrunken. Ihr Nachthemd hing an ihrem ausgemergelten Körper.

»Vielleicht später«, sagte sie. »Es klingt gut, aber im Moment habe ich einfach keinen Hunger.«

Ich hatte tatsächlich geglaubt, dass mich meine Arbeit als Krankenschwester in jeder Hinsicht darauf vorbereitete, mit der Endlichkeit des Lebens umzugehen. Ich sah Patienten und ihre Familien um Kraft ringen, wenn sich das Blatt wendete und die Katastrophe bevorstand.

Ich zeigte Mitgefühl, brachte saubere Laken und füllte den Wasserkrug auf. Ich schenkte ein Lächeln, um das Leid zu lindern. Doch als sich Trish umdrehte, ihren Infusionsbeutel in der Hand, und vor meinen Augen dahinschwand, spürte ich eine nie gekannte Hilflosigkeit.

Der Tod war dabei, in unser Haus einzudringen und uns den Spaß, die gemeinsamen Mahlzeiten und die tollen Ausflüge mit den Kindern zu rauben. Er war grausam und unerbittlich. Bald würde er unsere Welt zum Einsturz bringen.

»Lieber Gott, wir verlieren sie«, betete ich später, als es im Haus dunkel und still geworden war. »Wir lieben Trish so sehr. Wie können wir sie gehen lassen? Ich weiß, dass sie glücklich, wiederhergestellt und gesund sein wird in deiner Gegenwart im Himmel.

Aber bitte … Es mag egoistisch klingen … Ich bitte dich … um mehr Zeit.«

Die Nacht verbrachte ich auf dem Zweiersofa neben Trishs Bett. Ich wusste nicht, wie nah das Ende herangerückt war. Jetzt, da sie die Infusion bekam, konnte sie einen Schalter betätigen, um zusätzliche Schmerzmittel zu erhalten. Wir stellten uns nachts in regelmäßigen Abständen den Wecker und betätigten dann den Schalter, um ihr vorübergehend Erleichterung zu verschaffen. Doch sie fühlte sich weiterhin elend. Innerlich war ich wütend darüber, dass ich nichts tun konnte, damit es ihr besser ging. Ich konnte nur neben ihr liegen, damit sie sich nicht allein fühlte.

Am nächsten Tag war ich mir sicher, wir mussten etwas unternehmen. Ich wollte nicht, dass Wesley oder meine Kinder die Situation weiterhin mit ansahen. Soweit es möglich war, versuchten wir, das Geschehen von ihnen fernzuhalten. Dan brachte sie in die Schule, aß mit ihnen auswärts und ging mit ihnen ins Kino, sodass sie noch nicht mit der aktuellen Situation konfrontiert wurden. Wir sagten ihnen nur, dass Trish jetzt eine Infusion und mehr Bettruhe brauche, um wieder zu Kräften zu kommen. Ich informierte Chrissy und unsere Sozialarbeiterin Pam, dass die Lage ernst war und die Medizin Trish nicht mehr helfen konnte. Als die beiden bei uns zu Hause ankamen, war Trish endlich eingeschlafen, sodass wir drei Frauen zusammen einen Kaffee trinken und uns in der Küche leise unterhalten konnten.

Wir saßen an der Kücheninsel. Pam und Chrissy sahen mich mit Bedauern an. Chrissy begann das Gespräch. Sie sprach die Worte aus, die mich aus der Fassung brachten:

»Es ist an der Zeit«, sagte sie gefasst.

Ich umklammerte meine Kaffeetasse mit beiden Händen und drückte so fest zu, dass ich glaubte, sie müsse zerspringen. Dann brach ich in Tränen aus.

»Ich kann mir nicht vorstellen, sie von hier fortzulassen. Aber ich kann auch nicht mehr für sie sorgen. Was soll ich tun? Sie ist so ein Geschenk für mein Leben. Ich weiß nicht, wie ich sie loslassen soll.«

Pam holte ein Taschentuch von der Ablage, damit ich mir die Tränen wegwischen konnte.

»Es ist an der Zeit, sie in andere Hände zu geben, Tricia. Du schaffst das nicht mehr. Du hast eine Familie, um die du dich kümmern musst, und einen Job, in dem du gebraucht wirst. Du kannst nicht länger Trishs Wohlbefinden sicherstellen und ihre Medikamente überwachen. Sie braucht jetzt einen Ort, an dem sie 24 Stunden täglich medizinisch betreut wird.« Sie hielt einen Moment inne. »Möchtest du es ihr sagen oder ist es dir lieber, wenn ich mit ihr spreche?«

Ich atmete tief durch und sammelte meine Kräfte. Jetzt war nicht die Zeit, sich gehen zu lassen. Ich richtete meinen Fokus von meinen eigenen Bedürfnissen und Ängsten weg und blickte auf das, was für die Frau am besten war, die ich so sehr liebte.

»Ich werde es ihr sagen.«

Ich stand auf und nahm all meinen Mut zusammen. Dann ging ich in Trishs Zimmer.

25. Loslassen

Das Durcheinander, das mich sonst immer hatte erschaudern lassen, war jetzt so überaus liebenswert. Alle ihre Sachen spiegelten etwas von ihrer Persönlichkeit und Bruchstücke glücklicher Erinnerungen wider. Ich griff nach einer Schneekugel mit einem Karussellpferd und schüttelte sie, um die Zeit zurückzudrehen und den Tag im Vergnügungspark noch einmal durchleben zu können. Dann richtete ich meinen Blick auf Trish, die dort lag und schlief. Langsam setzte ich mich an ihr Bett. Ich tastete nach ihrer zerbrechlichen Hand und hielt sie in der meinen wie einen Schmetterling, den ich nicht freilassen wollte.

Sie schlug die Augen auf und sah mich an.

»Wie geht es dir, Püppchen?«, fragte ich.

»Oh, ich versuche zwischen den Schmerzschüben zu schlafen.«

Ich verlagerte mein Gewicht, fand jedoch keine bequemere Position.

»Liebes, ich denke, wir sind jetzt an einem Punkt, an dem die Zeit gekommen ist.«

Bei dieser Nachricht wurde sie ganz wach. Nun sah sie mich mit weit geöffneten Augen an. Die müden, kleinen Schlitze waren verschwunden.

»Nein! Nein! Ich will das nicht. Ich denke, das wird schon wieder. Bitte, ich kann nicht. Ich habe Sachen rausgelegt, die ich zur Gemeinde anziehen will.«

Im Kummer dieses bittersüßen Augenblicks hielten wir beide inne und lachten auf. Trish hatte bereits ihr Outfit zurechtgelegt, obwohl sie nicht einmal das Bett verlassen konnte, um zur Toilette zu gehen. Es war die alte Trish, die versuchte, wieder an die Oberfläche zu kommen. Doch diesmal reichte ihre Kraft nicht aus.

»Trish, als du hierherkamst, hatten wir vereinbart, dass du wieder ins Krankenhaus gehst, sollte es so weit kommen, dass ich 24 Stunden täglich bei dir sein muss. Dieser Fall ist nun eingetreten. Die Ärzte im Krankenhaus können sich viel besser um dich kümmern als ich.«

Trishs Tränen durchnässten ihren Kissenbezug. »Niemand kann besser für mich sorgen als du.«

Ich fühlte mich, als hätte eine Faust meinen Brustkorb durchschlagen und mir das Herz herausgerissen. »Ich werde immer bei dir sein, egal, was passiert. Immer.«

Trishs Tränen durchnässten ihren Kissenbezug. »Niemand kann besser für mich sorgen als du.«

Ihr Kinn zitterte. »Mir gefällt es hier.«

»Wir haben dich auch gern hier. Aber so geht es nicht weiter. Es ist nicht mehr das Richtige für dich. Ich habe hier nicht die Möglichkeiten wie die Ärzte im Krankenhaus.«

»Ich weiß«, sagte sie kaum hörbar. »Wirklich. Ich weiß das.«

Chrissy und Pam trafen Vorbereitungen. Ein Krankenwagen würde Trish ins Krankenhaus bringen. Später am Tag käme jemand vom Sanitätshaus vorbei, um ihre Pflegeausstattung aus dem Haus zu holen. Ich rief bei der Schule an und veranlasste, dass die Kinder am Nachmittag mit dem Bus zu meiner Mutter nach Hause fuhren. Wesley sollte nicht heimkommen und Trishs Zimmer leer vorfinden.

Chrissy und Pam unterstützten mich, wo sie nur konnten. Sie sorgten sich um mich, wie ich mich um Trish sorgte. Bevor sie gingen, umarmte mich Pam.

»Ich weiß, dass es schwer ist. Doch es wird Zeit, jemand anderen übernehmen zu lassen. Du hast getan, was du konntest.«

Ich umarmte sie ebenfalls und lehnte mich gegen sie mit dem Gefühl, jeden Moment zusammenzubrechen. Ich musste jetzt stark sein. Dann begannen Trish und ich, einige Sachen einzupacken, die sie mit ins Krankenhaus nehmen würde: iPad, Toilettenartikel, ein paar Kleidungsstücke und ihre Perücken. Auch ihre schönen Kleider wollte Trish zur Beruhigung bei sich haben; ein Teil von ihr, den sie noch nicht loslassen konnte.

Meine Augen wanderten zur Kommode. Dort sah ich ihre silberne Halskette mit dem Kreuz liegen. Ich nahm sie und ging damit zu Trish. »Möchtest du deine Kette?«

Mit verschleiertem Blick dachte sie kurz nach. »Nein. Die sollst du behalten.«

Ich nahm meine eigene Kette ab und fädelte mein Kreuz auf ihre Kette, sodass die beiden Kreuze einträchtig nebeneinander hingen. Dann legte ich mir beide Ketten um den Hals.

»Jetzt werden sie für immer zusammen sein«, sagte ich. Ich berührte die beiden Kreuze und sah Trish lächeln. »Nichts und niemand wird sie je voneinander trennen.«

Die Kreuze symbolisieren ewige Liebe und meine Freundschaft zu Trish.

»Jetzt werden sie für immer zusammen sein«, sagte ich. Ich berührte die beiden Kreuze und sah Trish lächeln. »Nichts und niemand wird sie je voneinander trennen.«

Ich packte Trishs Bibel und ein paar andere Dinge ein, die ich ihr ins Krankenhaus bringen würde. Anschließend rief ich Dan an und ließ ihn wissen, dass ich die Kinder später abholen würde, damit ich es Wesley schonend beibringen könne. Bevor wir auflegten, beteten wir gemeinsam am Telefon. Auch Dan liebte Trish und die ganze Situation nahm ihn genauso mit wie mich. Jessica kam mich abholen, nachdem Trish ins Krankenhaus gefahren worden war.

Unterwegs rief ich Arlene, Trishs behandelnde Ärztin, an. Ein Onkologe war nicht länger nötig. Auch kein Arzt im herkömmlichen Sinne. Was Trish jetzt brauchte, war jemand wie Dr. Arlene Bobonich; jemand, der ihre Schmerzen lindern konnte. Arlene erwartete uns in der Notaufnahme, um die Einzelheiten zu besprechen. Sie beherrschte ihr Handwerk und linderte Trishs Schmerzen. Endlich konnte sich Trish etwas erholen. Anscheinend wollte Gott es so, dass sie wieder auf Zimmer 173 landete; dem Krankenzimmer, in dem unsere Reise begann. Das war kein Zufall. Ich wusste, Gott hatte Trish nicht ohne Grund dorthin gebracht.

Für mich war das eine Bestätigung, dass ich für meine Freundin das Richtige tat.

Als ich zum wiederholten Mal diesen Raum betrat, spielten meine Gefühle verrückt. So viel war seit dieser ersten Begegnung geschehen. Ich konnte nicht anders, als die Vergangenheit wieder aufleben zu lassen, allerdings nicht, ohne ihr eine Prise Gegenwart hinzuzufügen.

»Hallo. Ich heiße Tricia«, verkündete ich. »Ich bin heute nicht Ihre Krankenschwester, sondern werde Ihre Familie sein, für immer und ewig.«

Auf Trishs Gesicht breitete sich ein Lächeln aus. Ein Lichtschimmer in der Dunkelheit.

Wir hatten viel zusammen durchgemacht, seit ich damals meinen Namen auf die Tafel schrieb.

Eines Abends fand ein großes Fest, zu Ehren ehemaliger Schüler, an der Highschool statt. Anna war eine Kandidatin für die Ballkönigin.

Sie hatte es so eingerichtet, dass die Mädchen erst alle nach Hause kommen würden, damit Trish sie in ihren Kleidern sehen konnte.

Doch daraus wurde leider nichts. Trish versuchte, ihre Enttäuschung zu verbergen, und bat uns, viele Bilder für sie zu machen. Bevor ich nach Hause ging, um mich für den Abend fertigzumachen, hatte ich noch ein Gespräch mit einem besonderen kleinen Jungen zu führen.

Nach Schulschluss fuhr ich zu meiner Mutter und nahm Wesley in Empfang, um ihm zu sagen, dass seine Mutter im Krankenhaus war und wir ihre Schmerzen zu Hause nicht mehr behandeln konnten. Er nahm es gut auf. Doch mir wurde klar, dass ich nun diejenige war, an die er sich wie eine Klette hängen würde. Beim Fußballspiel an jenem Abend saß er mir praktisch auf dem Schoß. Wenn er seine Mama nicht haben konnte, war ich die nächstbeste Alternative. Zum ersten Mal hatte Wesley, der bisher zwischen zwei Müttern gestanden hatte, nur noch mich. Ich betete, dass ich für seine Erziehung bereit war.

Im Sommer hatte Erin einen neuen Job gefunden. Trishs Bruder Ollie und sie waren nach Florida gezogen. Am Tag nach dem Schulfest rief ich Ollie an und klärte ihn darüber auf, was mit Trish geschehen war. Verständnisvoll bekräftigte er, dass wir das Richtige für seine Schwester getan hatten. Die Frauen aus Baltimore wurden ebenfalls verständigt und machten sich sofort auf den Weg, um Zeit mit Trish zu verbringen.

Trishs Medikamente waren sehr stark und setzten sie außer Gefecht. Die meiste Zeit über schlief sie und war nicht ganz bei sich, wenn sie erwachte. Zusammenhanglos redete sie vor sich hin. Trotzdem schien sie zu wissen, dass ihre Freundinnen gekommen waren, denn sie streckte die Arme aus und ergriff deren Hände.

An einem Sonntag machte ich mich mit einer speziellen Mission auf den Weg zum Krankenhaus. Viel zu lange hatte Trish schon nicht mehr aufstehen und herumwerkeln können. Deshalb wollte ich sie in einem Schwammbad waschen. Wenigstens das konnte ich tun, damit sie sich besser fühlte. Wenn ich sie schon nicht mehr zu Hause pflegen konnte, sollte sie wenigstens das wohltuende Gefühl von warmem Wasser auf der Haut, die Sauberkeit ihres Körpers nach dem Bad und meine Fürsorge genießen können. Mithilfe einer befreundeten Kollegin namens Kristin, die an jenem Tag Schicht hatte, besorgten wir eine Schüssel mit warmem Wasser und ich begann, Trish mit dem Schwamm zu waschen.

»Was machst du da mit mir?«, fragte Trish, zum ersten Mal seit Tagen endlich wieder geistig anwesend und hellwach. »Lass mich einfach aufstehen und duschen gehen.«

Ich hielt sie bei den Schultern, als sie versuchte, sich aufzusetzen.

»Liebes, so wie es aussieht, bekommen wir dich nicht einmal aus dem Bett in die Dusche. Du kannst gar nicht selbstständig stehen. Wir werden dich nur waschen und ein bisschen erfrischen.«

Trish stand zwar an der Schwelle des Todes, doch als sie abgetrocknet und in ein frisches Nachthemd gekleidet war, kam ihr hitziges Gemüt wieder durch.

»Weißt du, Tricia, alle hier schwärmen davon, in welch tollem Schwammbad du mich gewaschen hast, aber ich muss dir sagen, dass es kalt war und mir nicht gefallen hat«, scherzte sie.

Während Trish im Krankenhaus lag, versuchte ich, um meiner selbst und meiner Familie willen, wieder zur Normalität zurückzukehren. Ich arbeitete meine normalen Schichten, Jenna feierte in der Scheune meines Bruders ihren 16. Geburtstag und Ende

Oktober gingen die Kinder von Haus zu Haus für »Süßes oder Saures«*. Dan war mein Held, der die Stellung hielt und die Kinder beschäftigte, während ich viele Stunden meiner Zeit bei Trish im Krankenhaus verbrachte.

An einem Morgen, an dem der Himmel mit dicken grauen Wolken verhangen war, machte ich einen Abstecher in das Büro meiner Chefin, ließ mich in einen Stuhl neben ihrem Schreibtisch fallen und stieß einen langen Seufzer aus.

»Ich hätte nie gedacht, dass es so schwer sein würde«, erzählte ich ihr. »Ich weiß nicht, wie das weitergehen soll. Vielleicht werde ich mir eine Auszeit nehmen müssen, jetzt wo ...«

Ich brachte den Gedanken nicht zu Ende. Jackie sah mich mitfühlend und verständnisvoll an. »Tricia, was immer du brauchst! Wirklich alles. Sag einfach Bescheid.«

Ich wusste das zu schätzen, aber es gab nichts, das sie für mich tun konnte. Ich brauchte meine Freundin zurück. Ich wollte mehr Zeit.

Anfang November brachten sie Trish vom Krankenhaus in ein Hospiz in Harrisburg.

Es war ganz anders, als wir es uns vorgestellt hatten. Es handelte sich um ein Haus in einer wunderschönen, bewaldeten Gegend. Man fühlte sich willkommen, sobald man auf den Parkplatz einbog. Als ich zum ersten Mal Trishs Zimmer betrat, sah sie sehr viel glücklicher aus.

»Genau so habe ich es mir vorgestellt«, schwärmte sie. »Hier muss ich sein. Wenn ich schon nicht bei dir zu Hause sein kann, ist das der beste Ort.«

* Gemeint ist das amerikanische Fest Halloween.

Und das war er wirklich. Das Hospiz machte auf mich einen sehr wohnlichen Eindruck und es roch nicht nach einer medizinischen Einrichtung. Auch sah es nicht nach einem Ort aus, an dem Menschen ihre letzten Tage verbrachten. Es gab eine Küche, ein Wohn- und ein Esszimmer. Überall standen schöne Blumen in Vasen. Das Haus bot nur Platz für sieben Patienten. Rund um die Uhr war Pflegepersonal im Einsatz, das sich hingebungsvoll um sie kümmerte.

Trish hatte ein hübsches Zimmer, das wie ein normales Schlafzimmer wirkte, mit einem normalen Bett anstatt eines Krankenbettes. Es gab eine Kommode, einen großen Sessel und einen Fernseher. Wir wollten das Zimmer so persönlich wie möglich gestalten und brachten Fotos von Trish, Wesley und der Familie, ihre Karussellpferde und sogar ihre Randy-Tasse mit seinem weißen Taschentuch mit. Alles sollte sie an unsere wunderbaren gemeinsamen Monate erinnern. Trish hielt ihre Perücken und ein paar farbenfrohe Outfits in ihrem Schrank bereit. Ich kannte sie mittlerweile sehr gut. Sterben hin oder her, ihre modischen Frisuren und Hingucker von Kleidungsstücken würden in Reichweite bleiben. Sie bedeuteten ihr viel und gaben ihr Sicherheit.

Trotz der schönen Umgebung ging es mit Trish schnell bergab, nachdem sie einen Monat lang kaum gegessen und getrunken hatte. Die Ärzte gaben ihr immer noch intravenös Schmerzmittel, doch es ging dem Ende entgegen. Ich rief jeden an, der mir einfiel. Die Zeit drängte. Trishs Freundinnen aus Baltimore kamen jedes Wochenende. Alle wussten, dass es nicht mehr lange dauern würde. Die Gefühle fuhren Achterbahn, während sich die Tage hinzogen.

Anfang November war in Wesleys Schule Elternsprechtag. Ich ging hin, rief jedoch Trish an, um sie mit einzubeziehen. Glücklicherweise hatte sie gerade einen guten Tag und konnte über

Lautsprecher an dem Treffen teilnehmen. Sie sprach mit Wesleys Lehrerin. Wesley war unglaublich gut in der Schule und bekam ein exzellentes Zeugnis ausgestellt. Trish bedeutete es sehr viel, immer noch an seinem Leben teilzuhaben, bis zum Schluss.

Als Thanksgiving bevorstand, wusste ich nicht, wie wir dieses Erntedankfest begehen sollten. Trish konnte bei einer Feier mit so viel Essen leider nicht dabei sein. Deshalb entschieden wir als Familie, zu Hause zu bleiben und Wesley zu verwöhnen. Er war noch nicht an große Familientreffen gewöhnt. Sosehr wir uns auch bemühten, wir alle spürten Trishs Abwesenheit. Wesley war eher still und überhaupt nicht aufgedreht. Er beschäftigte sich die ganze Zeit über mit einem seiner Happy-Meal-Spielzeuge. Vermutlich stammte es von einem Besuch bei McDonald's mit seiner Mama. Um ehrlich zu sein, machte mich mein Gefühl der Hilflosigkeit manchmal wütend über diese ganze Ungerechtigkeit. War es denn zu viel verlangt, wenn jemand einfach nur leben und bei seiner Familie sein wollte? Das war Trishs Traum. Wir waren ihr Traum. Warum konnte sie nicht einfach hier sein? Egal, wie viel Zeit uns noch blieb, letztendlich wäre es immer zu wenig. Ich dachte an bevorstehende Schulfeste, Weihnachten, Neujahr, Valentinstag – die Zeit würde nie reichen.

Zu allem Überfluss war Wesleys Geburtstag am 29. November. Trish hatte natürlich vorausgeplant und mehr als zehn Geschenke für ihn besorgt. Ich verpackte sie alle und legte sie in eine riesige Geschenktasche, sodass Wesley sie aufmachen konnte, wenn er Trish besuchte. Als der Tag kam, war ich nicht mehr sicher, was ich tun sollte. Trish und ich hatten bereits im Sommer darüber gesprochen. Damals beschlossen wir, Wesley ein großes Fest in der Gemeinde mit allen seinen Klassenkameraden und Freunden auszurichten. Die Gelegenheit, für Wesley ein Fest auszurichten, war für Trish nie gekommen. Deshalb wollten wir das so schnell wie möglich nachholen. Der kleine Junge sollte eine große Party haben. Doch nun war seine Mutter krank und konnte nicht dabei sein. Auf jeden Fall sollte er wissen, dass sie an diesem besonderen Tag nur das Beste für ihn im Sinn hatte.

»Wesley, wir können immer noch eine Party mit allen deinen Freunden machen, wenn du das möchtest«, bot ich ihm an. »Es liegt bei dir. Es ist dein Geburtstag. Sag mir einfach, wie du es haben willst.«

Er senkte den Kopf. »Ich denke nicht, dass ich eine große Party will.«

»Das ist in Ordnung. Wie wäre es, wenn du etwas mit ein paar ausgewählten Freunden unternimmst?«, fragte ich.

Und so machten wir es. Wir luden eine Handvoll guter Freunde und Noah zu McDonald's, Mamas Lieblingsrestaurant, ein. Anschließend gingen wir ins Kino und beendeten den Tag im Einkaufszentrum Walmart. Irgendwie schien das zu passen.

Ich stattete meinen Bruder mit allem Nötigen aus und schickte ihn, Jessica und die Kinder auf die Reise. Sie fotografierten und machten die Party zu einer besonderen Zeit für Mama und Wesley.

Am Sonntag gab es Kuchen, Eis und Geschenke von meiner Mutter, Jessica, Adam und allen Kindern. Als Wesley seine Mutter besuchen wollte, damit sie ihm ihre Geschenke geben und Zeit mit ihm verbringen konnte, fühlte ich mich fehl am Platz, als würde ich mich in eine Rolle drängen, die mir nicht zustand. Trish hätte diejenige sein sollen, die mit den Jungs ins Kino und zu McDonald's geht, nicht ich. Ich war hin und her gerissen. Einerseits freute ich mich, diese Dinge mit Wesley tun zu dürfen, andererseits war ich untröstlich, meine Freundin zu verlieren, die an unseren Festen nicht teilnehmen konnte. Ich fragte meinen Bruder, ob er Wesley zu Trish fahren könne, um mit ihr, Wesley, Jessica und den Kindern zu feiern.

Er war gern dazu bereit und verstand, dass ich dieses Erlebnis zu etwas zwischen den beiden machen wollte; Mutter und Sohn. Ich stattete meinen Bruder mit allem Nötigen aus und schickte ihn, Jessica und die Kinder auf die Reise. Sie fotografierten und machten die Party zu einer besonderen Zeit für Mama und Wesley. Ich wusste, dass Trish und Wesley nicht mehr viele Gelegenheiten haben würden, zusammen zu sein.

26. Ein Engel mehr im Himmel

In den letzten Wochen ihres Lebens schrieb Trish öfter Nachrichten an Maria und mich.

Ihr ging es so schlecht, dass es mir das Herz brach. Eine ihrer Nachrichten an mich lautete: »Ich hätte nie gedacht, dass ich bereit sein könnte, in den Himmel zu gehen. Aber ich bin bereit. Ich weiß, dass hier alles geregelt ist. Ich weiß, dass es Wesley gut gehen wird. Deshalb bin ich bereit, dass Gott mich jetzt zu sich nimmt.«

Als ich diese Zeilen las, füllten sich meine Augen mit Tränen. Aber warum sollte ich Trish solche Gedanken verübeln? Monatelang hatte sie gegen ihren letzten Tag angekämpft und nun konnte er nicht schnell genug kommen. Ich ertappte mich sogar dabei, wie ich Gott darum bat, er möge Trish zu sich nehmen, damit sie ihren Frieden haben könne und nicht mehr leiden müsse. In den letzten Novembertagen besuchte ich sie und fragte, ob ich ihr etwas Aufmunterndes vorlesen solle.

»Ja«, erwiderte sie und nickte leicht mit dem Kopf.

»Soll ich aus der Bibel vorlesen?«

Sie nickte noch einmal.

»Welches Buch oder welchen Vers hättest du denn gern?«

»Deine Lieblingsstellen.« Sie schloss ihre Augen und wartete.

Ich schlug die Bibel bei Philipper 4,6-7 auf und begann zu lesen: »Sorgt euch um nichts, sondern betet um alles. Sagt Gott, was ihr braucht, und dankt ihm. Ihr werdet Gottes Frieden erfahren, der größer ist, als unser menschlicher Verstand es je begreifen kann. Sein Friede wird eure Herzen und Gedanken im Glauben an Jesus Christus bewahren.«

Ich las diese Verse und legte dann die Bibel zur Seite.

»Das ist auch meine Lieblingsstelle. Würdest du sie noch mal lesen?«, fragte Trish.

Ich saß an ihrem Bett und wiederholte die Schriftstelle. Sie sog jedes Wort in sich auf und schließlich entspannte sich ihr Gesicht.

Am 1. Dezember fuhr ich Trish abends nach der Arbeit besuchen. Als ich das Zimmer betrat, sah sie mich an und fragte: »Könntest du dich neben mich legen und mich einfach festhalten? Ich denke, ich sterbe.«

Als ich das Zimmer betrat, sah sie mich an und fragte: »Könntest du dich neben mich legen und mich einfach festhalten? Ich denke, ich sterbe.«

Ich zwang mich, normal zu atmen. Darauf war ich nicht vorbereitet.

»In Ordnung«, antwortete ich. »Ich weiß nicht, ob das so funktioniert. Aber natürlich lege ich mich neben dich.«

Vorsichtig stieg ich in ihr Bett. Sie lag mit angewinkelten Beinen mit dem Rücken zu mir.

Ich legte mich um sie und zog sie mit den Armen so nah an mich heran, wie unsere Körper es zuließen. Ich drückte mein Gesicht gegen die spitzen Knochen ihrer Wirbelsäule und schluchzte leise vor mich hin.

»Ich bin nicht bereit, dich gehen zu lassen«, weinte ich.

»Ich weiß. Aber ich bin bereit«, erwiderte Trish.

»Ich wünschte nur, wir hätten unser ganzes Leben lang eine Familie sein können«, jammerte ich.

Sie drückte sich fester an mich und umklammerte meine Arme, die sie umschlossen.

Als sie sprach, hörte ich ein Röcheln.

»Du wirst auch in Zukunft meine Familie sein. Wir werden immer eine Familie sein. Wenn ich im Himmel ankomme, werde ich über euch alle wachen. Und wenn du dann nachkommst, werden wir eine Menge zu besprechen haben und die Dinge, die wir im Leben nicht mehr gemeinsam tun konnten, nachholen.«

Ich wusste, dass ich ihr noch ein Versprechen schuldig war … Jemanden betreffend, den sie mir anvertraut hatte, als wir uns noch kaum kannten.

Ich sagte zu ihr: »Ich verspreche dir, dass ich immer mein Bestes geben werde, um für Wesley zu sorgen. Ich werde ihn lieben wie mein eigenes Kind und immer alles für ihn tun.«

»Falls ich's noch nicht geäußert habe: Danke!«

»Ich weiß, dass du für ihn sorgen wirst«, erwiderte Trish. Ihre Stimme war nur noch ein leises Flüstern.

Als ich mich an jenem Abend verabschiedete, sagte sie mir dieselben Worte wie am Ende eines jeden Besuchs.

»Falls ich's noch nicht geäußert habe: Danke!«

Anfang Dezember rief Robbin an und teilte mir mit, dass es mit Trish zu Ende ginge.

Ich beschloss, hinzufahren und über Nacht bei ihr zu bleiben, damit sie spürte, dass ich da war. Doch bevor ich zum Hospiz aufbrach, setzte ich mir Wesley auf den Schoß.

»Du weißt, mein Schatz, dass es deiner Mama gar nicht gut geht. Robbin ist jetzt bei ihr und sie meint, ich muss deine Mama jetzt sehen. Ich möchte bei ihr bleiben, weil ich nicht will, dass sie allein ist.«

Wesley wollte nicht, dass ich ging. Er hasste es, wenn ich außer Reichweite war, aber ich denke, er verstand die Situation.

Ich kam gegen 21.30 Uhr in Harrisburg an und erklärte den Mitarbeitern vom Hospiz, dass ich neben Trishs Bett schlafen wollte. Sie verrückten die Möbel so, dass der Fernsehsessel gleich neben ihrem Bett stand. Ich musste nur meine Hand ausstrecken, um Trish zu berühren.

Sie war nur zeitweise bei Bewusstsein, doch manchmal öffnete sie die Augen. Ich summte leise, streichelte ihr Gesicht und hielt ihre Hand.

Gegen 5 Uhr war Trish schweißgebadet und ich fragte eine der Krankenschwestern, ob ich ihr ein Bad einlassen und sie waschen dürfe. Bei dem Gedanken an Trishs Reaktion beim letzten Mal hätte ich beinahe laut losgeprustet. Mir war jedoch wichtig, dass sie sich sauber und wohl und nicht verschwitzt fühlte. Die Schwester half mir, das Bett vorzuziehen, und brachte eine Schüssel mit warmem Seifenwasser.

Diesmal regte sich Trish nicht. Ich half, sie zu waschen, und fand Trost darin, mich um sie zu kümmern. Die diensthabende Krankenschwester und ich zogen Trish ein sauberes Nachthemd an und bezogen ihr Bett mit frischen Laken. Ich wusste, dass Maria und Robbin später kommen würden. Trish sollte dann gut aussehen. Ich meldete mich kurz bei Dan und teilte ihm mit, dass Trish vielleicht noch höchstens einen Tag zu leben haben würde. Wir weinten zusammen am Telefon und er versicherte mir, dass es Wesley gut ging. Dan würde mit den Kindern zum Gottesdienst fahren und dann irgendwohin essen gehen. Seine Aufgabe war es, sie nach bestem Wissen und Gewissen bei Laune zu halten und zu beschäftigen, während ich Trish in den letzten Stunden ihres Lebens beistand.

Eines Morgens döste ich ein bisschen in meinem Sessel vor mich hin und wartete auf die Ankunft von Maria und Robbin. Robbin würde direkt nach dem Gottesdienst kommen. Plötzlich riss mich etwas aus dem Schlaf. Ich blickte mich im Zimmer um und bemerkte, wie auffallend ruhig und friedlich es im Hospiz war. Trish war nach wie vor nur phasenweise bei Bewusstsein und konnte nicht sprechen. In diesem Moment hatte ich den starken Eindruck, dass ich nach Hause zu meiner Familie fahren solle. Ich wollte Trish nicht alleinlassen, erst recht nicht in ihren letzten Stunden. Deshalb fühlte ich mich von meinem Bauchgefühl vollkommen überrumpelt, das mir sagte, ich müsse gehen und in diesem Moment bei Wesley sein. Ich informierte die Krankenschwester, dass ich aufbrechen würde und Trishs Freundinnen bald kämen. Dann ging ich wieder in Trishs Zimmer, um meine Sachen zu holen. Da riss Trish plötzlich ihre Augen weit auf. Obwohl ihre Sinne völlig vernebelt waren, bekam sie immer noch mit, was ich tat. Ich trat ein letztes Mal an ihr Bett.

»Püppchen, ich muss jetzt gehen«, flüsterte ich.

Sie wurde unruhig und wand sich bei dem Versuch, sich nach mir auszustrecken. Ich nahm ihre beiden Hände und ließ mich auf der Bettkante nieder. Sie wirkte sehr aufmerksam und ich wusste, dass sie alles wahrnahm, was geschah, und jedes Wort hören konnte, das ich sprach.

»Ich liebe dich sehr«, sagte ich und meinte es von ganzem Herzen. »Ich muss jetzt nach Hause gehen und bei Wesley sein, weil ich nicht möchte, dass er heute allein ist. Ich will für ihn da sein.«

Trish klammerte sich an mich und wollte, dass diese letzten Sekunden nicht zu Ende gingen. Aber wir wussten beide, dass ich mich jetzt um den Jungen kümmern musste, den wir liebten.

»Es ist in Ordnung. Das ist kein Abschied für immer«, sagte ich zu ihr. »Es ist nur ein Auf Wiedersehen.«

Bei diesen letzten Worten entspannte sich Trish. Zum ersten Mal seit langer Zeit war ihr Blick nicht panisch. Stattdessen versuchte sie, sich vorzubeugen, um mich auf die Wange zu küssen. Ich umarmte sie fest und sie erwiderte meine Umarmung. Ohne zu zögern, stand ich auf und verließ den Raum in der Gewissheit, dass es unsere letzte Begegnung diesseits des Himmels gewesen war.

»Das ist kein Abschied für immer«, sagte ich zu ihr. »Es ist nur ein Auf Wiedersehen.«

Nachdem ich gegangen war, rief ich Robbin an und erzählte ihr, wie die Nacht verlaufen war. Dann sprach ich mit Maria, die sich bereits auf dem Weg zu Trish befand. Mein Körper schmerzte vor Müdigkeit. Als ich zu Hause ankam, waren alle noch im Gottesdienst.

Ich duschte und verbrachte etwas Zeit allein im Gebet, unter Tränen und in Trauer.

Ich konnte Trish spüren, gerade so, als ob ich sie immer noch in den Armen hielte, und hoffte, dass dieses Gefühl mich nie verlassen würde.

Nachdem meine Familie nach Hause gekommen war, rief Robbin mich an, um mir zu sagen, dass Maria nun im Hospiz sei und sie beide das Gefühl hätten, es ginge mit Trish bald zu Ende. Trish hatte Ollies Namen gerufen. Deshalb bat Robbin mich um seine Nummer.

Zum Glück erreichte Maria Oliver nach unserem Telefonat, sodass Trish noch einmal die Stimme ihres Bruders hören konnte. Er versicherte ihr, es sei in Ordnung zu gehen, wenn sie fühle, dass der Zeitpunkt gekommen war. Er verabschiedete sich liebevoll von ihr.

Danach murmelte Trish Wesleys Namen und so rief Robbin erneut bei mir an.

Schnell trommelten Dan und ich alle zusammen. Ich erklärte Wesley, dass Mama jetzt in den Himmel gehe. Wenn es irgendetwas gebe, das er ihr sagen wolle, könne er das jetzt durchs Telefon tun.

»Hallo, Mama«, sagte er mit leiser Stimme in den Telefonhörer. »Hab dich lieb, Mama. Hab dich ganz doll lieb.« Er weinte, als das Telefon an Jenna weitergereicht wurde.

»Auf Wiedersehen, Trish. Wir lieben dich.« Sie wischte sich die Tränen ab.

Anna war als Nächste dran und schluchzte: »Ich hab dich lieb, Trish. Danke, dass du meine Freundin warst. Wir werden dich immer lieben.«

Dann kamen Dan und die anderen an die Reihe, bis der Hörer schließlich in meiner Hand landete. Ich trauerte um den Verlust und wünschte mir so sehr, dass Trish noch bei uns zu Hause wäre. Wo ist die Zeit nur geblieben? Wie konnte alles so schnell zu Ende gehen?

Doch Gott hatte uns mit mehr Tagen und gemeinsamen Erlebnissen gesegnet, als irgendjemand je für möglich gehalten hätte. Dafür musste ich dankbar sein.

»Ich liebe dich, Püppchen«, sagte ich in meinem Schmerz. Ich hörte ihr röchelndes Atmen am anderen Ende der Leitung. »Denk immer daran, dass wir dich eines Tages wiedersehen werden.«

Dann stellten sich die Mädchen um den Hörer herum und sangen unter Tränen eines von Trishs Lieblingsliedern, »Amazing

Grace«. Wesley wollte einfach nur in das alte Zimmer seiner Mama gehen und allein sein. Keine zehn Minuten später rief Robbin an und teilte uns mit, dass Trish gestorben war.

Ich schluckte meine Tränen hinunter und ging in Trishs Zimmer, um Wesley zu sagen, dass seine Mama in den Himmel gegangen war. Er blieb ein paar Sekunden lang still und dachte nach. Dann fragte er: »Kann ich jetzt mit Noah spielen gehen?«

Ich sagte ihm, das sei in Ordnung. Es war nicht die Zeit, ihn zu trösten, mit ihm zu sprechen, ihn zu umarmen und zu bemuttern. Er würde von selbst kommen, wenn er dazu bereit war. Und dann würde ich für ihn da sein.

27. Lila Himmel

Nach Trishs Tod gab es viel zu tun. Alle fanden sich zur Beerdigung ein, um Trishs Leben zu ehren, weil sie das ihre berührt hatte. Sie wollten Wesley und unsere Familie unterstützen. Trishs Freunde aus Baltimore kamen, Ollie und Erin reisten aus Florida an. Die Mitarbeiter vom Hospiz, meine Arbeitskollegen, unsere Freunde und Nachbarn, unsere Gemeinde und sogar Wesleys Lehrerin; sie alle kamen, um Trish die letzte Ehre zu erweisen. Wir stellten unsere Lieblingsbilder von ihr um den Altar herum. Zusätzlich zierten ihn viele wunderschöne Blumensträuße. Trish hätte der Anblick gefallen. Die einsame Krebspatientin, um die ich mich in jener Schicht kümmerte und die niemanden hatte, den ich als Kontaktperson in ihrer Akte vermerken konnte, besaß nun Familie und Freunde im Überfluss. Es war ein bemerkenswerter Anblick. Pastor Mott predigte über die Botschaft der Erlösung. Trish hatte ihn darum gebeten. Er erzählte allen von der Veränderung, die Trish durchmachte. Sie wollte sichergehen, dass alle den Grund für diese Veränderung verstehen würden. Das war nicht die Trish, die viele von früher her kannten. Sie hatte Jesus in ihr Herz aufgenommen.

Er machte ihr Leben neu und veränderte ihren Charakter. Auf einmal war sie frei. Sie hoffte, dass jeder, der sich verloren und allein fühlte, durch ihre Beziehung zu Jesus inspiriert werden würde.

Nach der Trauerrede sangen die Mädchen Trishs liebste Lobpreislieder. Sogar meine kleine Nichte Addison ging nach vorn und sang Trishs absolutes Lieblingslied »Lass jetzt los« aus dem Animationsfilm »Die Eiskönigin – Völlig unverfroren«.

Am Ende des Gottesdienstes hatte Anna eine große Überraschung für mich.

»Vor ein paar Monaten kam Trish zu mir und bat mich um Hilfe, ein Lied für meine Mutter zu schreiben«, erklärte sie der Versammlung. »Meine Mutter hatte einmal in der Gemeinde ein Lied gesungen und es Trish gewidmet. Nun wollte Trish dasselbe für sie tun. Meine Mutter wusste nicht, dass Trish und ich heimlich an dem Lied arbeiteten. Trish hat den Text geschrieben und ich die Melodie. Als sie ins Hospiz musste, war unser Projekt noch nicht abgeschlossen. Eines Tages rief Trish mich an ihr Bett, nachdem meine Familie den Raum verlassen hatte, und bat mich um einen Gefallen. Sie bat mich, das Lied zu Ende zu schreiben und es bei ihrer Beerdigung als besonderes Geschenk für meine Mutter zu singen. Es heißt ›Gott hat dich für mich ausgewählt‹ und ist Trishs Dankeschön, Mama, für alles, was du für sie getan hast.«

Als meine Tochter sang, Klavier spielte und Worte aus Trishs Herzen die Luft erfüllten, rannen mir Tränen übers Gesicht. Es war das schönste Lied, das ich je gehört hatte.

Trishs Lied linderte meinen Schmerz über den Verlust und erinnerte mich daran, dass sie auf gewisse Weise immer hier sein würde. Ein Teil von ihr lebte in uns weiter.

Einige Frauen hatten sich die Mühe gemacht, ein leckeres Essen zuzubereiten, bei dem alle Gemeinschaft haben, weinen, lachen und sich an die guten Zeiten erinnern konnten, die wir mit Trish verbracht hatten. Wesley rannte mit Noah herum. Es tat gut, das zu sehen.

Im Moment war Spielen für ihn die beste Medizin.

Cindy und George kamen ebenfalls zum Gottesdienst und halfen mir bei einem besonderen Programmpunkt. Wir hatten ein paar Tage zuvor telefoniert. Cindy wollte etwas für Wesley tun, um seine Mutter zu ehren, aber Blumen schienen nicht das Richtige zu sein.

Deshalb bestellten wir ein großes Bündel lila Luftballons, die wir in der Gemeinde verteilten. Bevor an jenem beißend kalten Dezembertag alle nach Hause gingen, versammelten wir uns draußen zu einem letzten Liebesbeweis für Trish. Unsere Familie, Ollie und Erin, Robbin und Maria bekamen jeder einen lila Ballon und standen in Gruppen zusammen. Wesley würde als Erster seinen Ballon steigen lassen. Er schaute nach oben zu Mamas neuem Zuhause.

Ich hatte keinen Zweifel daran, dass Trish sie sah und begeistert war. Lächelnd stellte ich mir vor, wie sie ausrief: »Alles in Lila!« Genau so hätte sie es gewollt.

Dann ließ er den Ballon steigen und unsere folgten. Wir standen da und blickten in den Himmel, sahen die Ballons immer höher steigen, bis sie nur noch kleine Pünktchen am blassblauen Himmel waren. Ich hatte keinen Zweifel daran, dass Trish sie sah und begeistert war. Lächelnd stellte ich mir vor, wie sie ausrief: »Alles in Lila!« Genau so hätte sie es gewollt.

Als ich an jenem Abend die Jungs ins Bett brachte, begann ich mit Noah. Ich gab ihm einen Gutenachtkuss und betete mit ihm. Dann kletterte ich vom Doppelstockbett hinunter zu Wesley. Er lag unter seiner Decke und in mir wallten die Gefühle auf. Was stand uns bevor? Was würden wir gemeinsam erleben? Konnte ich das wirklich schaffen? Würde er mich jemals als seine neue Mutter akzeptieren können? Ich konnte nicht anders, als ihm ein bisschen von dem mitzuteilen, was mich bewegte.

»Du weißt, dass mich deine Mama lange für diesen Tag ausgebildet hat. Jetzt bin ich etwas aufgeregt«, gestand ich. »Denkst du, ich werde das gut hinbekommen, auf dich aufzupassen?«

Er lächelte schwach und sagte geradeheraus: »Ich denke, du wirst das super hinkriegen.«

Dann beteten wir gemeinsam wie gewohnt. Ein Gebet, das ich schon als kleines Mädchen gelernt hatte und jetzt mit allen meinen Kindern abends betete. Eben hatte ich es mit Noah gesprochen und jetzt betete ich es mit meinem neuen Sohn. Er faltete seine kleinen Hände und kniff die Augen zusammen. Ich begann das Gebet und er stimmte mit ein.

»Und nun segne und behüte dich Gott, der Herr, und sein Angesicht leuchte über dir. Seine Gnade, sein Erbarmen und sein Friede mögen in deinem Herzen, deiner Seele und deinem Leben sein. Im Namen des Vaters, des Sohnes und des Heiligen Geistes. Amen.«

Weil ich wusste, dass es ein schwerer Tag gewesen und der Verlust noch ganz frisch war, fragte ich Wesley, ob er dem Segen noch etwas hinzuzufügen hätte. Er nickte, als ob er bereits wisse, was er sagen wolle. »Danke, Gott, dass du unsere Gebete erhörst … Bitte hilf Mama, dass es ihr im Himmel gut geht. Amen.«

Meine Gefühle überwältigten mich, als ich die Decke über diesen hübschen Jungen legte, der nun mein Sohn war. Der Junge, für den Trish gelebt und den sie mehr als alles auf der Welt geliebt hatte. Der Junge, den Gott für unsere Familie ausgewählt hatte, weil er es besser wusste als wir. Der Junge, aus dem eines Tages ein Mann werden würde, der wusste, dass seine Mutter alles gegeben hatte, um ihm eine glückliche Zukunft zu ermöglichen.

»Tricia?«, fragte Wesley. Seine Stimme klang leise in dem dunklen Raum, in dem nur ein kleines Nachtlicht brannte.

»Ja, mein Schatz?«

»Weil du gesagt hast, du bist aufgeregt … Meine Mama hat mir genau erzählt, wie Gott dich für uns ausgesucht hat. Das bedeutet doch, alles wird gut.«

Ich streichelte seine weiche Wange und mein Herz schmolz dahin wie Eis in der Sonne. »Weißt du was? Es ist schon gut.«

»Meine Gedanken sind nicht eure Gedanken«,
sagt der Herr, »und meine Wege sind nicht eure Wege.
Denn so viel der Himmel höher ist als die Erde,
so viel höher stehen meine Wege über euren Wegen
und meine Gedanken über euren Gedanken.«

Jesaja 55,89

Gott hat dich für mich ausgewählt

von Trish Somers und Anna Seaman

Als du meinen Raum betratst, fing meine Rettung an.
Ich wusste, du bist die Person, die Frieden bringen kann.
Wie ich das wusste, weiß ich nicht. Ich hab dich nicht gekannt.
Ich weiß nur, dass ich nie zuvor so etwas empfand.
Gott hat dich für mich ausgewählt. Er wusste, wer du bist.
Dadurch hab ich erst erlebt, was wahre Liebe ist.
Ich wusste, du bist für mich da, wohin der Weg auch führt.
Seit du in mein Leben tratst, hab ich das gespürt.
Ich war so glücklich und so froh, ganz am Anfang schon,
Dass du für uns beide sorgst, für mich und meinen Sohn.
Du hast die Türen aufgemacht zu deinem Haus und Herz.
So konnten wir zusammenbleiben, ohne Trennungsschmerz.
Gott hat dich für mich ausgewählt. Er wusste, wer du bist.
Ich weiß, dass die Familie Seaman nun auch meine ist.
Oh, er hat dich für mich ausgewählt,
Denn bei dir sollte ich sein.
Denn bei dir sollte ich sein.

Danksagungen

Ich möchte den vielen Menschen danken, die ein wichtiger Teil dieser Reise waren. Zuallererst danke ich meinem himmlischen Vater, dass er mich gerettet hat, für seine Vergebung und Gnade. Danke, dass du mich und meine Familie gebraucht hast, um im Kleinen dein Reich zu bauen.

Ich danke Daniel, meinem Mann, für seine grenzenlose Liebe und Unterstützung und dafür, dass er mein bester Freund ist. Daniel, ich liebe dich jeden Tag mehr und freue mich darauf, jeden neuen Tag mit dir zu teilen. Du bist wirklich der liebenswürdigste Mensch, der mir je begegnet ist.

Anna Elizabeth – du bist eine wunderbare Tochter und eine tolle große Schwester für unsere Rasselbande! Danke, dass du ein großartiges Vorbild an Barmherzigkeit und innerer Schönheit bist. Ich liebe dich, Anna. Gott hat besondere Pläne für dich!

Jenna Abigail – ich bin immer wieder erstaunt über dein mitfühlendes, sanftes Herz. Ich liebe dich sehr. Du bist so weise für dein Alter und Gott hat dich mit vielen Gaben und Talenten beschenkt. Danke für deine wunderbaren Umarmungen und dass du mein kleines Mädchen bist.

Emma Rachel – ich werde dir ewig dankbar sein für die unzähligen Gläser Wasser, die du mir gebracht hast, während ich gearbeitet habe. Danke, dass du mir mit deinen kleinen Brüdern hilfst und einfach so ein süßes Mädchen bist. Du hast ein dienendes Herz und Gott wird dich wunderbar gebrauchen.

Noah Daniel – Mama liebt dich. Ich bin so stolz auf den jungen Mann, zu dem du dich entwickelst. Danke, dass du so stark warst und gelernt hast, mich, dein Zimmer, deine Legos, einfach alles, mit Wesley zu teilen! Du bist nicht länger das Nesthäkchen der Familie und die Rolle des großen Bruders steht dir gut. Danke, dass du so lieb bist. Du bist ein besonderes Geschenk an mich!

Wesley – danke, dass du uns erlaubst, deine Familie zu sein. Wir danken Gott, dass er es für richtig hielt, dich in unser Leben zu bringen. Ich liebe dich wie mein eigenes Kind. Ich habe deine Mutter sehr geliebt und sie liebte dich mehr als alles andere auf der Welt. Du bist ein wundervoller kleiner Junge … so klug, liebevoll, fürsorglich, rücksichtsvoll und so lustig! Dein Weg war nicht leicht. Doch ich bete, dass du, wenn du heranwächst, immer wieder sehen wirst, wie Gott dich bei jedem Schritt auf diesem Weg geführt und beschützt hat.

Adam, Jessica, Owen, Parker und Addy – ich liebe euch mehr, als man in Worten ausdrücken kann. Danke für eure Hilfe, Liebe und Unterstützung. Es berührt mich sehr, wie ihr Trish und Wesley mit offenen Armen in die Familie aufgenommen habt.

Mama – danke, dass du immer für mich da bist und Verständnis hast. Trish hat dich sehr geliebt und gern zu unserer Familie gehört … besonders, als du die Katzenbabys brachtest!

Pastor Mott, Joyce und unsere geistliche Familie der Niemonds Independent Church – ihr könnt euch nicht vorstellen, was uns eure ununterbrochenen Gebete, euer unbeirrbares Vertrauen zu Gott, eure Liebe, Anrufe, Besuche und Unterstützung bedeutet haben.

Wir danken jedem, der Essen für unsere Familie gebracht, Fahrdienste für Trish erledigt und Unterstützung jeglicher Art angeboten hat, wo wir sie nötig hatten. Wir lieben euch alle!

Das ganze Team von PinnacleHealth – danke für alle E-Mails und Karten, die ich von Mitarbeitern des gesamten Werks erhalten habe. Wir schätzen es sehr, dass ihr an uns gedacht, für uns gebetet und uns ermutigt habt.

Kelly McCall und Andrea Becker – eure Freundlichkeit und euer Entgegenkommen bleiben unvergessen.

Das ganze Team der Onkologie-Station – ihr seid eine unglaubliche Truppe.

Es ist ein Vorrecht, mit euch zu arbeiten, und eine Ehre, euch meine Freunde nennen zu dürfen. Eure Unterstützung, Hingabe, Liebe und Teamarbeit waren und sind von größter Bedeutung. Trish hat euch alle geliebt. Danke, dass ihr euch so fürsorglich um sie gekümmert habt.

Meine Oberschwester, Jackie Hunt – danke, dass du immer an mich geglaubt hast. Deine Ermutigung, Freundlichkeit, Hilfe und dein Interesse haben mich mehr durchgetragen, als du denkst.

Dr. Lily Shah, Dr. Arlene Bobonich und Dr. Margaret Hallahan – ihr werdet immer einen besonderen Platz in meinem Herzen einnehmen, weil ihr Trish so viel Freundlichkeit erwiesen habt. Sie hat zweifellos die beste Pflege genossen, die möglich war. Jede von euch ist eine wunderbare Ärztin und ein außergewöhnlicher Mensch.

Unser Städtchen – ich richte meinen ausdrücklichen Dank an Sie und euch alle: Freunde, Nachbarn, die Fayette-Grundschule, Lehrer, Schüler, Klassenkameraden der Kinder und lokale Kirchengemeinden. Wir sind wirklich gesegnet, in einem Ort leben zu dürfen, in dem man füreinander da ist. Eure Karten, Anrufe, Besuche und unzähligen Gefälligkeiten für unsere gewachsene Familie haben uns sehr berührt. Seid gesegnet!

Das Homeland-Hospiz, Chrissy, Pam und Brian – Worte reichen nicht aus, um zu beschreiben, wie uns eure nie endende

Freundlichkeit berührt hat. Ihr wart großartig und wir schätzen euren Einsatz für unsere Familie und alles, was ihr getan habt, damit es Trish gut ging und sie ihr Leben voll auskosten konnte.

Das Hospiz von Central Pennsylvania – danke für die exzellente Betreuung von Trish in den letzten Wochen vor ihrem Tod. Sie fühlte sich bei euch sicher und war glücklich.

Oliver und Erin Somers – danke für eure Hilfe und Ermutigung und dass ihr uns als Teil eurer Familie angenommen habt.

Maria Galea – danke, Tante Maria, dass auch du zu einem Familienmitglied geworden bist! Deine Liebe, Unterstützung und die langen Fahrten von Baltimore werden wir nie vergessen. Trish liebte dich sehr. Du warst bis zuletzt ihre beste Freundin.

Cindy Alton – danke, dass du da warst und Trish und unserer Familie so viel Liebe erwiesen hast. Wir fühlen uns wohl, weil wir mit dir und George befreundet sind.

Danke an die Mädels aus Maryland, Teresa, Laureen und Sue – wir schätzen die vielen Strecken, die ihr in den Monaten von Trishs Krankheit nach Harrisburg und McAlisterville zurückgelegt habt. Ihr seid wunderbare Freunde!

Robbin – ich kann nicht sagen, wie dankbar ich dir für alles bin, was du getan hast. Du bist ein Engel und nun das Frauchen für die Hündin Molly. Trish hat dich sehr geliebt, Robbin. Danke für die Freude, die du in unser Leben gebracht hast. Du wirst für immer eine Freundin bleiben und nimmst einen besonderen Platz in meinem Herzen ein.

Nena Madonia Oshman von der Agentur Dupree/Miller – deine Liebe und dein Glaube an unsere Geschichte waren so wichtig. Ich kann dir gar nicht oft genug Danke sagen für deine unendliche Hingabe und Hilfe bei der Verwirklichung dieses Projekts.

Ami McConnell, Katie Sandell, Jonathan Merkh und alle Mitarbeiter bei Howard Books – danke für eine großartige Erfahrung. Ihr wart die besten Wegbegleiter und es war mir eine Freude, mit euch zu arbeiten.

Diane Nichols – eine bewundernswerte Frau, die ich zu meinen Freundinnen zählen darf.

Danke für deine Liebe, Zuwendung, Unterstützung und Ermutigung bei jedem Schritt dieser Reise. Ich habe jedes Telefoninterview, jeden spätabendlichen E-Mail-Verkehr, alle Änderungen und Neufassungen genossen! Du warst ein wahrer Segen für mein Leben.

Mein besonderer Dank gilt den vielen lieben Menschen auf der ganzen Welt, die unsere Familie unterstützt haben. All die Karten und Briefe, die wir erhalten haben, sind uns sehr wertvoll. Ich habe sie Trish alle vorgelesen und das war unsagbar ermutigend für sie.

Eure Liebe, Gebete und die vielen neuen Freundschaften, die wir auf diesem Weg schließen durften, haben uns sehr motiviert. Möge Gott euch alle reich segnen.

Und zu guter Letzt danke ich Tricia Somers. Was für ein Geschenk, als Gott dich mir an jenem Tag über den Weg geschickt hat! Danke, dass du mich zum Lachen gebracht und mich gelehrt hast, wirklich jeden Moment des Lebens zu genießen. Danke für die nächtlichen Gespräche, Berge von Eiscreme und unser Gelächter, bei dem wir versucht haben, die Familie nicht aufzuwecken. Du bist und bleibst immer ein Teil unserer Familie. Danke, dass du Dan und mir das Wertvollste anvertraut hast, das du besaßt … Römer 8,28.